Helen Vreeswijk

Chatroom-Falle

Übersetzung aus dem Niederländischen
von Eva Schweikart

Loewe

FSC
Mix
Produktgruppe aus vorbildlich
bewirtschafteten Wäldern und
anderen kontrollierten Herkünften

Zert.-Nr. GFA-COC-001223
www.fsc.org

ISBN 978-3-7855-6619-0
1. Auflage 2009
Titel der Originalausgabe: *Chatroom*

Aus dem Niederländischen übersetzt von Eva Schweikart
Umschlagfoto: Kathrin Hawelka
Umschlaggestaltung: Christian Keller
Printed in Germany (003)

www.loewe-verlag.de

1

Samstag, 23. Juni 2007

Ungeduldig sah Geert de Vogel auf seine Armbanduhr. Ihnen blieben noch fünfzehn Minuten bis zur Abfahrt des Busses. Im letzten Jahr war die Haltestelle an die Umgehungsstraße außerhalb des Dorfs verlegt worden. Das bedeutete einen Fußmarsch von fast zehn Minuten, und wenn Riet weiterhin so trödelte, würden sie es nicht schaffen.

Nervös trat er von einem Fuß auf den anderen. »Riet, nun mach endlich! Es ist gleich halb fünf. Wenn du dich nicht beeilst, fährt der Bus ohne uns ab und wir müssen eine Dreiviertelstunde auf den nächsten warten.«

Im ersten Stock schlug eine Tür zu und Riet tauchte oben an der Treppe auf. »Immer mit der Ruhe! Ich bin so gut wie fertig, muss nur noch rasch die Tasche packen ...«

Seufzend folgte Geert seiner Frau in die Küche. Ihr Sohn Pim, der in der 35 km entfernten Stadt wohnte, hatte sie eingeladen. Wie immer hatte Riet darauf bestanden, das Abendessen vorzubereiten. Sorgfältig stapelte sie die Tupperdosen der Größe nach in der Tasche.

»Trägst du das bitte?«, fragte Riet gut gelaunt und ging an ihm vorbei in den Flur. Während Geert hektisch auf die Küchenuhr blickte, zog Riet sich in aller Seelenruhe die Schuhe an.

»Regnet es noch?« Ohne seine Antwort abzuwarten, griff sie nach dem Schirm.

»Ja, es nieselt. Jetzt lass uns aber gehen.«

»Und die Terrassentür? Hast du die abgeschlossen? Moment noch, jetzt hätte ich fast meine Lesebrille vergessen.« Sie hastete an Geert vorbei ins Wohnzimmer und suchte in den Schubladen des Büfetts nach ihrer Brille. Geert sah ein weiteres Mal auf seine Armbanduhr. »Riet!«, brummte er.

Zufrieden lächelnd hielt sie das Brillenetui hoch und ging an ihm vorbei aus dem Haus.

Es nieselte schon seit Stunden. Riet und Geert trotzten mit gebeugtem Rücken dem heftigen Wind. Inzwischen hatten sie das Dorf hinter sich gelassen und den schmalen Fußweg entlang der Umgehungsstraße eingeschlagen.

»Nicht so schnell, Geert!«, jammerte Riet, die Mühe hatte, mit ihrem Mann Schritt zu halten. »Ich bin nicht mehr die Jüngste.«

Er blieb kurz stehen.

In der Ferne war bereits das Wartehäuschen zu sehen. Geert seufzte und trottete langsam neben seiner Frau her.

Noch ein paar Hundert Meter. Als Geert erneut auf seine Uhr schaute, fuhr der Bus an ihnen vorüber. Rasch hob er die Hand, doch der Bus brauste an der Haltestelle vorbei. Geert unterdrückte einen Fluch und warf seiner Frau einen wütenden Blick zu.

»So ein Pech!«, stöhnte sie und ging mit zügigen Schritten weiter. Sie erreichte die Haltestelle als Erste und ließ sich keuchend auf die Wartebank fallen. Geert wollte sich schon neben sie setzen, als sein Blick auf ein Stück Stoff hinter der Glasscheibe fiel. Mit gerunzelter Stirn blieb er stehen. Riet drehte sich um und folgte seinem Blick. Hinter dem Wartehäuschen, halb verborgen von einem großen Werbeplakat, hockten zwei Mädchen. Zusammengesunken, den Rücken an die Scheibe gelehnt. Neugierig versuchte Riet, an dem Plakat vorbeizuspähen.

»Was machen die denn da?«, flüsterte sie ihrem Mann zu.

Geert zuckte mit den Schultern. »Vielleicht ruhen sie sich aus.«

»Im Regen? Die werden doch krank!« Sie klopfte an die Scheibe, aber die Mädchen reagierten nicht.

»Hallo, ihr beiden!« Riet stand auf und klopfte lauter. »Die rühren sich überhaupt nicht. Geert, geh doch mal nachsehen!«, drängte sie ihn und schob ihren Mann durch den Regen vor sich her.

Er zog die Brauen zusammen. Irgendetwas stimmte mit den beiden Mädchen nicht. Seine blank geputzten Schuhe sanken im nassen Erdreich ein, als er sich ihnen näherte.

»Hallo?«

Das Mädchen mit dem langen dunklen Haar wandte ihm das Gesicht zu, blickte aber ins Leere. Ihre Augen waren wässrig. Sie verzog kurz den Mund, sagte aber nichts. Ihre Wimperntusche war zerlaufen und die blassen Wangen schwarz verschmiert. Geert schätzte sie auf sechzehn, höchstens siebzehn.

»Was macht ihr denn da im Regen?«

Das andere Mädchen lehnte mit zurückgelegtem Kopf und geschlossenen Augen an der Scheibe. Sie zeigte keinerlei Regung und ihre Haltung kam ihm irgendwie unnatürlich vor. Der Wind trieb ihr ein Stück Zeitungspapier ins Gesicht, aber sie reagierte nicht.

Geert ging neben dem dunkelhaarigen Mädchen in die Hocke und legte ihr die Hand auf die Schulter. Er spürte, wie sie sich verkrampfte. Plötzlich schrie sie wütend: »Fassen Sie mich nicht an!«

Erschrocken zog er die Hand weg und murmelte eine Entschuldigung.

»Gehen Sie!« Nun trat das Mädchen auch noch nach ihm. »Hauen Sie ab, los!«

»So was aber auch! Wenn du mich fragst, sind die sternhagelvoll«, flüsterte Geert seiner Frau zu, während er sich mühsam aufrichtete.

»Meinst du wirklich? Lass mich mal …« Sie schob ihn zur Seite und kniete sich neben das dunkelhaarige Mädchen. »Was ist los mit euch? Habt ihr getrunken?«

»Ich will nach Hause«, wimmerte das Mädchen.

Riet schnupperte. Das Mädchen hatte mit Sicherheit nicht getrunken. Sie schien viel eher Angst zu haben.

»Wir tun euch nichts, wir wollen nur helfen. Seid ihr verletzt? Was ist denn passiert?« Sie legte dem Mädchen die Hand auf die Stirn. »Wie heißt du?«

Eine Weile blieb es still, als müsste das Mädchen angestrengt überlegen.

»Marcia«, sagte es dann leise und begann zu weinen.

Geert stand mit besorgter Miene hinter seiner Frau und bemühte sich, ebenso ruhig und gelassen zu bleiben wie sie, doch es gelang ihm nicht. Seine Hilflosigkeit ließ ihn immer nervöser werden. Bestimmt hatten die Mädchen ein schlimmes Erlebnis gehabt, auch wenn weder Blut noch blaue Flecken zu sehen waren. Aus ihrem Dorf kamen die beiden nicht, sonst hätte er sie bestimmt erkannt. Weiß der

Himmel, wie lange sie da schon im Regen saßen. Das Weinen des dunkelhaarigen Mädchens klang seltsam, wie von einem gequälten Tier.

»Hol mein Handy aus der Tasche!« Riets Stimme riss ihn aus seinen Gedanken. Er nickte und setzte sich ein wenig unbeholfen in Bewegung.

Geert wohnte schon sein ganzes Leben im Dorf. Fünfundsiebzig Jahre, aber so etwas hatte er noch nie erlebt. Er hatte unzähligen Kälbern auf die Welt geholfen, Schweine geschlachtet und Hühnern den Hals umgedreht, aber mit den beiden Mädchen war er hoffnungslos überfordert.

Mit zitternden Händen kramte er in der Tasche. Endlich fand er das Handy. Er eilte zurück zu seiner Frau.

»Da!« Geert hielt ihr das silberfarbene Gerät hin.

»Was ist? Telefonieren sollst du! Die Mädchen brauchen Hilfe. Schnell!«

»Telefonieren?«, wiederholte er und kratzte sich nachdenklich am Kopf.

»Ja! Ruf die Polizei an!« Mit einer ungeduldigen Geste bedeutete sie ihm, sich zu beeilen, dann wandte sie sich wieder den Mädchen zu.

Zögerlich drückte Geert ein paar Tasten. Handys waren ihm ein Gräuel, er fand sie unpraktisch und viel zu klein für seine großen Hände. Er seufzte, als es nicht auf Anhieb klappte. Dann endlich, nach drei missglückten Versuchen, stellte er erleichtert fest, dass ein Freizeichen ertönte.

»Polizeirevier, was kann ich für Sie tun?«

»Hier spricht de Vogel!« Die Stimme des Mannes überschlug sich vor Aufregung. »Hier sind zwei Mädchen, aus denen ist kein vernünftiges Wort rauszukriegen. Es regnet, die eine heult und … Sie müssen ganz schnell jemanden schicken!«

Der diensthabende Beamte bemerkte sofort die Panik in der Stimme des Anrufers. De Vogel war offenbar völlig außer sich. Er versuchte, ihn zu beruhigen, während er einen Kollegen heranwinkte. »Bleiben Sie bitte ruhig, sonst kann ich Ihnen nicht helfen. Ich brauche noch weitere Informationen.« Rasch notierte er die Nummer des Anrufers, die auf dem Display angezeigt wurde.

»Wo sind die Mädchen genau?«, fragte er.

»Hier! An der Bushaltestelle!«

»Und wo ist hier? Sehen Sie vielleicht irgendwo ein Straßenschild? Oder schauen Sie doch mal auf den Plan mit den Abfahrtszeiten. Ganz oben müsste der Name der Haltestelle stehen.«

Sekundenlang war es still in der Leitung.

»Akkerweg, Haltestelle Nummer 14.«

Der Beamte wiederholte die Angaben für seinen Kollegen, der eine Karte ausgebreitet hatte. Dieser nickte ihm zu und nahm dann per Funk Kontakt mit einem Streifenwagen auf, der in der Gegend unterwegs war.

»Herr de Vogel, sind die Mädchen verletzt?«

»Weiß ich nicht. Ich bin kein Arzt!« Der Mann klang immer aufgeregter. »Ich seh aber kein Blut. Das eine Mädchen redet wirres Zeug und heult die ganze Zeit, das andere ist gar nicht ansprechbar. Bitte, kommen Sie schnell!«

»Ein Streifenwagen ist bereits unterwegs und ich schicke auch gleich einen Krankenwagen. Bitte bleiben Sie bei den Mädchen, lassen Sie sie auf keinen Fall allein.«

2

Ungefähr drei Wochen zuvor

Ein kalter Wind pfiff durch die Straßen. Die zwei Mädchen drückten sich in eine Ecke des Wartehäuschens an der Bushaltestelle. Marcia nahm ein Bild aus ihrer Schultasche und hielt es ihrer Freundin hin.

»Das ist er!« Gespannt wartete sie auf Floors Reaktion. »Er ist achtzehn und heißt Erik. Wie findest du ihn?«

Floor betrachtete den Jungen, der – nur mit einem Slip bekleidet – in die Kamera lachte. Er sah gut aus, das musste sie zugeben: dunkelblonde Locken, braune Augen, ein sympathisches Gesicht. Groß und athletisch gebaut, mit Waschbrettbauch.

Ein Stich der Eifersucht durchzuckte Floor, aber sie ließ sich nichts anmerken. Mit ihren fünfzehn Jahren hatte sie noch nie einen Freund gehabt, während die Jungen bei Marcia Schlange standen. In Floors Augen war Marcia einfach perfekt. Dunkelbraunes welliges Haar fiel ihr bis über die Schultern und ihre Haut war beneidenswert rein. Sie war weder zu dick noch zu dünn und Floor hätte viel darum gegeben, wie Marcia Körbchengröße B zu haben. Sie selbst hatte viel zu dünne Beine und trug Körbchengröße AA.

»Warum hat er eigentlich nur eine Unterhose an?«, fragte Floor.

»Darum. Also: Wie findest du ihn?«

»Sieht ziemlich gut aus.«

»Ziemlich gut!? Er ist fantastisch!«

Floor musste grinsen. »Meinetwegen: Er ist fantastisch. Wie lange kennst du ihn schon?«

»Fast drei Wochen. Er wohnt in Antwerpen.«

»Antwerpen? Das ist ja ewig weit weg.«

»Hundertzwanzig Kilometer«, sagte Marcia. »Aber was soll's? Wir chatten jeden Tag.«

»Aber wieso trägt er denn nur eine Unterhose?«, hakte Floor nach.

»Wir haben vor der Webcam unsere T-Shirts ausgezogen. Erst er, dann ich. Einfach so, zum Spaß.«

»Du auch? Hast du dich etwa nackt vor die Webcam gestellt?«

Marcia lächelte nur. »Da kommt der Bus.« Sie nahm ihre Schultasche und trat zwei Schritte vor.

»Marcia, ich hab dich was gefragt!«

Keine Antwort.

Mit quietschenden Bremsen hielt der Bus vor ihnen. Noch immer lächelnd stieg Marcia ein und zeigte der Fahrerin ihre Monatskarte. Die nickte und richtete dann den Blick auf Floor, die hektisch in ihrem Rucksack zu kramen begann. Es dauerte eine ganze Weile, bis sie die Karte zwischen den Schulsachen gefunden hatte. Die Frau lächelte ihr zu und schloss dann per Knopfdruck die Tür.

Marcia hatte sich bereits auf die hinterste Bank gesetzt und beobachtete kopfschüttelnd ihre ungeschickte Freundin. Sie und Floor hatten sich vor drei Jahren in der Orientierungsstufe des Henning-Gymnasiums kennengelernt. Am ersten Schultag hatten alle ein wenig verloren in der

Pausenhalle auf ihre neuen Klassenlehrer gewartet. Marcia hatte ihre künftigen Mitschüler kritisch in Augenschein genommen. Es könnte Monate dauern, hatte sie gehört, bis man an einer neuen Schule eine Freundin fand. Beim Anblick der nervös kichernden Mädchen konnte sie sich das durchaus vorstellen. Dann aber hatte sie Floor gesehen, hinter ein paar lärmenden Jungen. Sie lehnte an der Wand und schien sich an dem Krach um sie herum überhaupt nicht zu stören. Floor hatte etwas, das Marcia anzog. Vielleicht war es ihre gelassene Haltung, vielleicht auch die potthässliche weite Jeans …

Als sie sich im Klassenzimmer Plätze suchten, hatte Floor ein wenig linkisch abseits der anderen Schüler gestanden. Marcia hatte ihr zugewinkt und einladend auf den Stuhl neben sich gedeutet. Und Floor hatte keinen Moment gezögert: Wie ein aufgeschrecktes Vögelchen war sie auf Marcia zugeflattert. Die beiden Mädchen verstanden sich auf Anhieb und waren seitdem die besten Freundinnen.

Mit einem Ruck fuhr der Bus an und Floor griff im letzten Moment nach einer Halteschlaufe. Schwankend lief sie durch den Mittelgang nach hinten zu Marcia. Sie setzte sich neben sie, stellte ihren Rucksack ab und sah ihre Freundin erwartungsvoll an. Marcia tat, als merke sie es nicht.

»Nun sag schon oder darf ich es nicht wissen?«, drängte Floor, der Marcias Geheimniskrämerei allmählich auf die Nerven ging.

»Was denn?«

Floor versetzte ihr einen Puff.

»Immer mit der Ruhe!« Marcia grinste und rieb sich den schmerzenden Oberarm.

»Hast du dich auch ausgezogen oder nicht?«

»Ja, hab ich doch gesagt.«

»Ganz?«

»Nein, den BH hab ich anbehalten und die Jeans natürlich auch.« Marcia sah Floor herausfordernd an. »Warum nicht? Der Typ ist doch total süß.«

»Aber du kennst ihn doch gar nicht!«, wandte Floor ein.

»Noch nicht, aber bald! Am Samstag bin ich mit ihm in Herzogenbusch verabredet. Wir treffen uns am Bahnhof.«

»Und was, wenn er ein Idiot ist?«

»Sieht er vielleicht so aus?« Marcia hielt Floor das Bild hin. »Er hat mir seine Nummer gemailt und ich hab schon zweimal mit ihm telefoniert. Der ist echt nett.«

»Worüber habt ihr geredet?«

»Ach, über dies und das. Er hat erzählt, dass er E-Gitarre spielt und gern Horrorfilme sieht. Montags hat er Unterricht, den Rest der Woche arbeitet er auf dem Bau. Er macht eine Lehre als Zimmermann. Seine Eltern sind geschieden und er wohnt bei seinem Vater. Wir haben uns stundenlang unterhalten. Ich hatte das Gefühl, ihn schon ewig zu kennen.«

»Mir ist das nicht ganz geheuer … und blöd ist es außerdem. Womöglich entpuppt er sich als gefährlicher Irrer.«

»Nun hab dich nicht so! Was kann mir schon passieren? Wir gehen vom Bahnhof aus in die Innenstadt, dort sind Tausende Leute unterwegs. Und falls er mich tatsächlich belästigt, steige ich einfach in den nächsten Zug und fahre wieder nach Hause.« Leicht verärgert steckte Marcia das Bild weg. Floor immer mit ihrem Wenn und Aber! Ein gefährlicher Irrer – wie kam sie nur auf so was?

»Meiner Mutter hab ich gesagt, dass ich am Samstag mit dir in Herzogenbusch shoppen gehe«, sagte Marcia. »Sie muss ja nicht unbedingt wissen, dass ich mich mit einem Jungen treffe, den ich im Internet kennengelernt habe.«

Floor runzelte die Stirn. »Hältst du das für schlau? Deine Mutter kommt oft zu uns in den Laden und unterhält sich mit meinen Eltern. Was, wenn sie etwas wegen Samstag sagt?«

Das hatte Marcia überhaupt nicht bedacht. »Dann musst du eben mit«, entschied sie.

»Muss ich eben mit?«, wiederholte Floor pikiert. »Glaubst du etwa, ich hab Lust, das fünfte Rad am Wagen zu sein, während du dich an diesen Typen ranschmeißt? Ich hab wirklich Besseres zu tun!«

»Was denn, bitte?«, fragte Marcia provozierend.

Floor sah nun ernsthaft gekränkt aus.

»Ach bitte, Floor! Komm mit, mir zuliebe.« Marcia legte ihr versöhnlich den Arm um die Schultern. »Soll ich Erik fragen, ob er einen Freund mitbringt?«

»Einen Freund? Du spinnst wohl! So was Blödes fragt man doch nicht!«

»Warum denn nicht?«, entgegnete Marcia lässig. »Ich schicke ihm gleich eine SMS. Er hat heute bis drei Uhr Unterricht. Ich frage ihn, ob er am Nachmittag online ist.« Sie holte ihr Handy hervor und schon glitten ihre Finger über die Tasten.

»4 h online? Ich muss dich was fragen.« Sie las die Nachricht laut vor und sah Floor triumphierend an.

»Lass das sein!« Floor zog an Marcias Arm, aber die hatte bereits auf »Senden« gedrückt.

»Zu spät. Los, steh auf …« Marcia nahm ihre Schultasche, als die Haltestelle der Schule in Sichtweite kam. »Wir haben um Viertel nach drei Schluss. Wenn wir nicht trödeln, sind wir um vier bei dir zu Hause.«

»Womöglich schleppt er irgendeinen grässlichen Kerl an«, sagte Floor seufzend. »Oder aber der Typ findet mich hässlich und …«

»Überlass das ruhig mir. Ich mach dich zurecht und wir mailen ihm ein Foto von dir. Erik soll auch eins von seinem Freund schicken, und wenn er dir nicht gefällt, soll er einen anderen mitbringen.«

»Ich glaube aber nicht, dass ich …« Floor brach ab, als sie Wesley mit seinen Freunden Karim und Rick kommen sah. Sofort bemühte sie sich um ein Lächeln.

»Hallo!« Floor hob grüßend die Hand. Aus den Augenwinkeln registrierte sie Marcias warnenden Blick.

»Na, ihr beide freut euch wohl auch schon auf Mathe?« Seufzend ließ Wesley seinen Rucksack fallen. »Zweite und dritte Stunde bei Voice. Ich kann's kaum erwarten, die alte Hackfresse wiederzusehen.« Er zog eine Grimasse.

»Voice ist schon in Ordnung«, meinte Floor. »Du bist selber schuld, dass er dich immer vor die Tür schickt. Wenn du zur Abwechslung mal keinen Ärger, sondern deine Hausaufgaben machen würdest …«

»Hausaufgaben?«, wiederholte Wesley und begann zu würgen. »Schon von dem Wort wird mir schlecht! Floor, warum bist du so grausam zu mir? Ich dachte, du magst mich!?«

Karim und Rick brachen in Gelächter aus und Floor

lachte leicht gequält mit. Wesley war der Schwarm aller Mädchen, obwohl er nicht übermäßig gut aussah. Auch Floor hatte sich bis über beide Ohren in ihn verknallt. Inzwischen wusste sie, dass er nicht an ihr interessiert war, doch sie genoss es immer noch, mit ihm zu flirten. Da sie sich den Spaß nicht nehmen lassen wollte, sah sie weg, als Marcia genervt die Augen verdrehte.

Wesley legte, wie schon so oft, den Arm um Floor und gab sich charmanter denn je. »Hör mal, allerliebste Floor, du willst doch sicher nicht, dass der arme Wesley schon wieder Ärger kriegt, oder? Voice hat mich sowieso schon auf dem Kieker, und wenn ich heute wieder ohne Hausaufgaben ankomme, bin ich fällig. Mein ewiger Dank ist dir gewiss!« Er umarmte sie stürmisch und tat, als wollte er sie küssen. Floor sträubte sich in gespieltem Entsetzen.

»Das ist aber das allerletzte Mal!« Als sie das Heft aus ihrem Rucksack holte, hörte sie Marcia neben sich seufzen.

»Du bist ein Schatz!« Wesley schnappte sich das Heft und begann zu blättern.

»Habt ihr das mit Naomi schon gehört?«, fragte Karim, der sichtlich darauf brannte, seine Neuigkeit loszuwerden.

Marcia war sofort ganz Ohr. Sie konnte Naomi und ihre Clique nicht ausstehen. Barbiepuppen nannte sie die Mädchen, die in engen, bauchfreien Tops arrogant über den Pausenhof stolzierten und taten, als gehöre ihnen die Welt.

»Erzähl schon!«, drängte sie.

»Sie hat mit Wout rumgemacht, hinter der Turnhalle. Und zwar für ’ne Schachtel Zigaretten.«

»Echt?« Marcia genoss die Neuigkeit. »Und was heißt ›rumgemacht‹? Hat sie ihn geküsst? Oder mehr?«

»Mehr«, mischte Rick sich ein und fasste sich demonstrativ in den Schritt. »Du weißt schon …«

»Ich weiß gar nichts«, sagte Marcia und sah ihn herausfordernd an.

Rick bewegte die Hand auf und ab und grinste anzüglich.

Die Mädchen machten große Augen. »Wirklich?«

»Hast du das selber gesehen?«, wandte Floor sich an Karim.

»Wout hat es Maarten erzählt und Maarten mir.«

»Vielleicht lügt Wout ja«, sagte Floor.

»Warum sollte er?« Marcia funkelte ihre Freundin böse an.

»Um seinen Freunden zu imponieren.«

»Ne Schachtel Zigaretten wär mir das auch wert«, meinte Rick. »Sogar zwei. Naomi ist ziemlich scharf.«

»Eine ordinäre Schlampe ist die!«, giftete Marcia. »Und mit so was würdet ihr euch einlassen?!«

Karim schüttelte den Kopf. »Ich doch nicht …«

»Als ob du Naomi einen Korb geben würdest!«, sagte Rick verächtlich.

Karim war rot angelaufen und warf Marcia einen verstohlenen Blick zu. Schon seit Wochen versuchte er, bei ihr zu landen, bisher aber ohne jeden Erfolg.

»Pass auf, dass du keinen Schreibkrampf kriegst.«

Wesley rutschte vor Schreck der Stift ab. Nun zog sich ein Strich quer über das Heft.

Niemand hatte den Lehrer kommen hören. Herr Voice hatte die Hände in den Taschen seiner Jeans vergraben und guckte Wesley mit gerunzelter Stirn über die Schulter. »Wir haben anscheinend mal wieder keine Hausaufgaben gemacht, was, Herr Blom?«

Wesley versuchte, das Heft mit dem Arm abzudecken, aber Voice hatte es schon gesehen.

»Und wer von euch Trotteln hat Herrn Blom sein Heft geliehen?«

Keine Antwort.

Voice streckte die Hand aus und schnippte ungeduldig mit den Fingern. »Her damit!«

Widerwillig gab Wesley ihm das Heft. Der Lehrer nahm es und schüttelte mit einem missbilligenden Seufzer den Kopf, als er Floors Namen las. »Das nenne ich Pech, meine liebe Floor. Dafür darfst du heute zusammen mit Herrn Blom eine Stunde nachsitzen.« Er warf Wesley das Heft in den Schoß, versenkte die Hände wieder in den Taschen und steuerte auf den Haupteingang zu.

Als die Klingel ertönte, warf Marcia Floor einen wütenden Blick zu. »Wir wollten doch heute Nachmittag chatten!«

Die Doppelstunde bei Voice zog sich ewig hin. Der Lehrer hatte sichtlich schlechte Laune. Mit einem Ruck hatte er die Wandtafel heruntergezogen und mit dem Unterricht begonnen. Immer wieder schnauzte er Floor an. Sie hielt den Blick starr auf ihr Buch gerichtet und wäre am liebsten im Boden versunken. Als es endlich klingelte, sprang sie als Erste auf und rannte aus dem Klassenzimmer. In der Schulkantine wartete sie auf Marcia, die sich mit verdrießlicher Miene neben sie setzte. »Was wird jetzt aus unserem Plan für heute Nachmittag?«

»Den können wir vergessen«, meinte Floor. »Mir ist es, ehrlich gesagt, auch lieber. So ein Blind Date, das ist nichts für mich.«

»Wusste ich's doch! War ja klar, dass du einen Rückzieher machst!«, sagte Marcia spitz. »Weißt du was, Floor, das ist unfair von dir! Du hast versprochen, mir zu helfen. Und jetzt kneifst du.«

»Versprochen habe ich gar nichts, du hast mich gedrängt. Was kann ich dafür, dass ich heute nachsitzen muss? Machen wir's eben ein andermal, nächste Woche oder so.«

»Spinnst du?!«, fuhr Marcia sie an. »Erik freut sich auf unser Treffen, das kann ich unmöglich absagen. Ich zähle auf dich. Denk dir was aus wegen Voice, genug Fantasie hast du ja wohl!«

Floor biss sich auf die Lippen. Sie wollte ihre beste Freundin auf keinen Fall im Stich lassen, aber sie konnte Herrn Voice doch nicht schon wieder verärgern. »Was soll ich denn sagen? Ich kann nicht sonderlich gut lügen.«

»Dann tu einfach so, als hättest du das mit dem Nachsitzen vergessen, und wir gehen um Viertel nach drei zu dir nach Hause.«

»Das glaubt Voice mir nie. Dann muss ich morgen zwei Stunden nachsitzen!«

Marcia seufzte tief. »Weißt du vielleicht was Besseres?«

Floor schüttelte den Kopf.

»Wesley nutzt dich aus. Und jetzt hast du auch noch Ärger wegen dem Blödmann.«

»Er konnte doch nicht ahnen, dass Voice –«, begann Floor.

»Du musst den Kerl ignorieren!«, fiel Marcia ihr ins Wort

und wies mit dem Kinn zur Tür. »Guck doch, da steht er und flirtet schon wieder mit einer anderen. Und zwar mit Naomi, der Zicke. Der entschuldigt sich nicht mal bei dir. Und dass er nachsitzen muss, ist ihm piepegal. Wird echt Zeit, dass wir einen netten Freund für dich finden. Einen, dem wirklich an dir liegt und der –«

»So einen gibt's nicht«, unterbrach sie Floor.

»Gibt es wohl. Du musst allerdings suchen, aber nicht an unserer Schule. Hier laufen doch nur Loser rum. Jede Wette, wir finden im Internet den Richtigen für dich.«

Floor gab sich betont gleichgültig, obwohl sie sich nichts mehr wünschte als einen Freund, der Händchen haltend mit ihr durch die Stadt ging und sie zärtlich küsste. An ihren ersten Kuss erinnerte sie sich nur ungern. Sie hatte Kris bei einer Party kennengelernt und mit ihm getanzt. Damals war sie gerade vierzehn gewesen. Urplötzlich hatte er sie auf der Tanzfläche an sich gerissen und seine Lippen auf ihre gedrückt. Sein Atem hatte nach Bier und Zigarettenrauch geschmeckt und Floor wäre fast schlecht geworden, als er ihr seine Zunge in den Mund schob.

Aus den Augenwinkeln beobachtete sie, wie Naomi sich an Wesley heranmachte und mit ihren Brüsten seinen Arm streifte. Vielleicht hatte Marcia ja recht und ihr Traumprinz war tatsächlich nicht hier an der Schule zu finden. Vielleicht sollte sie sich doch ernsthaft auf die Suche machen …

3

An Wesleys Arm gehängt, ließ Naomi den Blick durch die Kantine schweifen. Jetzt hatte sie Marcia und Floor erspäht. Floor machte eine unbeteiligte Miene und versuchte, ihre Unsicherheit zu verbergen, Marcia jedoch reckte bereits den Mittelfinger hoch.

»Nun lass die Zicke doch«, flüsterte Floor.

Wo immer Naomi auftauchte, gab es Stress. Ständig war sie mit ihrer Clique auf der Suche nach jemandem, über den sie sich lustig machen konnten. Floor wurde bereits mulmig, wenn eines der Mädchen sie auch nur ansah. Marcias Geste hatte ausgereicht, um die Clique in Bewegung zu setzen. Von Weitem sahen die Mädchen aus wie geklont: Sie hatten alle modisch geschnittenes, tizianrot gefärbtes Haar, trugen extrem teure Markenkleidung und waren mit Schmuck behängt, der bei jedem Schritt klirrte.

Gefolgt von Lisa, Amber und Ilsa, kam Naomi an ihren Tisch und nahm einen tiefen Zug aus ihrer Zigarette. Dann kniff sie das rechte Auge zu und pustete Marcia eine Rauchwolke ins Gesicht.

»Hast du mir was zu sagen?«

Marcia hatte bereits eine Antwort parat, aber Floor kam ihr zuvor. »Lass uns in Ruhe! Wir haben keine Lust auf euer dämliches Gequatsche.«

Erstaunt sah Marcia ihre Freundin an.

»Wie bitte?« Naomis Stimme klang affektiert, aber auch erstaunt über den unerwarteten Frontalangriff. »Was geht dich das an?«, keifte sie. »Ich hab die Kuh neben dir gefragt.«

»Floor hat recht«, mischte sich Marcia ein. »Mach dich vom Acker, du verpestest hier nur die Luft. Geh meinetwegen die Siebtklässler ärgern, bei denen kannst du vielleicht noch Eindruck schinden.«

Das Stimmengewirr in der Kantine verstummte und Dutzende neugieriger Gesichter drehten sich zu den Mädchen um.

Naomi beugte sich vor und kniff die Augen zu schmalen Schlitzen zusammen. »Du solltest lieber nicht so große Töne spucken«, wandte sie sich drohend an Marcia. »Sonst lass ich dir von meinen Freunden die Fresse polieren.«

Freunde? In Floor kochte die Wut hoch. Dass sie keine Chance bei den Jungen hatte, war einzig und allein die Schuld von Mädchen wie Naomi! Dieses Weib machte sich buchstäblich an jeden heran, nur um zu beweisen, dass sie haben konnte, wen sie wollte. Floor zitterte am ganzen Leib und mit wild pochendem Herzen sprang sie auf. »Wie du an deine sauberen Freunde kommst, wissen wir!«, schrie sie Naomi ins Gesicht. »Wout hat es allen erzählt!«

Naomi wich zurück und schluckte ein paarmal. »Ich weiß überhaupt nicht, wovon du redest.« Hilfe suchend sah sie sich nach ihren Freundinnen um.

Die drei zuckten nur mit den Schultern.

»Ich glaube, die ist eifersüchtig auf dich«, sagte Ilsa.

»Kann ich mir gut vorstellen«, pflichtete Amber ihr bei. »So, wie die aussieht, hat sie auch allen Grund dazu.«

Hochrot und wie ein begossener Pudel stand Floor da. Was war nur in sie gefahren? Wenn sie sich die vier Mädchen zu Feinden machte, würde die Schule die Hölle werden. Sie ließ die Schultern hängen und holte tief Luft, um der inneren Aufregung Herr zu werden. Inzwischen war Marcia aufgestanden und hatte sich neben sie gestellt.

Naomi lachte schrill. »Oha! Jetzt wird's gefährlich!« Ihre Freundinnen kicherten albern.

»Voice steht an der Tür«, flüsterte Lisa Naomi zu, die daraufhin schnell ihre Zigarette ausdrückte.

»Warte nur, bis die Schule aus ist«, zischte sie Floor zu. »Dann reden wir weiter.«

Sie drehte sich um und machte Anstalten zu gehen. »Schicker Pulli übrigens!«, rief sie Floor über die Schulter zu. »Hast du den von deiner Oma geliehen?«

Unter schallendem Gelächter verließen die Mädchen die Kantine.

Sekundenlang war es still.

»Mann, warst du auf einmal wütend!«, sagte Marcia.

»Ich weiß, das war dumm von mir.«

»Von wegen! Die Zicke musste mal einen Dämpfer kriegen und das war genau der richtige Moment. Echt toll von dir. Ich hätte es nicht besser gekonnt.«

Floor hatte immer noch Herzrasen. »Es ist mir einfach so rausgerutscht …«

»Das wurde aber auch Zeit. Die schikaniert dich ja schon seit Monaten.« Marcia legte Floor den Arm um die Schultern. »Ich bin so stolz auf dich!«

Nun lachte Floor wieder. Im Nachhinein war sie mit sich zufrieden. Sich mit Naomi anzulegen war zwar nicht klug gewesen, aber mutig. Und Marcias Lob stärkte ihr Selbstvertrauen. Entschlossen straffte sie den Rücken. »Heute

Nachmittag erklärst du mir, wie das mit dem Chatroom funktioniert, in dem du Erik kennengelernt hast, okay?«

»Superdudes heißt die Site. Aber was ist mit Voice?«

Floor spähte zu dem Lehrer an der Tür. »Der kann mich mal. Und Wesley und die Barbiezicken ebenfalls.«

Um Viertel nach drei hatten sie endlich Schluss. Durch die langen Flure des Henning-Gymnasiums hallten die Stimmen erleichterter Schüler. Marcia und Floor kämpften sich durch den trägen Strom ins Freie.

Marcia sah auf ihre Armbanduhr. »In drei Minuten fährt der Bus ab. Beeil dich!« Sie zog Floor mit sich zum Schultor.

Vier rothaarige Mädchen sahen ihnen nach, eine rief etwas, aber Marcia und Floor waren schon außer Hörweite. Sie sahen den Bus und begannen zu rennen. Ganz außer Atem stiegen sie ein, stellten sich in den Mittelgang und grinsten sich an. Marcia kramte ihr Handy aus der Schultasche. »Eine SMS von Erik!«, jubelte sie.

Floor beugte sich zu ihr und überflog den Text: *Okay, Liebste. GuK!*

»Irre spannend, was?« Marcia stieß Floor an, die nun wieder ein skeptisches Gesicht machte.

»Wir haben nur noch dreißig Minuten«, gab sie zu bedenken.

»Zeit genug«, meinte Marcia. »Komm, wir stellen uns schon mal an die Tür.«

Die zehnminütige Fahrt zog sich hin. An der Haltestelle sprangen die Mädchen aus der halb geöffneten Tür und rannten durch die Ladenstraße.

Floors Eltern, Pauline und Sjon Kloostermans, besaßen eine Bäckerei in der Stadtmitte. Das bedeutete jeden Tag harte Arbeit, aber sie waren zu Recht stolz auf ihr Geschäft, das für seine köstlichen Zuckerkringel in der ganzen Stadt bekannt war. Floors Mutter stand schon seit zwanzig Jahren hinter der Theke, während ihr Mann in der Backstube im Hinterhaus für Nachschub sorgte. Praktisch war, dass sich die Vierzimmerwohnung der Familie direkt über dem Laden befand. In aller Frühe stand Herr Kloostermans auf, um die Backbleche Punkt sechs Uhr in den Ofen zu schieben. Gegen halb acht machte er dann eine Pause, um mit seiner Familie zusammen zu frühstücken, während der Duft nach frischen Brötchen durch das ganze Haus zog.

Floor war ein Einzelkind. Ihre Eltern hatten sich bewusst gegen weitere Kinder entschieden, da das Geschäft viel Zeit in Anspruch nahm und Floor nicht zu kurz kommen sollte. Als Floor klein war, spielte sie meist in einer Nische unten an der Treppe zwischen Laden und Hinterhaus. Es war ein gemütlicher Platz: Sie konnte ihre Eltern beobachten, aber auch ungestört sein. Floor hatte viel Fantasie und konnte sich gut allein beschäftigen. Mit Garn und Knöpfen aus dem Nähkorb ihrer Mutter richtete sie sich einen Handarbeitsladen ein, spielte mit ihren Kuscheltieren Schule oder verarztete ihre Puppen. Wenn ihre Eltern zwischendurch Zeit hatten, spielten sie eine Weile mit.

Als die Ladenglocke bimmelte, strich sich Frau Kloostermans eine Haarsträhne hinters Ohr und lächelte den beiden Mädchen zu, die aufgeregt hereingestürmt kamen.

»Hallo, Mama.« Floor küsste ihre Mutter flüchtig auf die Wange.

»Tag, Frau Kloostermans.«

»Hallo, Liebes. Marcia, schön, dass du mitgekommen bist.«

»Marcia und ich gehen gleich nach oben, Mama. Wir haben am Computer zu tun. Dürfen wir uns was Süßes nehmen?«

Frau Kloostermans deutete auf die Vitrine. »Nehmt nur, was ihr mögt.«

Floor sah Marcia fragend an.

»Für mich einen Mandelkuchen, bitte«, sagte Marcia.

Floor legte zwei Mandelkuchen auf einen Teller und ging zur Treppe. »Hi, Paps!«, rief sie zur offenen Tür der Backstube hinüber.

Ihr Vater trat auf die Schwelle.

»Tag, Herr Kloostermans«, sagte Marcia.

»Na, ihr beiden Hübschen? Alles paletti?«

»Klar, Paps!«, entgegnete Floor und lief, zwei Stufen auf einmal nehmend, die Treppe hinauf. »Wir haben's eilig, wir müssen an den Computer.«

Seine Antwort hörten sie nicht mehr, da sie bereits die Tür hinter sich geschlossen hatten. Marcia setzte sich an den Schreibtisch und schaltete den PC an. »Wie spät ist es?«

Floor ließ den Rucksack von der Schulter gleiten und warf einen Blick auf ihren Radiowecker. »Sechs vor vier. Hat bestens geklappt.« Sie schob ihren orangefarbenen Sitzsack an den Schreibtisch, setzte sich und wand sich dann mühsam aus der Jacke, die sie in weitem Bogen aufs Bett warf.

»Ist er schon online?«, fragte sie.

»Nicht so schnell, ich bin noch nicht mal auf MSN eingeloggt.«

»Dann hol ich uns rasch was zu trinken.« Floor sprang auf und eilte aus dem Zimmer.

»Wir müssen warten, er ist noch nicht da!«, rief Marcia ihr nach.

Kaum eine Minute später kam Floor mit einer Flasche Cola und zwei Gläsern ins Zimmer zurück. Sie stellte alles auf dem Schreibtisch ab und spähte dann über Marcias Schulter auf den Monitor.

»Mit wem chattest du da?«

»Mit Roy. Das ist ein Freund meiner Cousine. Er wohnt in Amsterdam und fährt Motocross. Voll cooler Typ. Ich frage ihn mal, ob er seine Webcam anmacht, dann kannst du ihn sehen.«

Ein Junge mit blondem, halblangem Haar erschien auf dem Bildschirm. Er winkte lebhaft. Die Mädchen kicherten und winkten zurück.

Dann hielt Roy ein silbernes Gefäß hoch.

»Was hat er da?«, wollte Floor wissen.

»Das ist ein Pokal. Den hat er wohl beim Cross-Wettkampf gewonnen«, erklärte Marcia. »Ich gratuliere ihm gleich. Oh, guck mal, Ben ist auch online! Den kenne ich von der TMF-Chatsite. Netter Typ, aber potthässlich. Willst du mit ihm chatten?«

Floor zog eine Grimasse und schüttelte den Kopf.

»Ich verstehe einfach nicht, warum du nie chattest«, sagte Marcia. »Es macht total Spaß. Du lernst jede Menge Leute kennen, und wenn dir einer nicht passt, klickst du ihn einfach weg.«

»Was hab ich denn schon zu erzählen?«, sagte Floor. »Nein, Chatten ist nichts für mich. Ich könnte ganz gut ohne Computer leben.«

»Und warum hast du dann einen?«

»Mein Vater meint, ich müsste einen haben. Deshalb hat er mir einen gekauft. Du kennst ihn doch.«

Marcia ließ den Blick durchs Zimmer schweifen, über das volle Bücherregal, die Stereoanlage, den Farbfernseher und den DVD-Player.

Floor zuckte mit den Schultern. »Ich brauche diesen ganzen Kram eigentlich nicht …«

»Ich hätte damit kein Problem«, meinte Marcia.

Aus dem Lautsprecher ertönte ein kurzes Signal und die Mädchen wandten sich rasch wieder dem Bildschirm zu. Rechts unten tauchte die Meldung auf, dass Erik online war. Schnell klickte Marcia seinen Namen an.

Hallo, Herzchen. Was hast du heute Schönes gemacht? :-):-)

Mit flinken Fingern tippte Marcia eine Antwort:

Hi, du! Ich hab den ganzen Tag an dich gedacht.

Eriks Gesicht erschien auf dem Monitor. Er beugte sich vor und spitzte die Lippen wie zu einem Kuss.

»Ist er nicht süß?«, schwärmte Marcia und Floor musste ihr zustimmen.

Was wolltest du mich fragen?

Er blickte von der Tastatur auf und wartete auf ihre Antwort.

Ich bin gerade bei meiner Freundin Floor. Wink ihr mal!

Sie zog Floor vor die Webcam.

Floor lachte und hob ein wenig linkisch die Hand.

Erik grinste breit und winkte.

Floor kommt am Samstag mit nach Herzogenbusch. Kannst du vielleicht einen Freund mitbringen? Er muss aber gut aussehen!

»Vielleicht hat Erik ja einen netten Bruder«, meinte Floor hoffnungsvoll.

Hast du einen netten Bruder?

Klar.

Die Mädchen jubelten. »Frag, ob der mitkommt«, drängte Floor.

Aber er ist erst 8 :-)

Marcia und Floor prusteten los.

»Wär auch zu schön gewesen …« Marcia tippte bereits wieder.

Vergiss es. :-(Du wirst schon einen anderen finden. Wir wollen ihn aber erst begutachten, also schick uns ein Foto von ihm.

Geht in Ordnung. Ich bringe Fabian mit. Schickst du dann auch ein Foto von deiner Freundin? Damit Fabian auch was zum Begutachten hat … :-):-)

Klar. Bis später, Liebster. ♥

Ich melde mich wieder. Küsschen. :- :-* :-**

»Und was jetzt?« Floor knabberte nervös an ihren Fingernägeln.

»Hol deine Schminksachen, dann mach ich dich zurecht. So wie du jetzt aussiehst …«, Marcia schüttelte missbilligend den Kopf, »… so geht es auf keinen Fall.«

»Es ist schon halb fünf. Das schaffen wir nie. Soll ich meine Mutter fragen, ob du zum Essen bleiben kannst?«

»Gute Idee. Ich sag inzwischen zu Hause Bescheid.« Marcia griff nach ihrem Handy, als Floor aus dem Zimmer ging.

Fünf Minuten später war Floor wieder da. »Geht in Ordnung. Mein Vater backt heute Abend Pizza.«

»Klingt gut. Meine Eltern sind auch einverstanden. Setz dich hin …« Marcia nahm die Make-up-Tube zur Hand. »Du solltest dich regelmäßig schminken«, meinte sie, »bei deiner unreinen Haut …«

»Danke für's Kompliment!«

»Du weißt schon, was ich meine. Ohne die roten Flecken und die Pickel siehst du viel besser aus. Wann hast du dir eigentlich das letzte Mal die Augenbrauen gezupft?«

»Erst neulich«, schwindelte Floor. »Letzte Woche oder so … Autsch!«

Mit einer Pinzette zog Marcia resolut die Härchen aus Floors formlosen Brauen.

»So sieht es doch viel besser aus«, sagte sie nach zehn Minuten. »Guck selber.« Sie hielt Floor einen Handspiegel hin. »Findest du nicht auch?«

Entsetzt starrte Floor die roten Pünktchen über ihren Augen an. »Du hast mich verstümmelt!«

»Stell dich nicht so an! In einer Viertelstunde sieht man nichts mehr davon. Spitz mal die Lippen!«

»Vorsicht!«, mahnte Floor. »Nicht zu viel Lippenstift!«

»Ohne geht es nicht, bei deinen schmalen Lippen. Nun noch die Wimpern, dann sind wir fertig.«

»Du siehst blendend aus, Floor!« Frau Kloostermans stand in der Tür. »Steht dir wirklich gut!«

»Ja, nicht wahr?« Marcia trat einen Schritt zurück, um ihr Werk zu bewundern.

»Ich predige ihr schon eine Ewigkeit, sie soll was aus sich machen, aber sie ist ja so stur.« Frau Kloostermans zwinkerte Marcia verschwörerisch zu. Unzählige Male hatte sie ihrer Tochter schon gesagt, sie solle mehr auf ihr Aussehen achten. Sie selbst schminkte sich jeden Morgen, ging einmal im Monat zum Friseur und kleidete sich stets modisch. Solche Dinge schienen Floor aber kaum zu interessieren. Wozu der ganze Aufwand?, meinte sie jedes Mal, schließlich interessiere sich ja doch niemand für sie.

»Kommt ihr zum Essen? In fünf Minuten ist die Pizza fertig.« Frau Kloostermans wandte sich zum Gehen.

Nach dem Essen zogen sich die Mädchen wieder in Floors Zimmer zurück.

»Du musst verführerisch gucken«, befahl Marcia und richtete die Digitalkamera auf ihre Freundin. Floor lag auf dem Bett, das Kinn in die Hände gestützt, und zog einen Schmollmund.

»Jetzt machst du ein Gesicht, als müsstest du dringend auf die Toilette!«, kicherte Marcia.

Sie brachen in Gelächter aus.

»Du musst den Mund leicht öffnen, guck mal, so …« Marcia machte es vor und Floor musste wieder lachen.

»Drück deinen Busen mehr nach vorn!«

»Busen?«, wiederholte Floor und zog eine Augenbraue hoch. »Bist du blind? Ich hab keinen!«

»Steck Papier oder eine Socke in den BH, dann wirkt dein Busen größer.«

Floor zögerte kurz, holte dann aber eine Rolle Toilettenpapier und begann, ihren BH auszustopfen.

»Nicht so, das sieht doch total unecht aus!« Marcia fummelte ungeduldig an Floors BH herum.

»Finger weg! Das mach ich schon selber!« Floor schubste sie beiseite und schob das zusammengeknüllte Papier weiter nach unten.

»Na, wer sagt's denn!« Zufrieden nahm Marcia die Kamera vom Schreibtisch. »Und jetzt beug dich leicht vor und guck verführerisch. Stell dir vor, Wesley wäre die Kamera.« Der Auslöser klickte mehrmals.

»So, das reicht«, beschloss Marcia nach dem achtzehnten Foto.

Sie übertrugen die Bilder per Kabel auf den PC und nahmen sie kritisch unter die Lupe. Neun davon kamen in die engere Auswahl und nach einer weiteren Viertelstunde hatten sie sich auf eins geeinigt, das Marcia per Tastendruck an Erik schickte.

4

»Weißt du was, jetzt erstellen wir noch ein Profil von dir auf einer Flirtsite, dann melden sich von selber jede Menge nette Jungs. Demnächst hast du freie Auswahl! Und wenn dir einer nicht gefällt, blockst du ihn einfach. Erik hab ich auch so kennengelernt. Welches Foto nehmen wir dafür?«

Floor deutete auf ein Bild.

»Wie? Da siehst du überhaupt nicht sexy aus! Du willst doch Jungs kennenlernen, oder? Nimm das hier!«

»Da ist viel zu viel Busen zu sehen und der ist noch nicht mal echt.«

»Na und? Das merkt kein Mensch. Aber halt, da sieht man noch ein paar Pickel. Die müssen weg. Schau mal …« Marcia öffnete Photoshop und lud das Foto. »Die Pickel retuschieren wir einfach weg und schon hast du eine glatte Pfirsichhaut.« Marcia drückte ein paar Tasten.

»Jetzt deine Hobbys …«

»Lesen und Musik hören«, sagte Floor.

Marcia seufzte genervt. »Das ist doch öde! Wir schreiben lieber Sport und Musik. Schule: Henning-Gymnasium. Alter: siebzehn …« Sie grinste Floor an. »Ein bisschen geschönt, aber was soll's. Schließlich willst du keine Grundschüler kennenlernen.«

Floor kicherte. »Genau. Und ich mag Motocross, mein Lieblingsschauspieler ist … äh … Will Smith und …«

»Du hast's kapiert! Jetzt brauchen wir noch einen Nickname für dich. Meiner ist Lips17.«

»Xandra. Den Namen fand ich schon immer toll.«

Wieder kam ein Signal aus dem Lautsprecher.

»Das ist bestimmt Erik!«, rief Floor aufgeregt.

Hi, Herzchen,
ich habe Fabian gemailt, er kommt am Samstag mit nach Herzogenbusch. Floors Bild hat ihm gefallen. Er will sie unbedingt kennenlernen! Gerade habe ich sein Foto bekommen – hier ist es. :- :-**

Fabian hatte kurz geschnittenes braunes Haar, einen offenen Blick und ein paar Sommersprossen um die Nase. Er war groß und schlank, aber nicht dünn. Auf seinem T-Shirt stand: *Vorsicht! Ich bin ein ganzer Mann!* Er hatte den Daumen emporgereckt und lachte selbstbewusst in die Kamera; zwischen den vorderen Schneidezähnen hatte er eine kleine Lücke.

»Nicht schlecht, oder?« Marcia sah ihre Freundin hoffnungsvoll an.

Floors Augen leuchteten. »Der sieht fast so gut aus wie Wesley«, entfuhr es ihr. »Druck das Foto mal aus.«

Während Floor ungeduldig neben dem Drucker wartete, hatte Marcia bereits ihr Okay an Erik gemailt.

Versonnen betrachtete Floor das Bild. Ihre erste richtige Verabredung! Fabian hatte schöne braune Augen und ein hübsches Gesicht. Wenn er sich nun in sie verlieben würde, könnten sie sich jedes Wochenende treffen, er würde sie leidenschaftlich küssen und … ihr Tagtraum zerplatzte wie eine Seifenblase.

»Marcia, das klappt nie und nimmer!«, rief sie panisch. »Erik und Fabian haben das Foto mit dem ausgestopften BH. Wenn ich nun am Samstag so aufkreuze, lachen die mich doch aus. Dann bin ich bis auf die Knochen blamiert!«

»Kein Grund, hysterisch zu werden. Du stopfst dir einfach wieder den BH aus. Oder glaubst du etwa, Fabian geht dir gleich beim ersten Treffen an die Wäsche?«

»Nein, das nicht …« Floor beruhigte sich wieder.

»Ich bitte Erik, dass er deine Hotmail-Adresse an Fabian schickt. Dann könnt ihr euch schon mal schreiben und du bist am Samstag gleich viel lockerer.«

»Ja, mach das. Bis Samstag ist es ja noch eine ganze Weile hin. Was ziehen wir denn bloß an?«

Max sprang an Marcia hoch, als sie in die Diele trat. Sie strich dem schwarzen Labrador über den Kopf und ging ins Wohnzimmer.

»Mum, ich bin wieder da!«

Frau Janssens lag auf dem Sofa und gab Marcia ein Zeichen, leise zu sein. Der Waschlappen auf ihrer Stirn verrutschte, als sie sich mühsam aufsetzte. »Migräne …« Sie stöhnte unterdrückt.

Seit Längerem litt Marcias Mutter immer wieder unter Kopfschmerzattacken. Wenn es so weit war, zog sie sich ins abgedunkelte Wohnzimmer zurück und war kaum ansprechbar. Meist lag sie zwei Tage lang auf dem Sofa, was Marcia irgendwie seltsam fand. Warum legte sie sich nicht im Schlafzimmer aufs Bett? Dort hätte sie es wesentlich bequemer als auf der Ledercouch.

»Ich geh rauf in mein Zimmer«, flüsterte Marcia ihrer Mutter zu. »Ist Papa oben?«

Ein unverständliches Murmeln.

Marcia ging die Treppe hinauf. Im Zimmer ihres neunjährigen Bruders Ben lief lautstark der Fernseher. Durch den Türspalt sah er seine Schwester irritiert an, stopfte sich eine Handvoll Chips in den Mund und stellte den Ton ab.

»Was willst du?«, nuschelte er mit vollem Mund.

»Stellst du den Fernseher bitte leiser? Mum liegt mit Kopfschmerzen im Wohnzimmer.«

Ben streckte ihr die Zunge heraus, obwohl er noch Chips im Mund hatte.

»Igitt! Du bist ein Ferkel!«

Grinsend stellte Ben den Ton wieder auf volle Lautstärke.

»Und unsozial bist du auch!«, fuhr Marcia ihn an.

Er warf ein Kissen nach ihr, traf allerdings nicht.

»Blöde Gans!«, schrie er und übertönte noch den Lärm des Fernsehers.

Thomas' Zimmertür war angelehnt. Marcia öffnete sie ganz und musste beim Anblick des unsäglichen Durcheinanders ein Grinsen unterdrücken. Das Bettzeug war zerwühlt und ein Haufen Kleider lag auf dem Boden, der mit leeren Colaflaschen, CD-Hüllen, Zeitschriften und Bonbonpapier übersät war. Auf der Tapete über dem Bett stand mit Filzstift *Fuck the system. School sucks. Untouchable.* Dazu Blutstropfen und Totenköpfe unter jedem Wort. Marcias Mutter war komplett ausgerastet, als sie den kreativen Exzess ihres Ältesten entdeckt hatte. Sie hatte prompt einen Migräneanfall bekommen und vier ganze Tage auf dem Sofa zugebracht. Marcias Vater hatte lediglich mit den Schultern gezuckt und gemeint, Thomas habe wohl gerade seine »schwarze Phase«. Was das genau hieß, war Marcia unklar – wahrscheinlich etwas, mit dem Achtzehnjährige sich herumschlagen mussten.

Im Arbeitszimmer ihres Vaters brannte Licht. Sie klopfte und steckte den Kopf durch den Türspalt. Herr Janssens fuhr wie ertappt zusammen. Schnell schloss er das Fenster auf dem Bildschirm und sah Marcia mit schiefem Lächeln an. »Du bist schon da? War's nett bei Floor?«

Marcia nickte. »Ja, wir haben gechattet.«

Sie blieb vor dem Schreibtisch stehen, doch ihr Vater schwieg.

»Mum hat wieder mal Kopfschmerzen«, sagte sie, um die unbehagliche Stille zu durchbrechen.

»Tja ...« Er ließ einen resignierten Seufzer hören. »Trotzdem muss ich jetzt weiterarbeiten, ich hab enorm viel zu tun.« Er sah sie an, die Hände in der Schwebe über der Tastatur. Auf seinem Schreibtisch stand ein Becher Kaffee, weiter nichts.

Marcias Vater war bei einer Versicherungsgesellschaft angestellt. Er teilte sich mit vier Kollegen ein großes Büro. Punkt halb sechs kam er nach Hause und ging dann meist sofort in sein Arbeitszimmer. Nach dem Abendessen setzte er sich aufs Sofa, guckte die Nachrichten und verzog sich dann wieder nach oben. Das Arbeitszimmer war sein Reich, in dem außer ihm niemand etwas zu suchen hatte. Bis spätabends saß er dort am PC, auch an den Wochenenden.

Thomas grinste jedes Mal verächtlich, wenn sein Vater Arbeit vorschützte. »Der Alte hat noch nie irgendwelche Akten mit nach Hause gebracht«, hatte er einmal zu Marcia gesagt. »Keine Notizen, Ausdrucke oder was auch immer. In seinem Zimmer liegt kein Fitzelchen Papier rum, das mit der Versicherung zu tun hat. Ich weiß das, weil ich mich dort gründlich umgesehen habe. Glaub mir, der Alte macht ganz andere Sachen!«

»Wir unterhalten uns bei nächster Gelegenheit weiter«, sagte Herr Janssens.

Marcia wusste, was das bedeutete: Geh und stör mich nicht. Sie lief wieder an Bens Zimmer vorbei, hämmerte mit der Faust gegen die Tür und rief: »Nun mach endlich leiser!«, obwohl sie wusste, dass er nicht auf sie hören würde. Dann ging sie in ihr Zimmer und knallte die Tür zu.

Kurz nach Mitternacht schaltete sie den Computer ein. Vielleicht war Erik online.

Ich kann es kaum erwarten, bis wir uns am Samstag sehen. :-)* ♥

Dann kann ich dich endlich küssen. ♥ ♥ ♥

Marcia lächelte unwillkürlich.

Mehr als Küssen ist aber vorerst nicht drin.

Echt nicht? :-(

Vielleicht doch … mal sehen. :-) :-)

Heute Nacht träume ich bestimmt von dir. Du siehst so toll aus. Stell dich mal hin, damit ich dich richtig sehen kann.

Marcia stand auf, drehte sich vor der Webcam im Kreis und wiegte sich aufreizend in den Hüften. Lachend setzte sie sich wieder und warf eine Kusshand in die Kamera.

Wow, was für ein Anblick! Ich wüsste zu gern, wie du ohne Jeans aussiehst.

Knackig und sexy. Was denkst du denn?

Wirklich? Beweis es mir! :- :-* :-**

Erik legte bittend die Hände zusammen und spitzte die Lippen.

Nur, wenn du den Anfang machst. :-)

Kaum hatte Erik ihren Text gelesen, stieg er auch schon aus seiner Jeans und stellte sich in Boxershorts vor die Webcam.

Angeber!

Jetzt du. :-S

Ganz langsam schlüpfte Marcia aus ihrer Jeans und zog den String zurecht.

Wow, klasse Hintern! Ich will mehr! ♥ ♥

Marcia streckte ihm neckisch die Zunge heraus.

Du willst zu viel.

Ich liebe dich doch. Zeig mir noch was. Please!!!

Aber nur, weil du's bist.

Sie zog die Bluse aus und hielt die Webcam dicht an ihren BH.

So genug?

Ich seh nichts. :< :<

Dein Pech. Ich geh jetzt schlafen. Es ist halb eins und ich muss morgen früh raus. Küsschen. ♥ ♥ ♥

Bleib doch noch. Please, please, please …

Ein andermal, jetzt bin ich müde.

Na gut. Ich liebe dich. Schlaf schön. Tausend Küsse. :- :-* Bis morgen dann, halb neun. Okay?*

Okay!

»Ich hab dich gestern Abend nicht nach Hause kommen hören.« Frau Janssens nahm einen Schluck Kaffee und musterte Thomas über den Becherrand hinweg.

Mit einem genervten Seufzer ließ er das Messer auf seinen Teller fallen. »Ich bin bald neunzehn, Mum. Lass mich in Ruhe.«

Frau Janssens ließ nicht locker: »Du bist erst seit drei Monaten achtzehn. Ich will wissen, wo du die ganze Nacht gesteckt hast.«

Unbehaglich rutschte Marcia auf ihrem Stuhl herum. Schon wieder dicke Luft. Jeden Tag das Gleiche in dieser Familie … morgens, mittags, abends – immer nur Streit.

»Du hast überhaupt keinen Grund, dich aufzuregen!«, erwiderte Thomas. »Von meinen Freunden sind etliche von der Schule geflogen. Ich dagegen hab noch keinen Tag geschwänzt und mach jeden Tag meine Hausaufgaben. Nächstes Jahr habe ich mein Abi in der Tasche. Was also gibt's zu meckern?«

»Sofern du nicht durchfällst. Letztes Schuljahr hattest du zwei Fünfen und musstest wiederholen«, erinnerte Frau Janssens ihren Ältesten.

»Dir kann man auch nie was recht machen!« Thomas knallte seinen Becher auf den Tisch, sodass der Kaffee durch die Gegend spritzte. »Was werd ich froh sein, wenn ich hier endlich ausziehen kann! Den lieben langen Tag tust du nichts anderes, als mich zu kontrollieren. Kümmere dich lieber um deine Ehe!« Mit diesen Worten sprang Thomas auf und rannte aus der Küche.

Frau Janssens eilte ihrem Sohn nach. »Wie redest du eigentlich mit mir? Ich bin deine Mutter, ich verdiene Respekt!«, schrie sie.

Statt einer Antwort hörten sie die Haustür ins Schloss fallen. Frau Janssens riss sie wieder auf. »Dann zieh doch gleich aus!«, brüllte sie Thomas nach. »Sieh zu, wo du unterkommst!«

Marcia schob ihr Brot auf dem Teller herum; der Appetit war ihr vergangen. Ein Brocken Müsli traf sie an der Stirn und fiel neben ihr auf den Tisch. Ein zweiter flog ihr in die Haare, ein dritter an die Wange.

»Hör sofort auf!«, fuhr sie Ben an.

»Hör sofort auf!«, äffte er sie mit kindlich hoher Stimme nach. Er nahm ein Reiscrispie zwischen Daumen und Zeigefinger und zielte auf Marcia.

Klatsch! Frau Janssens war hereingekommen und hatte ihm eine Kopfnuss verpasst. »Mit Essen spielt man nicht!«, schimpfte sie.

»Die hat angefangen!«, rief Ben zornig.

Frau Janssens ging nicht darauf ein, sondern füllte ein Glas mit Wasser und drückte zwei Schmerztabletten aus der Verpackung. Geistesabwesend sah sie zu, wie die Tabletten sich langsam auflösten.

»Immer bist du auf ihrer Seite!« Ben griff wieder in die Müslipackung.

»Wag es ja nicht!«, warnte Marcia. »Mum …«

Frau Janssens hatte das Glas bereits am Mund. »Ben!«

Doch er reagierte nicht auf ihre Ermahnung und ein Regen aus Getreideflocken und Rosinen ging über Marcia nieder.

»Du kleines Miststück!«, kreischte sie. »Mum!«

Unter Triumphgeheul rannte Ben aus der Küche.

Frau Janssens stöhnte auf. »Womit hab ich das nur verdient?« Sie hielt ein Geschirrtuch unter den kalten Wasserstrahl und presste es an die Stirn.

»Musst du nicht zur Schule?« Sie warf einen Blick auf die Wanduhr über der Tür, dann ging sie ins Wohnzimmer und ließ sich aufs Sofa sinken.

»Floor Kloostermans!«

Floor stand neben Marcia vor ihrem Schließfach. Sie war gerade dabei, ein paar Bücher zu verstauen, als die schneidende Stimme des Lehrers ertönte. Mit rotem Kopf drehte sie sich um.

»Floor Kloostermans, wir beide hatten gestern eine Verabredung, nicht wahr?«

Herr Voice hatte die Hände in die Seiten gestemmt und sah sie düster an. »Wo warst du gestern Nachmittag?«

»Ich … äh …« Floor überlegte fieberhaft, doch auf die Schnelle fiel ihr keine Ausrede ein.

»Sie hat mich nach Hause gebracht«, kam Marcia ihr zu Hilfe. »Mir ist gestern Nachmittag schlecht geworden, ich musste brechen.«

Herr Voice verschränkte die Arme vor der Brust und nahm Marcia ins Visier.

»Das hab ich immer, wenn ich meine Tage bekomme«, fuhr Marcia ungerührt fort. »Mir ist dann schwindlig und kotzübel, wegen des Blutverlusts, wissen Sie. Am ersten Tag verbrauche ich eine ganze Packung Binden. Und gestern hatte ich wohl einen Blackout, wegen des vielen Bluts und …«

»Ja, ja, schon gut.« Herrn Voice war das Thema sichtlich unangenehm. »Dann will ich mal nicht so sein. Aber um das Nachsitzen kommst du nicht herum, Floor. Wann hast du heute Schulschluss?«

»Zehn nach zwei.«

»Gut, dann meldest du dich gleich bei mir.« Mit großen Schritten ging er davon.

»Ich warte im Aufenthaltsraum auf dich«, versprach Marcia Floor und hakte sich bei ihr unter.

5

»Kommst du noch eine Stunde mit zu mir?«, fragte Floor, als sie aus dem Bus stiegen.

»Gern. Wir können ja mal nachsehen, ob jemand auf dein Profil reagiert hat. Bist du nicht auch neugierig?«

»Doch, schon«, gab Floor zu. »Und vielleicht hat Fabian gemailt.«

Marcia legte den Arm um Floors Schultern und zog sie an sich. »Spannend, was?«

Mit Gebäck und Limo setzten sich die Mädchen erwartungsvoll vor den Computer. Floor öffnete ihre Mailbox und bekam Herzklopfen, als sie sah, dass Fabian geschrieben hatte.

Hallo Floor,
Erik hat mich gefragt, ob ich am Samstag mit nach Herzogenbusch komme. Erst hatte ich keine Lust, aber dann habe ich dein Foto gesehen ... Ich würde dich gern kennenlernen. Bis Samstag.
Fabian

Mit vor Aufregung geröteten Wangen knabberte Floor an ihren Fingernägeln. »Jetzt muss ich ihm zurückschreiben, oder? Was soll ich bloß antworten? Ich kenne Fabian doch gar nicht.«

»Ganz einfach: dass dir sein Foto auch gefallen hat und dass du ... Los, rutsch mal! Ich mach das schon.«

Rasend schnell tippte Marcia eine Antwort. »Wird allmählich Zeit, dass du lernst, wie das mit den Jungs läuft. Du musst selbstbewusst sein! Mit deinen ganzen Komplexen vergraulst du sie nur.«

Floor machte eine gekränkte Miene, sodass Marcia ihre Bemerkung sogleich bereute.

»Komm, wir sehen mal nach, ob du schon ein paar Verehrer hast«, sagte sie rasch, um Floor versöhnlich zu stimmen. Marcia klickte Floors Profil auf der Flirtsite an und zählte die eingegangenen Nachrichten.

»Sieben! Ich hab's dir ja gesagt!« Marcia las die erste Nachricht laut vor:

Ich heiße Tim und bin 16. Gutes Foto. Wie ich sehe, stehst du auf Motocross. Finde ich cool! Fährst du auch selber? Ich bin eher Skater.

Die Mädchen betrachteten das mitgeschickte Foto. »Seine Frisur ist irgendwie doof«, meinte Marcia. »Und außerdem ist er erst sechzehn.«

»Und wir fünfzehn!«, erinnerte sie Floor. »Er ist wenigstens ehrlich.«

»Oder auch nicht. Vielleicht ist er in Wirklichkeit erst zwölf. Was soll ich ihm antworten?«

»Was Nettes. Schreib, dass ich Skaten auch gut finde.«

»Soll ich fragen, wo er wohnt?«

»Ja. Und in welche Schule er geht und ob er auch ein Profil hat.«

»Siehst du, dir fallen ja doch Fragen ein. Noch ein bisschen üben, dann hast du's drauf.« Marcia schrieb ihm schnell zurück. »So, jetzt der nächste.«

Hallo, Xandra,
wie ich sehe, wohnst du in Gelderland. Ich auch.

Ich heiße Wouter und wohne in der Gegend von Tiel. Mein Foto hab ich mitgeschickt, aber es ist leider nicht sonderlich gut. Ich höre gern Hardcoremusik, du auch?

Die Mädchen hatten die Plätze getauscht. Floor betrachtete das verwackelte Foto des Jungen, dann drückte sie auf »Antworten«.

Hallo, Wouter,

das Foto ist wirklich nicht gut. Wie alt bist du? Ich habe zwar ein paar Hardcore-CDs, höre sie aber nicht jeden Tag. Sonst drehen meine Eltern durch.

»Und jetzt?« Floor sah Marcia an.

»Abschicken und die nächste Nachricht lesen.«

Ein Signalton erklang und unten erschien die Meldung: *Ruud sucht Kontakt.*

Floor klickte seinen Namen an.

Hi, Xandra, ich bin Ruud aus Haarlem und sehe, dass du online bist. Kommst wahrscheinlich gerade aus der Schule, was?

Hallo, Ruud. Ja, wir sind erst vor Kurzem nach Hause gekommen.

Wir?

Meine Freundin und ich.

Und wie heißt deine Freundin?

»Wie war das gleich? Fett60 …?« Floor bekam einen Rippenstoß von ihrer Freundin und rieb sich die schmerzende Stelle.

»Lips17, du Nuss! Frag ihn, ob er uns ein Foto von sich schickt.«

Floor tat, wie ihr geheißen.

»Kein Foto«, las Floor laut vor. »Er will wissen, ob ich eine Webcam habe.«

Ja, habe ich.

Gib mir deine MSN-Hotmailadresse, dann reden wir auf MSN weiter.

»Meinst du, das sollen wir machen?« Floor war unschlüssig.

»Kein Problem. Du kannst ihn ja jederzeit blocken. Ich mach das auch oft.«

Floor gab ihre Hotmailadresse ein und klickte auf »Senden«.

Nach kaum einer Minute meldete Ruud sich auf MSN.

Hier bin ich, Mädels. Die Webcam wird gleich aktiviert. Ich fand dein Foto auf der Flirtsite übrigens total geil. Hast du noch mehr solcher Bilder?

»Geil …!« Marcias Stimme überschlug sich und Floor musste kichern.

Ein Schwarz-Weiß-Bild von zwei Händen auf einer Tastatur erschien. Marcia schubste Floor beiseite und begann zu tippen:

Du bist noch nicht im Bild. Deine Webcam ist zu weit nach unten gerichtet.

Das hängt davon ab, was du sehen willst. Ich sehe zwei knackige Mädels. Wer ist wer?

Marcia lachte in die Kamera und winkte.

Ich bin Lips17. Meine Freundin Xandra sitzt neben mir.

Sagt mal ehrlich … wie alt seid ihr?

Floor zuckte zusammen. »Lieber Himmel, ich hab total

vergessen, meinen BH aufzupolstern! Da kannst du mal sehen: Der hat das sofort gemerkt!«

»Ach was, dafür sind die Webcam-Bilder viel zu undeutlich. Guck mal, er hat wieder was geschrieben.«

Mir macht das nichts aus, im Gegenteil: je jünger, desto besser. Jetzt aber mal ehrlich … wie alt seid ihr?

Sag erst, wie alt du bist!

Ich bin 28 und chatte oft mit jungen Mädchen. Ich komme mit jungen Mädchen viel besser klar. Ich finde es toll, über Sex zu reden. Ihr auch?

»Sex! Der hat sie wohl nicht alle! Ich rede doch nicht mit so 'nem alten Kerl über Sex. Den blocken wir!«

»Moment, erst mal sehen, was er genau will.« Marcia amüsierte sich über Floors ängstlichen Blick.

»Was wird der schon wollen!?« Floor hatte den Kopf gesenkt, weil sie plötzlich fürchtete, ihr Chatpartner könnte womöglich Lippenlesen. »Los, klick ihn weg!«

»Ach komm! Ist doch witzig!« Marcia tippte eine Antwort.

Was soll das?

Soll ich euch was zeigen?

Marcia stieß Floor an und grinste.

Was denn?

Schaut mal gut hin!

Er öffnete den Reißverschluss seiner Hose und griff hinein.

»Mach aus, klick ihn weg!«, kreischte Floor.

Die Hand kam wieder zum Vorschein, mit seinem Penis.

»Marcia! Ich will das nicht sehen!«

Das Schwarz-Weiß-Bild verschwand und Marcia lachte aus vollem Hals. »Mann, bist du verklemmt!«, kicherte sie. »Krieg dich wieder ein, ich hab ihn ja geblockt. Gehen wir lieber wieder auf die Flirtsite.«

Ein Signal ertönte und gleich darauf erschien die Meldung, dass Badman Kontakt suchte. Marcia schob Floor die Tastatur hin. Ein wenig widerwillig klickte sie den Nickname an.

Hallo, Süße! Super Foto. Was machst du denn gerade? :-)
Nachsehen, ob nette Jungs hier sind.
Bin zur Stelle. :-D
Wie alt bist du?
18. Und du?
15 …

»Mist! Jetzt hab ich aus Versehen mein richtiges Alter angegeben!«, stöhnte Floor.

»Mal abwarten, wie er reagiert.«

15? In deinem Profil steht aber 17.
Tut mir leid, das ist falsch.
Kein Problem. Bist du an einem Sexdate interessiert?
Nein, auf keinen Fall!
Dann tschüs.

Kaum war Badman weg, blinkte auch schon der nächste Name auf.

Willst du Geld verdienen? Dann nimm auf MSN Kontakt mit mir auf. Abruyok.
Geld verdienen? Womit?
Mit Sex.

Ärgerlich klickte Floor auf »Ignorieren« und Abruyok verschwand vom Monitor.

Unten warteten bereits zwei weitere Kandidaten.

Hallo, meine Schöne! Wie sind deine Maße?

Maße?

BH-Größe, was sonst?

Geht dich nichts an, BLÖDMANN!

»Sind die alle so? Das ist ja voll daneben!« Entrüstet schob Floor die Tastatur von sich.

»Mach dir nichts draus. Es sind immer ein paar Typen dabei, die komisch drauf sind. Die ignorierst du einfach. Ansonsten musst du dranbleiben, dann findet sich schon der Richtige.«

»Wenn du mich fragst, sind das alles irgendwelche widerlichen sexgeilen Kerle.«

Marcia deutete auf den Bildschirm: »Hast du die Nachricht hier schon gesehen? Sie ist von *Make It*, einer Modelagentur.«

Hallo, Xandra,
wir sind durch dein Foto auf dich aufmerksam geworden. Unsere Agentur sucht ständig neue Gesichter für Modefotos in Mädchenzeitschriften. Dir ist sicherlich bekannt, dass es auch unseriöse Fotografen und Agenturen in unserer Branche gibt. Du kannst dir einen Eindruck von der Seriosität unserer Firma verschaffen, indem du dir unsere Website ansiehst. Wir zählen zu den Profis in der Branche und machen nur Fotos auf professionellem Niveau.
Wenn du Interesse an einer Zusammenarbeit hast,

freuen wir uns auf eine Mail an die unten genannte Adresse.
Mit freundlichen Grüßen
Hans Groesbeek
Geschäftsführer
Modelagentur Make It

Die Mädchen hatten kaum zu Ende gelesen, als schon wieder zwei Namen aufblinkten.

»Floor, das ist fantastisch! Das musst du unbedingt machen. Ach, ich würde ja auch so gern …«

Floor gab sich gleichgültig. »Mal sehen. Wenn ich Zeit hab, seh ich mir die Website heute Abend an.«

Mit gemischten Gefühlen las Marcia die Nachricht ein zweites Mal. Das war eine Superchance für Floor, ein einmaliges Angebot … und sie tat, als würde sie das Ganze nicht die Bohne interessieren! Sie, Marcia, würde keinen Moment zögern. Schon seit sie zehn war, träumte sie von einer Karriere als Model.

»Wenn ich denen nun auch ein paar Fotos von mir schicke? Dann könnten wir vielleicht zusammen hin …«

»Es ist halb sechs!«, mahnte Frau Kloostermans unten an der Treppe. »Marcia, musst du nicht nach Hause?«

»Doch, sogar dringend!«, rief Marcia zurück. Sie stand auf und nahm ihre Schultasche. »Ich hab versprochen, Max vor sechs auszuführen. Bis morgen!« Sie warf ihrer Freundin eine Kusshand zu. »Vergiss die Website nicht!«

Inzwischen blinkten noch vier Namen: Ron20, Dude17, Punk und Kasper. Dranbleiben, hatte Marcia gesagt …

Floor klickte Ron20 an.

Hi, Pussycat! Lust auf ein Spielchen?

Seufzend dirigierte Floor den Cursor auf »Ignorieren«. »Der Nächste bitte«, rief sie halblaut und klickte Dude17 an.

Hallo, Xandra, wie geht's?

Gut, jetzt wo die Schule aus ist.

Ich hatte heute schon um halb zwei Schluss. Unser Mathelehrer war krank. :-) :-)

Und ich musste nachsitzen. Pech! :-(

Warum das?

Die Warteschlange war vergessen. Floor bekam Spaß am Chatten, denn Dude17 wirkte ausgesprochen nett und hatte offenbar keine zweifelhaften Absichten. Bis Viertel nach sechs unterhielt sie sich auf MSN mit ihm.

Marcia hängte die Hundeleine an die Garderobe, klopfte Max den Rücken und begann, seinen Napf zu füllen. Der Labrador winselte kläglich, offenbar hatte er großen Hunger. Kaum stand der Napf auf dem Boden, machte er sich auch schon über sein Futter her.

»Was gibt's zu essen?« Marcia betrat die Küche und hob neugierig den Deckel von einem Topf.

»Chicorée und gebratene Speckscheiben«, sagte ihre Mutter, die gerade die Kartoffeln abgoss.

Marcia zog einen Flunsch.

»Stellst du schon mal die Milch auf den Tisch?«, bat Frau Janssens.

Marcia trug die Milchpackung ins Wohnzimmer. Der Fernseher lief, Ben lag auf dem Sofa und zappte gelangweilt durch die Programme. Frau Janssens kam mit einer Schüssel dampfender Kartoffeln herein und stellte sie auf den gedeckten Tisch. »Ben, rufst du bitte deinen Vater zum Essen?«, sagte sie. »Und wo steckt Thomas?«

»Thomas hab ich vorhin mit zwei Freunden vor dem Haus stehen sehen«, erwiderte Marcia und setzte sich auf ihren Platz am Esstisch.

»Papa! Es–sen …« Bens Stimme gellte durch die Diele.

»Holst du bitte auch gleich Thomas rein, Ben?«, rief Frau Janssens ihrem Jüngsten zu.

Die Haustür wurde aufgerissen – »Thomas, es–sen!« – und fiel mit einem Knall wieder ins Schloss.

»Geht das nicht ein bisschen leiser?«, fragte Frau Janssens und hielt Ben den gebratenen Speck hin. »Wie viele Scheiben willst du?«

»Zwei.« Ben hob seinen Teller. »Zwei Mal Dreck-Speck, bitte schön!«, wiederholte er die Bestellung.

»Warum schlägst du mir die Tür vor der Nase zu?« Thomas kam herein und versetzte Ben einen Puff in den Rücken. »Du wusstest doch, dass ich auch rein muss, du kleine Rotznase.«

»Lass mich bloß in Ruhe!« Ben stach mit der Gabel nach seinem Bruder.

»Keinen Streit jetzt«, mischte sich Frau Janssens ein und schob Thomas den Stuhl hin. »Setz dich und denk dran: Der Klügere gibt nach.«

Grummelnd nahm Thomas Platz. »Vier«, sagte er, als seine Mutter ihm Speck von der Platte reichte.

»Für mich nichts!« Marcia zog ihren Teller weg. »Das fette Zeug ist voll eklig!«

»Speck ist nun mal fett«, sagte Frau Janssens spitz. Sie

legte zwei Scheiben auf den Teller ihres Mannes und nahm sich dann selbst. »Willem!«, rief sie. »Das Essen wird kalt!«

Es dauerte noch gut fünf Minuten, bis Herr Janssens erschien.

»Wir haben schon angefangen«, sagte sie unwirsch. »Immer müssen wir auf dich warten!«

»Ich war noch mit einer Akte beschäftigt.« Ohne aufzusehen, griff er zum Besteck.

»Vielleicht könntest du dich zur Abwechslung mal mit uns beschäftigen!«, wetterte Frau Janssens.

Er sah sie irritiert an. »Dazu sage ich lieber nichts.«

»Und warum nicht?«, fragte Thomas herausfordernd.

»Weil ich mich nicht tyrannisieren lasse, schon gar nicht von dir«, gab Herr Janssens kühl zurück. »Wie war dein Tag?«, wandte er sich an Marcia und ignorierte Thomas und seine Frau.

Marcia fühlte sich mehr als unbehaglich, als sie aus den Augenwinkeln das zornige Gesicht ihrer Mutter sah. Was sollte sie antworten? Sie wollte nicht, dass ihre Mutter glaubte, sie halte zu ihrem Vater, aber auch nicht, dass ihr Vater dachte … sie fühlte sich in die Enge getrieben.

»Nicht der Rede wert …«, murmelte sie und stand auf. »Ich muss mal eben zur Toilette.«

Rasch lief sie aus dem Zimmer und hörte gerade noch, wie im Wohnzimmer der nächste lautstarke Streit losbrach.

6

Die blonde Frau mit dem Cowboyhut lehnte lässig an der Wand, das rechte Bein leicht vorgestellt, und blickte selbstbewusst in die Kamera.

Zwanzig Fotos waren auf der Website von *Make It* eingestellt. Marcia klickte Foto Nummer sechs an: zwei Mädchen in engen Jeans und bunten T-Shirts, die – aneinandergeklammert – mit lachenden Gesichtern auf einem Baumstamm balancierten. Dann Foto zwölf: Eine junge Frau von etwa zwanzig kauerte in schwarzen Dessous am Boden, den Kopf erhoben, als würde sie einem Geräusch in der Ferne lauschen. Ein halb transparentes Tuch fiel locker über ihre Schultern und verhüllte ansatzweise ihren wohlgeformten Körper.

Marcia gefiel dieses Foto am besten von allen; sie hätte es stundenlang betrachten können. Der Nebel im Hintergrund gab der Frau etwas Geheimnisvoll-Mystisches. Garantiert hatten sich schon unzählige Männer in diese bildschöne Blondine verliebt, sie atemlos bestaunt und sich nach ihr gesehnt.

Lass dich entdecken: als Topmodel für Make It stand in verschnörkelter Schrift über den Bildern.

Sollte sie es wagen? Oder war es unverschämt, einfach unaufgefordert Fotos von sich zu schicken?

Marcia hatte einen großen Teil des Abends damit zugebracht, geeignete Bilder auszusuchen. Vier hatte sie inzwischen ausgewählt: zwei, auf denen sie im Bikini zu sehen war, ein Porträtfoto und eines, auf dem sie sich mit Max balgte.

Sorgfältig las sie noch einmal ihren Bewerbungstext und trug dann die Mailadresse ein, die sie bei Floor notiert hatte. Wer nicht wagt, der nicht gewinnt, sagte ihr Vater immer. Jetzt oder nie … also: jetzt! Entschlossen klickte Marcia auf »Senden«. Nun war ihre Mail samt Fotos unterwegs zu der Modelagentur.

Sie sprang auf und tanzte ausgelassen durchs Zimmer. Demnächst würde sie jede Menge Verehrer im ganzen Land haben, berühmt werden und …

Sie musste es jemandem erzählen, unbedingt! Vielleicht, dass Erik …

Erschrocken schlug sie die Hand vor den Mund. Um Himmels willen: Sie hatte Erik vollkommen vergessen! Sie sah auf ihre Armbanduhr: zehn nach halb elf. So ein Mist!

Hektisch klickte sie ihre Mailbox an: siebzehn Nachrichten, davon zwölf von Erik. Bis Viertel vor zehn hatte er sie zu erreichen versucht und seine letzten Mails klangen reichlich frustriert.

21:10 Uhr: Liebste, wo bleibst du? Wir hatten uns doch um halb neun auf MSN verabredet.

21:13 Uhr: Willst du nichts mehr mit mir zu tun haben? Hast du vielleicht kalte Füße bekommen, wegen Samstag?

21:15 Uhr: Marcia, warum meldest du dich nicht? Ist was passiert? Dann sag es mir. Du weißt, ich liebe dich.

21:19 Uhr: Ich hab dich auf dem Handy angerufen, aber es ist ausgeschaltet. Kommst du nun am

Samstag oder nicht? Ich hab jedenfalls keine Lust, umsonst aus Antwerpen anzureisen.
21:22 Uhr: Das ist echt keine Art! Traust du dich nicht mehr?
21:38 Uhr: Wenn ich bis morgen nichts von dir höre, gehe ich davon aus, dass du am Samstag nicht kommst. Dass es dir nicht ernst war.
21:42 Uhr: Du bist wie alle anderen! Erst Sprüche klopfen, aber wenn's drauf ankommt, dann kneifst du!

Marcia spürte einen Kloß im Hals. Aus Eriks Mails sprach so große Enttäuschung, dass sie plötzlich Angst hatte, ihn zu verlieren – ein Gefühl, das ihr Panik verursachte. Mit zittrigen Fingern suchte sie nach ihrem Handy. Tatsächlich, es war aus! Sie hatte vergessen, es nach dem Abendessen wieder anzuschalten.

Erik hatte auf ihrer Voicemail eine kurze Nachricht hinterlassen:

Du bist nicht auf MSN, dein Handy ist aus. Okay, das ist deutlich. Ich hab's kapiert.

Sie schickte ein Stoßgebet zum Himmel, während sie seine Nummer im Verzeichnis suchte.

Gespannt wartete sie, aber Erik meldete sich nicht. Sie erreichte nur die Voicemail. Seine vertraute Stimme sagte, sie könne nach dem Piepton eine Nachricht hinterlassen. Marcia blieb kaum Zeit zu überlegen, was genau sie sagen wollte. Sie beschloss, die Sache mit der Modelagentur nicht zu erwähnen; eine kleine Lüge war vermutlich besser.

»Erik, es tut mir so leid. Ich musste den ganzen Abend

lernen, weil wir morgen eine wichtige Klassenarbeit schreiben, die ich auf keinen Fall verhauen darf. Deshalb haben meine Eltern mir verboten zu telefonieren und den Computer anzumachen. Ich wollte dir die ganze Zeit mailen, aber sie haben mich ständig kontrolliert. Verzeihst du mir? Am Samstag komme ich ganz bestimmt, versprochen! Ich liebe dich sehr. Ruf mich bitte so bald wie möglich an.« Mit einem unterdrückten Schluchzer legte sie auf.

»Darf ich am Samstag mit Marcia nach Herzogenbusch fahren? Wir wollen shoppen gehen.«

»Na so was!?« Frau Kloostermans drehte den Wasserhahn zu und sah ihre Tochter überrascht an. »Was willst du dir denn kaufen?«

Floor ließ die Essteller ins Spülwasser gleiten und griff nach einem Geschirrtuch. »Weiß ich noch nicht … Können wir uns bitte beeilen, Mama? Ich muss noch was am Computer machen.«

Frau Kloostermans tauchte die Spülbürste ins Wasser, ohne Floor aus den Augen zu lassen.

»Was hast du denn?« Der forschende Blick ihrer Mutter war Floor unangenehm.

»Shoppen – das ist ja ganz was Neues bei dir …«

»Marcia will, dass ich mitgehe, und hat mich so lange gedrängt, bis ich nachgegeben habe. Darf ich?«

»Selbstverständlich darfst du. Ich bin froh, dass du dich ein wenig mehr für dein Äußeres interessierst. Heute Morgen hast du dich sogar leicht geschminkt. Das steht dir sehr gut, Floor, wirklich.«

»Hübscher werde ich davon auch nicht. Marcia und ein

paar andere in unserer Klasse sehen echt toll aus, ich bin nur Durchschnitt.«

»Eines Tages werden die Jungs sich um dich reißen.«

Floor musste lachen. »In der Schule haben sie eine Hitliste der hundert hübschesten Mädchen aufgestellt. Ich bin nicht dabei, das sagt schon alles.«

»Deine Zeit kommt noch«, prophezeite ihre Mutter lächelnd.

»Vielleicht hast du ja recht. Stell dir vor, Mama, bei mir hat sich eine Agentur gemeldet. Die suchen Models für Modefotos in Zeitschriften.«

Frau Kloostermans war hellauf begeistert. »Sieh mal an! Und das sind schließlich Leute vom Fach! Wie bist du an die Agentur gekommen?«

»Übers Internet. Sie haben mein Profil mit meinem Foto gesehen.«

»Dein Profil? Was soll das denn sein?«

»Das erklär ich dir ein andermal. Außerdem weiß ich noch gar nicht, ob ich denen zurückschreibe.«

»Warum nicht? Hat die Agentur denn einen guten Namen?«

»Keine Ahnung. Ich muss mir die Website noch ansehen. Sag mal, kann ich vielleicht Kleidergeld bekommen?«, wechselte Floor rasch das Thema.

»Kleidergeld?«

»Ja, Marcia kriegt jeden Monat Geld, um sich ihre Sachen selbst zu kaufen.«

»Sicher, geht in Ordnung. Vorausgesetzt, du kaufst dir davon tatsächlich Kleider. Warum geht ihr übrigens nicht hier in der Stadt einkaufen?«

Jetzt musste Floor sich eine Ausrede überlegen und das war nicht gerade ihre Stärke. »In Herzogenbusch gibt es andere Boutiquen als hier. Bei uns in der Schule laufen alle mehr oder weniger in den gleichen Klamotten rum. Wenn Anja sich ein Top kauft, dann will Els das gleiche, und wenn die es hat, kauft Sandra es sich am nächsten Tag auch.«

»Das kann ich gut verstehen. Aber warum gleich nach Herzogenbusch?«

»Mit dem Zug ist es nur eine halbe Stunde. Und Marcia kennt sich dort aus, also kann nichts schiefgehen.«

»Nimm auf jeden Fall dein Handy mit. Dann kannst du anrufen, falls was sein sollte.«

Floor seufzte. »Was sollte denn sein? Wir gehen doch bloß einkaufen und in der Fußgängerzone sind noch tausend andere Leute unterwegs.«

»Man kann nie wissen … also sei so gut und nimm es mit.«

»Jawohl, liebe Mama!«, antwortete Floor mit kindlich hoher Stimme.

Frau Kloostermans musste unwillkürlich lachen und kam sich mit einem Mal sehr alt vor.

Nach dem Abwasch zog Floor sich in ihr Zimmer zurück. Sie stellte die Webcam so ein, dass ihr Busen nicht im Bild war. Die Sache mit dem ausgestopften BH war Blödsinn gewesen und das falsch angegebene Alter ebenfalls. Je mehr Lügen sie sich ausdachte, desto mehr musste sie sich merken, und das führte unweigerlich zu Problemen.

Ihr Herz schlug schneller, als sie sah, dass Fabian online

war. Er hatte ihr in seiner letzten Mail seinen Nickname verraten. Gleich würde sie mit ihm chatten. Wenn ihr nur etwas einfiel! Mit Dude17 hat es recht gut geklappt, sagte sie sich, warum also nicht auch mit Fabian? Ich muss ruhig und gelassen bleiben. Doch die Vorstellung, dass sie Fabian in wenigen Tagen gegenüberstehen würde, machte sie ziemlich nervös.

Hallo, Fabian.
Hallo, Floor, wie geht's dir?
Bestens. Noch vier Tage, dann sehen wir uns.
Zählst du etwa die Tage?
Ja, ich bin nämlich sehr gespannt, wie deine Stimme klingt. :-) :-)
Die kannst du auch gleich hören, wenn du willst. Soll ich dich anrufen?

Floor zuckte zusammen: Nun hatte sie doch einen Fehler gemacht! Schreiben war ja schon verzwickt genug, wie sollte sie da mit ihm reden? Mehr als Gestotter brachte sie garantiert nicht zustande, womöglich würde sie überhaupt nichts zu sagen wissen. Nicht auszudenken!

Lieber nicht. Das Reden heben wir uns für Samstag auf. So ist es spannender.

Sie las ihre Antwort noch einmal, leise vor sich hinmurmelnd. Ja, das war okay – sie klickte auf »Senden«.

Du magst es also spannend? Ich auch!!!

Oje, das lief nicht so, wie sie es sich vorgestellt hatte. Sie beschloss, nicht auf seine Bemerkung einzugehen.

Wie alt bist du eigentlich, Fabian?
Siebzehn. Und wie alt bist du? Hattest du schon viele Verabredungen?

Ich bin fünfzehn. Du bist meine erste Verabredung überhaupt.
Echt? Hast du noch nie was mit einem Jungen gehabt?
Nein, nicht wirklich.
Macht nichts. Ich auch nicht. Mit einem Jungen, meine ich … hahaha. Aber keine Angst, ich bring dir alles bei, was du wissen musst. ♥ :-)*
Echt?
Klar. Wir können gleich damit anfangen. :-) :-) :-)
Unterricht hatte ich schon genug in der Schule.
Aber meiner ist anders. Und viel besser. Lektion 1: Zieh dein T-Shirt aus.

Floor erstarrte.

Ich muss jetzt Hausaufgaben machen. Tschüs.

Floor war schwer enttäuscht. Fabian war um kein Haar besser als die anderen Jungs in diesen Chatrooms. Sie hatten nichts als Sex im Kopf und wollten möglichst schnell nackte Haut sehen. Außer Dude17 …

Floor musste lächeln, als sie an ihn dachte. Er war nett, vielleicht könnte sie …

Rasch wechselte sie zur Flirtsite, um zu sehen, ob Dude17 gerade online war. Floor jubelte innerlich: Sein Name war dabei!

Hallo, Dude17. Alles okay?
Hi, Xandra. Nett, dass du auch da bist. Hab dich schon vermisst.
Ich hatte andere Dinge zu tun.
Soso, na Hauptsache, du bist jetzt da. :-) :-)

Floor beschloss, die Probe aufs Exempel zu machen.

Hast du eine Webcam?

Nein, die hat mein Vater konfisziert. :-(Aber ohne geht auch.

Warum hat er sie konfisziert?

Weil ich in den letzten beiden Englischarbeiten eine Fünf hatte. Wenn ich mir noch eine leiste, bekomme ich einen Monat lang Computerverbot.

Dumm gelaufen. Hast du vielleicht ein Foto von dir?

Leider nein. Ich hab keine Digitalkamera. :-(:-(Ist das ein Problem?

Schon. Ich wüsste nämlich gern, wie du aussiehst.

Groß, schlank, kurzes blondes Haar. Piercing in der Braue. Und ordentlich Muckis, weil ich viel Sport treibe.

Cool! Ich hab übrigens mein Alter im Profil falsch angegeben.

Aha! Und wie alt bist du wirklich?

Fünfzehn.

Als keine Antwort kam, begann Floor, nervös an ihren Fingernägeln zu knabbern. Jetzt hatte er bestimmt keine Lust mehr …

Ich muss dir ebenfalls was gestehen: Ich hab mein Alter auch falsch angegeben.

Echt? Und wie alt bist du wirklich?

Sechzehn.

Floor lächelte. Groß, blond und sechzehn. Das klang nicht schlecht.

Wo wohnst du?

Floor dachte kurz daran, dass Marcia gesagt hatte, sie solle auf keinen Fall Adresse und Telefonnummer herausgeben. Sie zog eine Grimasse. Als wäre Marcia Expertin, nur weil sie übers Internet einen Freund gefunden hatte! Außerdem hatte sie Erik doch auch ihre Handynummer gegeben.

Floor war ganz sicher, dass sie Dude17 vertrauen konnte.

7

Aufmerksam betrachtete er ihr Foto. Sie war ideal, nur das viele Make-up störte, denn es machte sie älter.

Siebzehn Jahre stand im Profil. Er grinste unwillkürlich. Ihm konnte man so leicht nichts vormachen. Im Laufe der Zeit hatte er einen Blick für solche Dinge entwickelt. Dieses Mädchen war weder siebzehn noch war ihr Busen echt. Das konnte er beim Vergrößern des Fotos an der unregelmäßigen Wölbung des Tops erkennen. Ausgepolstert, eindeutig. Dass die Mädchen ihr Alter falsch angaben, war nichts Neues, ebenso wenig, dass viele sich Socken oder Kleenextücher in den BH stopften. Alle wollten sie älter wirken …

Das Mädchen auf dem Foto war schön schlank und hatte leuchtend blaue Augen. Genau, was er brauchte.

Ein Bekannter, der wie er ständig im Internet nach Mädchen suchte und mit dem er hin und wieder Fotos tauschte, hatte ihn auf ihr Profil aufmerksam gemacht. Erst vor einer Woche hatte er von ihm Nacktfotos zugeschickt bekommen, von Mädchen, die er im Internet kennengelernt hatte. Dieses Mädchen war, wie er soeben festgestellt hatte, nicht dabei; vermutlich hatte sein Bekannter sie nicht dazu bringen können, sich auszuziehen. Sicherheitshalber sah er auch noch in seinen Notizen nach, fand sie aber nicht. Er führte akribisch Buch über sämtliche Mädchen, mit denen er Kontakt gehabt hatte oder noch aufnehmen wollte. Die Chatrooms waren ein unerschöpflicher Fundus und die eingestellten Fotos auf den Profilsites machten ihm die Auswahl leicht. Seine Devise lautete: je jünger, desto besser.

Sein Vorgehen hatte sich bestens bewährt: Bevor er die Mädchen kontaktierte, nahm er sich ihr Profil vor und notierte in seinem Heft alles, was von Nutzen sein könnte, wie etwa Hobbys, Interessen, Lieblingsbands und dergleichen. Anschließend beschaffte er sich Informationen zu den jeweiligen Themen, damit die Mädchen beim Chatten später den Eindruck hatten, sie lägen auf der gleichen Wellenlänge. Wenn er erst einmal ihr Vertrauen gewonnen hatte, versuchte er, sich mit ihnen zu verabreden.

Bei jedem Mädchen, das er kontaktierte, benutzte er einen anderen Nickname und gab ein anderes Alter an. Beim Chatten offenbarten sich dann schnell die Schwachstellen, die er sich ebenfalls notierte.

Das Heft war sozusagen sein Gedächtnis. Und inzwischen so gut wie voll. Bei einer ganzen Reihe Mädchen, die sich für sein Vorhaben eigneten, hatte er den Eindruck gewonnen, sie ließen sich eventuell zu einem Treffen überreden. Zumindest wollte er es versuchen …

Ihm war vollkommen klar, dass es riskant war, solch ein Heft zu führen. Sollte es je in die falschen Hände geraten, ließ sich nichts mehr abstreiten. Aber bisher war alles gut gelaufen. Die jungen Mädchen waren ja so leicht zu blenden. Sie glaubten seine Lügen. Noch keine Einzige war misstrauisch geworden und hatte nachgeforscht.

Dass seine Praktiken strafbar waren, wusste er zwar, doch er sah nicht ein, was daran verwerflich sein sollte. Dass die Mädchen durch ihn seelischen Schaden nehmen könnten, schien ihm stark übertrieben, ja geradezu lächerlich.

Wie auch immer, für ihn war das Risiko relativ gering. Zur Polizei würde wohl kaum eine von ihnen gehen, aus Angst, ihre Eltern könnten alles erfahren. Dann müssten sie zugeben, dass sie sich mit einem Unbekannten verabredet hatten … Und falls doch mal ein Mädchen Anzeige erstatten sollte, würde man ihn schwerlich finden. Dafür hatte er gesorgt. Er plante sein Vorgehen äußerst sorgfältig und glaubte sich damit der Polizei haushoch überlegen. Sie waren ihm jedenfalls bisher nicht auf die Schliche gekommen, nicht einmal ein Verdacht war auf ihn gefallen.

Er durfte allerdings die Webcam künftig nicht mehr einsetzen. Das schränkte seine Möglichkeiten zwar ein, würde aber andernfalls zu viele Spuren hinterlassen. Und er musste lernen, seinen Jähzorn besser unter Kontrolle zu halten. Die letzte Verabredung war geplatzt, weil er einen Wutanfall bekommen hatte. Wenn so ein kleines Luder nicht tat, was er wollte, verlor er manchmal die Beherrschung. Er vergaß dann schlicht, wie jung sie noch waren. Geduld hieß das Zauberwort. Er musste unter allen Umständen geduldig und stets freundlich bleiben.

Von den zweiundvierzig Mädchen in seinem Heft hatte er neunzehn dazu gebracht, sich vor der Webcam auszuziehen. Mit fünfen hatte er sich verabredet, aber nur drei waren tatsächlich gekommen.

Sanne war die Erste gewesen. Leider schon siebzehn, aber immer noch besser live als ständig nur Webcam-Bilder. Nachdem er ihr Geld angeboten hatte, war sie bereit gewesen, mit ihm in ein abgelegenes Waldstück zu fahren und dort zu machen, was er wollte. Einige seiner Wünsche hatte sie allerdings verweigert, auch als er den Betrag erhöhte.

Klar, er hätte sie unter Druck setzen oder Gewalt anwenden können, aber das war nicht sein Stil. Und bei Sanne war ihm gerade noch rechtzeitig bewusst geworden, dass er in ihrem Fall unvorsichtig gewesen war: Er hatte ihr seine Mailadresse gegeben, sodass die Polizei ihn im Zweifelsfall leicht hätte aufspüren können. Deshalb hatte er sie gehen lassen.

Das zweite Mädchen hieß Jasmijn und kam aus Rotterdam. Fünfzehn Jahre alt, und zunächst schien alles gut zu laufen. Er hatte sie in eine Kneipe bestellt, aber sie war nicht allein gekommen. Ein Mann war bei ihr, vermutlich ihr Vater oder Onkel. Nervös und schwitzend hatte er sich hinter einer Zeitung verschanzt und die beiden ignoriert. Ein schneller Blick aus den Augenwinkeln verriet ihm, dass der Mann ihn beobachtete, aber er ließ sich nichts anmerken. Erst nach einer geschlagenen Stunde waren die beiden wieder gegangen und er hatte erleichtert aufgeatmet. Um sich nicht verdächtig zu machen, war er noch zehn Minuten sitzen geblieben und dann ebenfalls aufgebrochen.

Ein paar Wochen hatte er sich zurückgehalten, war dann aber wieder zur Tagesordnung übergegangen.

Kim war seine nächste große Hoffnung gewesen. Vor drei Monaten hatte er es geschafft, sie zu einem Treffen zu überreden. Sie war dreizehn, hübsch und temperamentvoll. Auf MSN hatte sie sich sehr forsch gegeben, doch als sie sich trafen, war sie ganz anders gewesen. Sie hatte sogar zu heulen begonnen, als er sich ihr sexuell näherte. Dabei hatte er lediglich testen wollen, ob sie tatsächlich so weit gehen würde wie behauptet. Er hatte sie daraufhin in Ruhe gelassen, schließlich war er kein Vergewaltiger. Aber wütend war er geworden, stinkwütend. Mit diesem Mädchen hätte sich jede Menge Geld verdienen lassen … Sie hatte ihn tief enttäuscht. Warum war das Gör denn überhaupt gekommen? Immerhin hatte er ihr offen gesagt, worum es ging. Zugegeben, ein paar Details hatte er verschwiegen, aber in groben Zügen wusste sie Bescheid. Das Ganze hatte ihn enorm viel Zeit und Aufwand gekostet. Vielleicht war sie bei seinem Anblick erschrocken; das konnte durchaus sein, denn er hatte sein Alter natürlich falsch angegeben. In dem Moment hätte sie sich umdrehen und gehen können, aber das hatte sie nicht gemacht. Er hatte sie auch nicht gezwungen, zu ihm ins Auto zu steigen.

Noch nie hatte er ein Mädchen zu etwas gezwungen, bei ihm lief alles auf freiwilliger Basis. Diesmal jedoch wollte er anders vorgehen. Eventuell mit einer zweiten Person als Helfer. Doch das wiederum barg Risiken. Ein Mitwisser könnte ihn nicht nur verraten, sondern auch Fehler machen, wie sie ihm selbst nicht unterlaufen würden. Und jeder Fehler konnte ihm das Genick brechen. Auch wenn er die Polizei für ziemlich unfähig hielt, ganz von gestern waren die auch nicht.

Im Prinzip gab es nur eine Person, auf die er sich vollkommen verlassen konnte. Doch ob die sich darauf einließ? Sein Trumpf war das Geld – mit Geld konnte man letztlich jeden locken.

Ja, vielleicht war das eine Möglichkeit. Eins jedenfalls stand fest: Es musste sich etwas ändern, denn auf die übliche Art ging viel zu viel Zeit verloren. Und notfalls musste er ausnahmsweise einmal Gewalt anwenden. Allmählich nahm der Plan in seinem Kopf Gestalt an …

Er wandte den Blick vom Bildschirm ab, als er schnelle Schritte auf der Treppe hörte.

»Paps?«

Er klappte den Laptop zu und wartete, bis die Tür aufging.

»Paps? Kannst du dir mal eben mein Mofa ansehen? Der Gashebel klemmt.«

8

»Ich kam gerade aus der Dusche, als er anrief. Kaum hatte ich mich gemeldet, fing er auch schon an, ein Liebeslied zu singen. Er hat übrigens eine grausige Stimme!«, rief Marcia durch die geschlossene Tür. Sie stand vor dem Spiegel und fuhr sich mit den Fingern durchs Haar. »Zum Glück ist wieder alles in Ordnung; wir haben uns ausgesprochen.«

»Wie konntest du Erik bloß vergessen?« Floor kam aus der Toilette und machte die Tür hinter sich zu. »Du hockst doch jeden Abend am Computer.« Sie drehte den Wasserhahn auf, um sich die Hände zu waschen.

»Wegen der Modelagentur, das hab ich dir doch schon im Bus erzählt. Warum hast du dir die Website nicht wenigstens mal angesehen? Da sind total gute Fotos drauf. Du wärst garantiert begeistert.«

»Ich hatte keine Zeit, weil ich den ganzen Abend mit Fabian gechattet habe.« Dude17 erwähnte sie wohlweislich nicht. Marcia würde sich bestimmt darüber mokieren, dass er erst sechzehn war.

»Und mit Fabian lief's nicht so gut?«

Floor winkte ab. »Der wollte, dass ich mich ausziehe … dabei kenne ich den doch kaum! Der tickt nicht richtig.«

»Vielleicht hätte es dir ja Spaß gemacht, man kann nie wissen …« Marcia kicherte.

»Klar doch!« Floor zog eine Grimasse. »Ich hab ihn weggeklickt und fertig!«

»Schade«, meinte Marcia. »Ich hatte gehofft …«

Sie brach ab, als die Tür aufging und Naomi und ihre Barbies den Waschraum betraten.

Naomi musterte Marcia und Floor abschätzig. »Haut ab!«, sagte sie barsch. »Ihr seid hier überflüssig.« Demonstrativ stellte sie sich vor einen der Spiegel, ordnete ihre Frisur und begann, ihr Make-up zu kontrollieren.

Als Marcia und Floor sich nicht vom Fleck rührten, hielt sie inne. »Was gafft ihr so blöd? Los, verschwindet!«

Marcia straffte den Rücken. »Hier hängt nirgendwo ein Schild, dass der Waschraum euch gehört.«

Naomi verdrehte die Augen, nahm eine Schachtel Zigaretten aus ihrer Handtasche und zündete sich eine an.

»Weißt du was? Du gehst mir tierisch auf die Nerven!« Sie sprach langsam und bedrohlich.

»Dein Pech«, gab Marcia zurück und wandte sich wieder dem Spiegel zu. Sie zog die Oberlippe hoch und inspizierte ihr ebenmäßiges Gebiss, das sie drei Jahren Zahnspange zu verdanken hatte. Ilsa stellte sich hinter sie und blickte über ihre Schulter. Sie war einen halben Kopf größer als Marcia, die sich jedoch nicht einschüchtern ließ.

»Komm, wir gehen«, sagte Floor und machte ein paar Schritte Richtung Tür.

Doch Naomi verstellte ihr mit einem tückischen Grinsen den Weg. Sie inhalierte tief und blies Floor eine Rauchwolke ins Gesicht. »Oh, offenbar habt ihr zu Hause jetzt auch einen Spiegel … Du bist ja geschminkt! Nicht, dass es was nützt. Du siehst leider immer noch wie ein Stück Scheiße aus.« Ihre Freundinnen lachten beifällig.

In Floor keimte Wut auf, aber sie versuchte, Ruhe zu bewahren.

»Das ist zum Glück Geschmackssache«, sagte sie. »Was du hässlich findest, gefällt anderen. Ich hab ein Angebot von einer Modelagentur bekommen. Du auch?« Sie lächelte, obwohl sie innerlich kochte.

»Du???« Naomi sah sie entgeistert an, fasste sich aber schnell wieder. »Das kannst du deiner Großmutter erzählen! Oder ist es eine Agentur, die Fotos für Blinde macht?« Sie warf den Kopf in den Nacken und lachte schallend. Lisa, Amber und Ilsa stimmten jedoch nicht ein – sie starrten Floor sprachlos an.

»Es stimmt, was Floor sagt«, mischte Marcia sich ein. »Wir beide sind für eine Modestrecke in einer Zeitschrift engagiert worden.« Stolz reckte sie die Brust vor. »Und zwar für ein sattes Honorar!«

Floor ärgerte sich insgeheim. Warum musste Marcia gleich so übertreiben? Die Wahrheit hätte doch vollkommen gereicht!

Naomi rauchte mit hektischen Zügen. »Ach was, alles Bluff! Und falls nicht, dann beweist es. Bringt die Zeitschrift mit, sonst glauben wir es nicht.«

Floors Gesichtsausdruck veränderte sich, was der Barbieclique nicht entging. Mit einem Mal wirkten die Mädchen verunsichert.

»Klar machen wir das.« Floors Stimme klang fest, obwohl sie total aufgeregt war.

»Wenn sich rausstellt, dass ihr gelogen habt, könnt ihr euch auf was gefasst machen!«, zischte Naomi wütend und ballte die Fäuste. »Und das wird garantiert kein Spaß für euch!«

Sie machte eine auffordernde Kopfbewegung zu ihren

Freundinnen hin. Die drei traten vor und bildeten einen Halbkreis um Floor und Marcia.

»Warum sollte ich lügen?«, fragte Floor scheinbar gelassen.

»Das fragen wir uns auch. Ich kann mir jedenfalls nicht vorstellen, dass jemand Geld bezahlt, um deine hässliche Visage fotografieren zu dürfen. Wie viel kriegst du?«

»Genug!«

»Schön für dich. Dann kannst du dir ja endlich mal anständige Klamotten kaufen.«

»Und dir die Brüste vergrößern lassen!«

»Am besten kaufst du dir auch gleich noch einen neuen Kopf!«

Die vier rothaarigen Mädchen kicherten und schlossen den Kreis um Floor und Marcia enger. Amber zog an Floors T-Shirt und begann, sie herumzuschubsen.

»Lass das, du blöde Kuh!« Marcia packte Amber am Arm, wurde aber an den Haaren zurückgerissen.

»Aua!«

Hämisches Gelächter.

Im nächsten Moment sprang Floor wie eine Raubkatze vor und stürzte sich auf Naomi, so unverhofft, dass diese keine Chance hatte, sich zu verteidigen. Mit aller Kraft drückte Floor sie gegen die Fliesenwand. Völlig überrumpelt rang Naomi nach Luft und starrte ihre Widersacherin mit schreckgeweiteten Augen an. Sie ließ die Zigarette fallen, gleich darauf klackerte eine Handvoll Perlen über den Boden. Wie von Sinnen schlug Floor auf Naomi ein, die sich vergeblich gegen die Urgewalt, die da zum Ausbruch kam, zu wehren versuchte.

»Floor, hör auf!« Jemand zog an ihrem Arm. Mit einem Ruck fuhr sie herum und holte aus. Der Schlag saß. Herr Voice taumelte mit einem unterdrückten Fluch zurück.

»... da es sich um einen schwerwiegenden Vorfall handelt, wurde beschlossen, alle Beteiligten eine Woche vom Klassenverband auszuschließen. Das bedeutet, dass Ihre Tochter und die fünf anderen Mädchen separat unterrichtet werden, ohne Kontakt zu den Mitschülern, auch nicht in den Pausen. Sollten Sie Einwände gegen diese Maßnahme haben, so setzen Sie sich bitte mit mir in Verbindung ...«

Herr Kloostermans ließ den Brief sinken und sah seine Tochter entgeistert an. »Du hast dich geprügelt?!«

»Das sieht dir doch gar nicht ähnlich, Floor!« Kopfschüttelnd griff Frau Kloostermans nach dem Brief, um ihn ein zweites Mal zu lesen.

»Naomi und ihre Freundinnen schikanieren mich und Marcia schon seit Monaten«, versuchte Floor zu erklären. Mühsam unterdrückte sie die Tränen.

Den ganzen Nachmittag hatte sie mit Marcia im stickigen Büro des Rektors zugebracht. Man erzählte sich, er sei in jungen Jahren Berufssoldat gewesen, und vermutlich stimmte das auch, denn wenn er Schüler in seinem Büro zusammenstauchte, war sein Brüllen jedes Mal im gesamten Stockwerk zu hören.

Floor hatte die Tränen nicht zurückhalten können, als der Rektor tobte und wütete, doch das hatte ihn wenig beeindruckt. Als Marcia voller Entrüstung ihre Unschuld beteuerte, war er vor Wut fast geplatzt. Was sie sich herausnähme?

Er dulde solches Verhalten nicht! Unerhört! … Wenn Marcia den Mund gehalten hätte, wäre der Spuk vielleicht nach einer Stunde vorbei gewesen. So aber hatte der Rektor sich nur noch mehr in seinen Zorn hineingesteigert und eine endlose Strafpredigt gehalten.

Insgeheim hatte Floor gehofft, bei ihren Eltern Verständnis zu finden, doch dem war offenbar nicht so.

»Und deshalb prügelst du einfach drauflos?« Herr Kloostermans runzelte die Stirn. »Mit Gewalt löst man doch keine Probleme!«

»Die haben uns einfach nicht in Ruhe gelassen, Paps. Sie haben abfällige Bemerkungen gemacht, über meine Kleidung, wie ich aussehe und …«

»Warum hast du dich nicht an euren Vertrauenslehrer gewandt, damit er die Mädchen mal ins Gebet nimmt?«

»Petzen, meinst du? Wenn ich das gemacht hätte, würde mich in der Schule keiner mehr angucken.«

»Und da hast du dich entschlossen, lieber zuzuschlagen?«

»Ich wollte das doch gar nicht! Marcia und ich wollten raus aus dem Waschraum, aber die haben uns den Weg versperrt. Naomi hat mich angepöbelt und Amber hat angefangen, mich zu schubsen, da hab ich mich eben gewehrt. Was hätte ich denn sonst machen sollen? Stillhalten vielleicht?«

»Auf keinen Fall«, pflichtete Frau Kloostermans ihrer Tochter bei. »Sie muss sich verteidigen dürfen, Sjon. Ich kann mir gut vorstellen, dass diese Mädchen gemeine Biester sind. Unsere Floor würde nie und nimmer von sich aus eine Rauferei anfangen, das weißt du genau.«

»Immerhin hat sie einen Lehrer ins Gesicht geschlagen!«

Herr Kloostermans zog den Brief zu sich heran und tippte auf die entsprechende Stelle. »Einen Lehrer! Das muss man sich mal vorstellen!«

»Es war doch keine Absicht, Paps. Ich hatte Herrn Voice nicht gesehen. Er hat mich von hinten am Arm gepackt und da dachte ich, es wäre eine von Naomis Freundinnen und …« Nun flossen die Tränen. Mit einer raschen Geste wischte Floor sie weg. Frau Kloostermans legte ihrer Tochter tröstend den Arm um die Schultern.

Frau Janssens verspürte stechende Kopfschmerzen, als sie den Brief zurück in den Umschlag schob. Was um Himmels willen hatte sie als Mutter nur falsch gemacht, dass ihre Kinder sich derart aufführten?

»Wirst du jetzt wie dein älterer Bruder? Ich hatte gehofft, mit dir würde es weniger Probleme geben, aber das war wohl ein Irrtum.«

»Glaubst du etwa, Floor und ich hätten uns zum Spaß geprügelt?«, gab Marcia entrüstet zurück. »Reine Notwehr war das!«

Frau Janssens seufzte tief. Mehr und mehr hatte sie das Gefühl, als Mutter auf ganzer Linie versagt zu haben. Resigniert blickte sie zum Fenster. »Als ich sechzehn war, hätte ich Profisportlerin werden können. Mein Leichtathletiktrainer hat mir Talent bescheinigt. Ich hätte eine große Zukunft vor mir, meinte er. Doch ich habe mich für deinen Vater entschieden. Und jetzt …« Sie machte eine hilflose Geste und lachte freudlos. »Jetzt sitze ich da, habe einen Mann, der mir aus dem Weg geht, und drei Monster von Kindern. Ich tue wahrlich mein Bestes, aber bei uns führt jeder sein eigenes Leben. Stimmt's oder hab ich recht?« Sie sah ihre Tochter fragend an, obwohl sie keine Antwort erwartete.

Schon seit Monaten schluckte Frau Janssens Antidepressiva, um den Alltag besser meistern zu können. Sie wünschte sich nichts mehr als ein harmonisches Familienleben und gab sich redlich Mühe, freundlich mit ihren Kindern und ihrem Mann umzugehen. In letzter Zeit jedoch fiel ihr das zunehmend schwerer. Dass ihr Mann sich immer mehr von ihr zurückzog, regte sie von Tag zu Tag mehr auf, und manchmal packte sie die kalte Wut, wenn sie ihn nur sah. Sein Desinteresse an der Familie war inzwischen so ausgeprägt, dass er sich wie ein Fremder durchs Haus bewegte, wie ein Gast, der sich bewirten ließ und allenfalls ein höfliches Lächeln zustande brachte.

»Und nun gibt es auch noch mit dir Ärger in der Schule!«

»Du bist ungerecht!«, rief Marcia gekränkt. »Was kann ich denn dafür, wenn du mit deinem Leben unzufrieden bist. Ständig jammerst du rum, was du alles verpasst hast. Und jetzt, wo zum ersten Mal ein Brief von der Schule kommt, behauptest du, ich sei ein Monster. Aber weißt du was …«, sie ballte die Hände zu Fäusten und zitterte vor Wut und Aufregung am ganzen Leib, »… vielleicht sind wir Kinder gar nicht die Monster hier im Haus!«

»Du bist schon genauso frech wie dein Bruder! Nun soll ich also das Monster sein! Dann bin ich es jetzt auch einmal und verpasse dir für kommendes Wochenende Hausarrest! Vielleicht lernst du dann, etwas mehr Respekt gegenüber deiner Mutter zu zeigen!«

Marcia erstarrte. Kommendes Wochenende! Sie wollte sich doch am Samstag mit Erik treffen!

»Das kannst du nicht machen!«, protestierte sie. »Ich will am Samstag mit Floor in Herzogenbusch einkaufen gehen!«

»Das hättest du dir früher überlegen sollen! Du bleibst das ganze Wochenende zu Hause und damit basta!«

»Nein, ich …«

»Marcia, ich will keine Widerrede hören. Geh jetzt in dein Zimmer!«

»Ich kann die Verabredung nicht absagen, Papa. Floor muss sich ein Kleid für die Hochzeit ihres Cousins kaufen und du weißt doch, dass sie dringend Beratung in Sachen Mode braucht. Ihre Mutter hat mich gebeten, mit ihr einkaufen zu gehen. Sie selbst hat keine Zeit, weil sie nicht aus dem Laden wegkann.«

Marcia sah ihren Vater verzweifelt an, doch er gab sich ungerührt, wie immer. Er stützte die Ellbogen auf den Schreibtisch. »Wenn deine Mutter dir Hausarrest erteilt hat, wird sie wohl ihre Gründe dafür haben.«

»Aber es ist doch ungerecht, dass ich zu Hause noch mal extra bestraft werde.«

Ihr Vater seufzte und schielte aus den Augenwinkeln zum Bildschirm. »Ich will mich da nicht einmischen. Wenn ich dir nun erlaube, am Samstag einkaufen zu gehen, wird deine Mutter wütend auf mich. Und ich will keinen Streit mit ihr.«

»Ihr streitet euch sowieso ständig. Da kommt es auf ein Mal mehr oder weniger auch nicht an!«, rief Marcia erbost.

Warum ergriff ihr Vater nicht ein einziges Mal Partei für sie? So schwer war es doch wohl nicht, ins Wohnzimmer zu gehen und ihrer Mutter klarzumachen, dass sie ihre Tochter ungerecht behandelt hatte.

»Dann sprich eben noch mal mit deiner Mutter. Sie hat das Sagen.«

»Immer lässt du mich im Stich!«, schrie Marcia zornig. »Ich hasse dich, ich hasse Mum, ich hasse diese ganze Scheißfamilie!« Sie drehte sich um und rannte aus dem Zimmer.

»Sei so gut und mach die Tür hinter dir zu«, hörte sie ihren Vater noch sagen.

Marcia schloss ihr Zimmer ab, ließ sich aufs Bett fallen und verbarg das Gesicht im Kopfkissen. »Feiger Hund! Dämliche Kuh!«, schluchzte sie erstickt.

Ihr Leben war ein einziges Chaos und daran hatten allein ihre Eltern schuld. Sie machten ihr immer alles kaputt!

Mühsam unterdrückte sie die Tränen. Sie hatte so oft geweint und sich dann nur noch elender gefühlt. Lieber die Wut rauslassen, das tat nicht so weh und gab ihr seltsamerweise ein wenig Trost.

Zornig hieb sie mit den Fäusten auf das Kissen ein. Im nächsten Moment flog es gegen die Wand, gleich darauf warf sie noch einen Schuh und ihren Taschenkalender hinterher.

Der Ausbruch dauerte gut fünf Minuten: Alles, was in ihrer Reichweite lag, schleuderte Marcia durchs Zimmer.

Dann fiel ihr Blick auf den Computer. Erik! Wie sollte sie ihm erklären, dass aus dem Treffen am Samstag nichts wurde? Den Hausarrest wollte sie lieber nicht erwähnen; das würde er ihr niemals glauben. In ein paar Monaten wurde sie sechzehn – wer bekam in dem Alter noch Hausarrest verpasst!? Oder vielleicht doch lieber bei der Wahrheit bleiben …? Schließlich konnte sie ja nichts dafür, dass ihre Eltern sich so aufführten.

Langsam verebbte ihre Wut. Sie stand auf, schaltete den PC an und loggte sich in den Chatroom ein. Erik war noch nicht online.

Hallo, Lips17. Hier ist Ruud aus Haarlem.

Ruud aus Haarlem? Marcia runzelte die Stirn. Der Name kam ihr bekannt vor …

Genau: Er war der 28-jährige Kerl, der Floor mit seiner Erektion einen Riesenschrecken eingejagt hatte!

Hallo, Ruud, wieder auf der Jagd nach jungen Mädchen?

Immer! Hast du Lust, dich mit mir auf MSN zu unterhalten?

Wozu? Willst du mir wieder deinen Pimmel zeigen?

Das gefällt dir doch, oder?

Warum sollte es?

Weil du neugierig bist. Sonst würdest du ja nicht mit mir reden, oder? Hattest du schon mal Cybersex?

Nein.

Dann wird es Zeit. Kann nicht schaden, wenn man damit Erfahrung hat. Also, wie wär's?

Marcia dachte daran, wie Erik wohl reagieren würde, wenn er hörte, dass sie am Samstag nicht kam. Mit Sicherheit schwer enttäuscht. Aber vielleicht könnte sie ihn versöhnen, wenn sie ihm ein wenig mehr bot als nur den Anblick ihres Busens? Ruud war ein erfahrener Mann und konnte ihr bestimmt das eine oder andere beibringen, mit dem sie Erik beeindrucken konnte. Ein Risiko ging sie dabei nicht ein – was konnte der Typ ihr schon anhaben? Er war in Haarlem, also weit weg. Schlimmstenfalls könnte er sie per Mail belästigen …

Nach kurzem Zögern tippte sie ihre MSN-Hotmailadresse ein und schickte sie an Ruud. Dann wartete sie, bis er sich auf MSN meldete.

Wieder war sein Gesicht nicht zu sehen, nur die Hände, wie beim letzten Mal. Er holte seinen steifen Penis aus der Hose und fragte, ob sie wisse, was Männern Spaß mache.

Marcia gab ehrlich zu, dass sie in solchen Dingen ziemlich ahnungslos war.

Ruud forderte sic auf, sich auszuziehen und sich nackt vor die Kamera zu stellen. Marcia tat, wie ihr geheißen.

Was soll's, dachte sie, niemand wird es je erfahren.

9

Sie musste der Agentur mailen, und sei es nur, um das Gesicht zu wahren. Naomi und Konsorten würden sich nicht mit irgendwelchen Ausreden abspeisen lassen. Sie musste handfeste Beweise vorlegen, dass sie als Model arbeitete.

Floor hatte sich die Website von *Make It* angesehen und sie mit drei weiteren Agenturen verglichen. *Make It* war die einzige Agentur, die keine Aufnahmegebühr oder Kosten für eine Sedcard erwähnte. Floor hatte auf den Seiten der Konkurrenz gelesen, dass es bis zu dreihundert Euro kosten konnte, professionelle Fotos für eine Sedcard erstellen zu lassen. Jede Wette, dass Marcia davon keine Ahnung hatte. Wie sollten sie kurzfristig an so viel Geld kommen? Nach dem Vorfall in der Schule brauchte sie ihre Eltern gar nicht erst darum zu bitten.

Floor nahm sich die Nachricht von Hans Groesbeek noch einmal vor und beschloss, in ihrer Mail nach der Höhe der Aufnahmegebühr zu fragen. Vielleicht verlangten sie bei *Make It* weniger als bei den anderen Agenturen?

Sie verschickte die Mail, nahm ein Buch aus dem Regal und legte sich aufs Bett. Beim Lesen warf sie hin und wieder einen Blick auf den Monitor. Sie hoffte, dass Marcia sich bald auf MSN meldete, damit sie das Geldproblem mit ihr besprechen konnte.

Als Fabian sich meldete, ignorierte sie ihn.

Es war bereits Viertel vor neun, als der Name Dude17 aufleuchtete.

Floor sprang auf und legte das Buch weg.

Hallo, X. Wie geht's? Ich bin spät dran. Musste heute zum Geburtstag meiner Oma.

War's nett? :-)

Nicht wirklich. Sie lebt im Altersheim und ist stocktaub. :-(:-(

Dafür hatte ich Ärger in der Schule und bin zu einer Woche Einzelhaft verdonnert worden.

Warum? Hast du etwa die Schule angezündet?

Wenn's nur das wäre! Ich hab mich mit Barbie geprügelt.

Mit dem rothaarigen Miststück? Hat sie dich wieder blöd angemacht?

Floor hatte Dude17 beim letzten Mal ausführlich von der Schule erzählt. Lediglich ein paar Dinge hatte sie verschwiegen, zum Beispiel, dass sie noch ein kleines bisschen in Wesley verliebt war und dass sie sich am Samstag mit zwei unbekannten Jungen in Herzogenbusch verabredet hatte. Und ihren richtigen Namen wusste er auch noch nicht. Eine Weile hatte sie überlegt, ihn Dude zu verraten, dann jedoch beschlossen, es nicht zu tun. So blieb ihre Internet-Bekanntschaft weiterhin etwas geheimnisvoll.

Sie berichtete Dude17, wie es zu der Auseinandersetzung gekommen war. Dass sie ihrem Lehrer ein Veilchen verpasst hatte, amüsierte ihn köstlich, und als sie ihm dann auch noch von der Modelagentur erzählte, war er tief beeindruckt. Floor war froh, ihm ihr Herz ausschütten zu können. Dude17 interessierte sich für sie und versuchte nicht, ihr seine Meinung aufzudrängen.

Marcia hatte Erik von Naomi und der Prügelei im Waschraum erzählt und dabei so stark übertrieben, dass die Geschichte recht unglaubwürdig klang. Als sie dann auch noch den Hausarrest aufs Tapet brachte, wurde Erik sauer und ging zum Angriff über.

Schwache Ausrede! Was Besseres fällt dir wohl nicht ein?

Das ist keine Ausrede. Du kannst Floor fragen.

Als ob ihr beide das nicht abgesprochen hättet!

Haben wir nicht! Meinst du etwa, es macht mir Spaß, wenn meine Mutter so ausrastet?

Du warst gestern schon so komisch. Dein Handy war aus, du warst nicht online …

Das habe ich dir doch alles erklärt.

Weißt du was? Allmählich hab ich die Nase voll. Was du da erzählst, klingt total daneben. Sag's offen, wenn du nicht kommen willst!

Ich will, aber ich darf nicht!

Dann melde dich wieder, wenn du darfst!

Sein Gesicht verschwand vom Bildschirm.

Marcia stutzte. Das musste eine technische Störung sein, gleich würde das Bild wiederkommen …

Nachdem sie drei geschlagene Minuten den Monitor angestarrt hatte, wurde ihr klar, dass Erik sich einfach ausgeloggt hatte. Sofort schickte sie ihm eine verzweifelte Mail, aber er reagierte nicht. Mit zitternden Fingern griff sie nach ihrem Handy. »Ihr Guthaben ist aufgebraucht«, teilte ihr eine freundliche Frauenstimme mit. Da verlor Marcia endgültig die Fassung und brach in Tränen aus.

Die Kloostermans saßen noch beim Frühstück, als es klingelte. Herr Kloostermans stand auf und ging zur Haustür.

Floor hörte ihn im Flur reden und wenig später kam er mit Marcia in die Küche. Er schob ihr einen Stuhl hin und gab seiner Frau dezent ein Zeichen.

»Setz dich, Marcia. Willst du eine Tasse Tee?«, fragte Frau Kloostermans.

Sie nickte und Frau Kloostermans beeilte sich, eine Tasse zu holen. »Magst du ein Croissant?«, fragte sie freundlich. »Sie sind noch warm!« Sie legte ihr die Hand auf die Schulter, als sie merkte, wie verstört das Mädchen war.

Um ein Haar wäre Marcia wieder in Tränen ausgebrochen. Sie sehnte sich so sehr nach Geborgenheit, wie bei Floor. Warum gab es das bei ihr zu Hause nicht? Waren ein wenig Liebe und Verständnis denn zu viel verlangt? Tapfer hielt sie die Tränen zurück. Lieber biss sie sich auf die Zunge, als sich ihre Verzweiflung anmerken zu lassen. Auf keinen Fall wollte sie von Floor und ihren Eltern bemitleidet werden.

Am frühen Morgen hatte sie fluchtartig das Haus verlassen, weil es wieder Streit gegeben hatte. Ihre Mutter hatte Thomas angebrüllt, als er vergaß, die Milch in den Kühlschrank zu stellen. Und Thomas war natürlich prompt patzig geworden. So hatte ein Wort das andere gegeben, und als ihr Vater halbherzig zu vermitteln versuchte, waren sowohl ihre Mutter als auch ihr Bruder auf ihn losgegangen.

Floor musterte das bleiche Gesicht ihrer Freundin. Es musste etwas vorgefallen sein, denn Marcia hatte sie bisher noch nie morgens zu Hause abgeholt. Sie fragte jedoch nicht nach, sondern sagte beiläufig: »Hast du für Geographie gelernt?«

»Ja, gestern Abend.« Marcia bemühte sich krampfhaft um ein Lächeln. »Ganz schön schwieriges Thema.«

»Ich kann dich ja nachher im Bus abhören«, bot Floor an.

Dann herrschte Stille. Floor hatte sehr wohl bemerkt, dass Marcia mit den Tränen kämpfte, deshalb stand sie schnell auf. Wenn Marcia jetzt zu weinen anfing, würden ihre Eltern garantiert Fragen stellen und Marcia würde sich dann womöglich noch mieser fühlen.

»Ich hol rasch meinen Rucksack, dann können wir los«, sagte sie.

Marcia stand ebenfalls auf und folgte ihrer Freundin in die Diele.

»Ich hab dir zwei Brote und eine Flasche Wasser hingelegt«, rief Flau Kloostermans ihrer Tochter nach. Dann sah sie ihren Mann an und schüttelte bekümmert den Kopf. »Das Mädchen kann einem leidtun; sie ist ja völlig verstört«, sagte sie leise. »Joke Pietersma hat mir erzählt, dass es bei den Janssens zu Hause jeden Tag Krach gibt. Die ganze Nachbarschaft kriegt das Geschrei mit.«

»Joke Pietersma?«

»Du kennst sie bestimmt, sie kommt oft in den Laden. Die Blonde mit dem Spitz. Sie wohnt gegenüber von den Janssens.«

Auf dem Weg zur Bushaltestelle hatte Marcia kein Wort gesagt. Die Lippen zu einem Strich verzogen, ging sie mit großen Schritten den Bürgersteig entlang. Floor hatte mehrmals gefragt, was denn los sei, aber nur ein unverständliches Murmeln zur Antwort bekommen.

Als sie an der Haltestelle standen, brach es urplötzlich aus Marcia heraus. Mit zittriger Stimme erzählte sie von dem Streit mit ihrer Mutter und von Eriks unwirscher Reaktion auf die Mitteilung, dass sie am Samstag nicht nach Herzogenbusch kommen konnte.

Kein Wunder, dass sie so durch den Wind ist, dachte Floor.

Tröstend legte sie ihrer Freundin die Hand auf den Arm. »Das wird schon wieder ...« Da kam ihr plötzlich eine Idee. »Hör mal, Marcia. Du hast doch den Brief von der Schule, in dem steht, dass du Einzelhaft gekriegt hast.«

»Ja, und?« Marcia sah sie verständnislos an.

»Na, das ist doch der Beweis! Du schickst Erik eine Kopie davon, und wenn er dir dann noch immer nicht glaubt, dann vergiss den Kerl! Ich finde es sowieso bescheuert, wie er reagiert. Warum glaubt er dir denn nicht einfach?«

Marcia fiel Floor um den Hals. Das war die Lösung!

Zehn Minuten vor Unterrichtsbeginn standen sie zu sechst vor dem Schreibtisch des Rektors und warteten auf Anweisungen. Tief gebeugt über seine Unterlagen, nippte er an seiner Kaffeetasse und würdigte die Mädchen keines Blickes. Erst als die Schulglocke läutete, schob er die Papiere beiseite, lehnte sich im Stuhl zurück und musterte sie schweigend.

»Eure Handys!« Er streckte fordernd die Hand aus.

Sie sahen einander flüchtig an, aber keine wagte es zu protestieren. Dann teilte er ihnen mit, wo sie sich einzufinden hatten. Sie saßen nicht zusammen, sondern über das ganze Schulhaus verteilt: Floor und Amber im Erdgeschoss, Marcia und Naomi im ersten Stock, Lisa im zweiten und Ilsa in der Aula. Auch die Pausen würden sie dort verbringen müssen.

Der Tag verging quälend langsam. Als sie um halb fünf nach Hause durften, war Floor unendlich erleichtert.

10

Samstagmorgen herrschte ungewohnte Stille im Haus. Ben war in aller Frühe zum Fußballtraining aufgebrochen und Thomas schlief noch; er hatte mit Freunden eine Kneipentour gemacht. Marcia saß allein am Küchentisch, aß ein Marmeladenbrot und blätterte in einer Zeitschrift. Ihre Mutter lag im Wohnzimmer auf dem Sofa und ihr Vater hatte sich noch nicht blicken lassen. Sie stand auf und stellte das Radio an, um die Stille zu vertreiben. Was sollte sie bloß das ganze Wochenende über anfangen? Wäre alles nach Plan gelaufen, dann würde sie jetzt mit Erik, Fabian und Floor durch Herzogenbusch bummeln. Aber ihre Mutter hatte ihr ja unbedingt den Spaß verderben müssen … Hausarrest! Es war nicht zu fassen. Einen Moment lang war sie versucht, die Strafmaßnahme einfach zu ignorieren und in die Stadt zu gehen. Wahrscheinlich würde es sowieso keinem auffallen.

Sie beugte sich über die Arbeitsplatte und schaute aus dem Fenster. Die Sonne schien. Sie bekam Lust, ihren Bikini anzuziehen und sich ein paar Stunden im Garten zu sonnen, vielleicht mit einer Modezeitschrift, dann konnte sie sich schon mal ein paar Posen abgucken …

Am Donnerstagabend hatte sie den Brief von der Schule gescannt und ihn an Erik gemailt. Seitdem hatte sie ihm noch sechs Mails geschickt und zweimal auf seine Voicemail gesprochen, aber bislang hatte er nicht geantwortet. Marcia beschloss, keine weiteren Kontaktversuche mehr zu unternehmen. Erik benahm sich so trotzig wie ein Sechsjähriger, wenn er seinen Willen nicht bekam.

»Marcia, stell sofort das Gedudel ab! Ich hab Migräne!«

Marcia zog eine Grimasse. Für jemanden, der schlimme Kopfschmerzen hatte, schrie ihre Mutter reichlich laut.

Widerwillig machte sie das Radio aus und streckte zur halb offenen Wohnzimmertür hin die Zunge raus. Dann verschwand sie in ihr Zimmer, kramte eine Weile in ihrem Kleiderschrank und wurde schließlich fündig. Mit ihrem Bikini, einer Zeitschrift und einer Sonnenbrille ausgerüstet, ging sie den Flur entlang. Sie klopfte an die Tür des Arbeitszimmers. Keine Reaktion.

Vorsichtig öffnete Marcia die Tür einen Spalt. Das Zimmer war leer. Vermutlich schlief ihr Vater noch. Als sie in der Nacht gegen drei Uhr auf die Toilette gegangen war, hatte sie noch einen Lichtstreifen unter seiner Tür gesehen. Sekundenlang zögerte sie, dann betrat sie den Raum und setzte sich an den Schreibtisch. Vor vier Monaten hatte ihr Vater das Arbeitszimmer tapeziert und neu eingerichtet. Seitdem hatte sie es nur ein paarmal für wenige Minuten betreten.

Marcia ließ den Blick schweifen. An der Wand gegenüber dem Schreibtisch hing ein gerahmtes Foto. Es zeigte mehrere Männer mittleren Alters, lässig an ihre Motorräder gelehnt. Auch ihr Vater war dabei. Auf dem Passepartout stand eine Jahreszahl: 2004. Im Jahr darauf hatte er sein Motorrad verkauft und pflegte seitdem keinen Kontakt mehr mit der Männerclique. Das Regal neben dem Fenster war, abgesehen von etwas Krimskrams, so gut wie leer. Auf dem Fensterbrett standen mehrere Topfpflanzen und Marcia fiel auf, dass sie wesentlich gesünder aussahen als die im Wohnzimmer.

Sie nahm sich den dünnen Stapel Briefe und Rechnungen auf dem Schreibtisch vor. Nichts Interessantes dabei …

Die Rollen des Bürostuhls quietschten, als sie sich nach links zum Schubladenblock bewegte. Sie zog an den Laden. Abgeschlossen. Marcia lachte bitter. Was hatte sie auch erwartet? Ihr Vater hatte sich komplett von der Familie zurückgezogen und verbrachte seine gesamte Freizeit in diesem gerade mal sechzehn Quadratmeter großen Zimmer. Im Grunde genommen, überlegte sie, hatte er sich selbst zu einer Art Hausarrest verurteilt. Der Mann konnte einem leidtun!

Marcia fragte sich, was, um alles in der Welt, er hier die ganze Zeit machte. Sie stand auf und ging zum Schrank hinter dem Schreibtisch. Die Tür klemmte, ließ sich aber mit etwas Kraftaufwand öffnen. Im Schrank standen vier Ordner mit Rechnungen, säuberlich nach Datum abgeheftet. Darunter ein Karton mit Urlaubsprospekten: Fernreisen, Kreuzfahrten, Safari in Afrika, Ägypten … Marcia staunte nicht schlecht. Der letzte Familienurlaub lag mindestens acht Jahre zurück und damals waren sie lediglich in Luxemburg gewesen. Ganz unten im Schrank entdeckte sie hinter zwei originalverpackten Oberhemden einen Stapel Pornohefte. Marcia verzog angeekelt das Gesicht. Das hätte sie ihrem Vater nun wirklich nicht zugetraut! Doch wahrscheinlich rührten sich ihre Eltern schon seit Jahren nicht mehr an. Daneben lag ein Bündel alter Schwarz-Weiß-Fotos, von einem Gummiband zusammengehalten. Das Gummi war brüchig und riss, als Marcia es abstreifte.

Eines der Fotos zeigte ihre Mutter, gut zwanzig Jahre jünger als heute: eine hübsche junge Frau, die ein wenig scheu in die Kamera blickte. Marcia betrachtete das Foto lange und konnte kaum glauben, dass es sich um die gleiche Person handelte, die unten auf dem Sofa lag. Spontan ließ sie den Schnappschuss zwischen die Seiten ihrer Zeitschrift gleiten. Dann schloss sie die Schranktür wieder. Thomas hatte recht: Hier lagen keinerlei Versicherungsunterlagen herum, mit denen ihr Vater sich angeblich jeden Abend beschäftigte. Oder hatte er sie in den Schubladen verstaut? Marcia nahm den Brieföffner vom Schreibtisch, steckte die Spitze in das Schlüsselloch und stocherte. Vergeblich. Frustriert legte sie den Brieföffner wieder zurück.

Plötzlich hörte sie Geräusche aus dem Badezimmer. Der Durchlauferhitzer sprang an und gleich darauf plätscherte Wasser in die Duschwanne.

Schnell lief sie zur Tür, lugte durch den Spalt in den Flur und sah, dass die Tür des Elternschlafzimmers offen stand. Sie schlüpfte aus dem Arbeitszimmer und ging die Treppe hinunter in den Garten.

Marcia hatte es sich mit einem Kissen im Rücken auf dem Liegestuhl in der Sonne bequem gemacht. Schon seit zehn Minuten blätterte sie in der Zeitschrift, hatte bisher aber noch keinen einzigen Satz gelesen. Sie musste immer wieder daran denken, wie sie sich vor der Webcam ausgezogen hatte – für Ruud aus Haarlem, einen gänzlich Unbekannten. Was war nur in sie gefahren?

Er hatte gemeint, sie solle ihm ihre Handynummer geben, dann könne er ihr per Telefon Anweisungen geben, das sei weniger aufwendig als schreiben. Marcia hatte sich überreden lassen und ihm ihre Nummer genannt. Danach hatte sie zugesehen, wie er sich selbst befriedigte, und irgendwie – sie konnte es sich kaum erklären – hatte sie sich geschmeichelt gefühlt: Ein erwachsener Mann fand sie, die 15-jährige Marcia, erotisch! Gleichzeitig hatte der Anblick sie abgestoßen.

Dann hatte er sie aufgefordert, ihren Slip auszuziehen. Als sie sich weigerte, war er ärgerlich geworden und hatte sie angeschrien.

Sie hatte sich gesagt, dass sie zu Hause in ihrem Zimmer in Sicherheit war, aber sie hatte dennoch Angst bekommen. Als er laut zu fluchen begann, hatte sie schließlich nachgegeben.

Die Sache hatte ihr mehr zugesetzt, als sie sich eingestehen wollte, und sie kam sich dumm und billig vor, weil sie sich auf seine perversen Spielchen eingelassen hatte. Sie war an dem Abend frustriert und traurig gewesen und diese Situation hatte er ausgenutzt. Hinterher hatte sie sich so sehr geschämt, dass sie fast geheult hätte.

Sie wollte das Ganze möglichst schnell vergessen, aber das war nicht so einfach. Vor zwei Tagen war Ruud wieder online gewesen und hatte auf MSN Kontakt mit ihr gesucht. Sie konnte sich schon denken, was er wollte. Sie hatte ihm geschrieben, er solle sie in Ruhe lassen, doch er war hartnäckig geblieben. Schließlich hatte sie ihm von ihrem Ärger in der Schule und den Problemen zu Hause erzählt. Wider Erwarten hatte er ein offenes Ohr dafür gehabt und sogar versucht, sie zu trösten. Er sei immer für sie da, schrieb er, sie könnte auch gern bei ihm wohnen, wenn sie es zu Hause nicht mehr aushalte. Selbstverständlich hatte sie dankend abgelehnt – schließlich war der Mann ein Fremder für sie.

Damit war die Sache aber nicht ausgestanden. Ruud schickte ihr mehrere Mails, wollte sich mit ihr verabreden, sie zum Essen ausführen ... Sie ging nicht darauf ein, worauf er sie mit Anrufen bombardierte. Beim ersten Mal war sie ans Handy gegangen, weil sie hoffte, ihn zur Vernunft bringen zu können. Anfangs war er recht nett, fragte, wie es ihr gehe und ob sie sich auf MSN mit ihm unterhalten wolle. Als sie ablehnte, wurde er aggressiv und drohte, zu ihr nach Hause zu kommen – er wisse nämlich, wo sie wohne. Panisch hatte sie die Aus-Taste gedrückt, doch er rief sofort wieder an. Diesmal ließ sie es klingeln, ebenso beim dritten und vierten Mal. Als er zum achten Mal anrief, schaltete sie das Handy aus. Und seitdem hatte sie ihr Telefon nicht mehr benutzt.

Wenn sie ihn lange genug ignorierte, würde er bestimmt aufgeben. Diese Kerle waren doch alle gleich ... keinem konnte man trauen, alle wollten sie nur das Eine!

Wütend sah sie zu der heruntergelassenen Jalousie des Arbeitszimmers hinauf. Wahrscheinlich saß ihr Vater jetzt wieder am PC und hatte sich in seine Welt zurückgezogen, in der kein Platz für die Familie war. Für andere vermutlich schon – womöglich chattete er mit jungen Mädchen, wie Ruud aus Haarlem, und verlangte irgendwelche perversen Dinge von ihnen. Eine glühende Wut stieg in ihr auf.

Liebe Floor,
vielen Dank für deine Antwort auf unsere Mail.
Du stellst konkrete Fragen; daraus schließen wir,

dass du den Dingen gern auf den Grund gehst – eine Eigenschaft, die wir bei unseren Models schätzen.
Unsere Agentur verlangt keine Aufnahmegebühr; wir vertrauen auf die Fähigkeiten unserer Models und haben damit durchweg gute Erfahrungen gemacht. Die hohen Kosten für das Anfertigen einer Sedcard werden ebenfalls von der Agentur übernommen, weil viele Newcomer in der Branche schlichtweg nicht das Geld dafür aufbringen können. Außerdem benötigen wir weitere Fotos, mit denen wir Kunden werben können, und es wäre sicher nicht fair, wenn wir all diese Kosten unseren Models in Rechnung stellen würden.
Sobald ein Auftrag zustande kommt, verlangen wir 25 % vom Honorar (dieser Satz liegt bei anderen Agenturen zwischen 18 und 20 %).
Wir schließen mit unseren Models einen Vertrag, der auch eine Reisekostenregelung beinhaltet. Die Reisekosten werden jeweils gleich nach Ankunft im Studio erstattet.
Wir haben übrigens auch deine Freundin Marcia Janssens zu Probeaufnahmen eingeladen. Das entspricht nicht unserem üblichen Vorgehen, doch auf ihre begeisterte Mail hin haben wir beschlossen, eine Ausnahme zu machen.
Solltest du noch Fragen haben, kannst du jederzeit mit uns Kontakt aufnehmen. Wir hoffen, bald von dir zu hören.
Mit freundlichen Grüßen

Hans Groesbeek
Geschäftsführer
Modelagentur Make It

Floor war begeistert. Nun musste sie nicht allein zu den Probeaufnahmen, was ihr ganz und gar nicht behagt hätte. Bestimmt war Marcia total ausgeflippt, als sie die Einladung bekommen hatte. Endlich hatten sie mal Glück nach all dem Pech in der letzten Zeit! Nur seltsam, dass sie sich noch nicht gemeldet hatte. Vielleicht hatte sie ihre Mailbox nicht gecheckt … obwohl das kaum vorstellbar war, denn normalerweise verging kein Tag, an dem Marcia nicht stundenlang am PC saß. Meist schickte sie Floor am Abend noch zwei, drei Mails; gestern Abend jedoch waren keine gekommen.

Komisch … Floor nahm ihr Handy und wählte Marcias Nummer. Nachdem es etliche Male geklingelt hatte, meldete sich die Voicemail. War Marcia wegen der Sache mit Erik und den ewigen Streitereien zu Hause so deprimiert, dass sie nicht mehr ans Telefon ging? Floor musste an Frau Janssens' depressive Verstimmungen denken und überlegte, ob so etwas wohl erblich war.

Floor schloss ihr Rad an und ging auf die Haustür zu. Die Vorhänge waren zugezogen. Da sie wusste, dass Frau Janssens oft mit Kopfschmerzen im abgedunkelten Wohnzimmer lag, beschloss sie, nicht zu klingeln, sondern durch den Garten zur Hintertür zu gehen.

Als Floor in den Garten kam, sah Marcia überrascht auf und sprang vom Liegestuhl. Die Zeitschrift fiel ins Gras.

»Floor!« Stürmisch umarmte sie ihre Freundin.

»Ich hab dich mehrmals angerufen«, sagte Floor leicht

vorwurfsvoll und versuchte, sich aus Marcias Umarmung zu befreien. »He, ich krieg keine Luft mehr!«

»Entschuldige, ich freu mich einfach so, dass du gekommen bist!«

»Wann hast du das letzte Mal deine Mailbox gecheckt?«

»Vorgestern, glaube ich. Warum fragst du?«

»Du musst unbedingt mal reinschauen!« Floor gab sich geheimnisvoll.

»Dann mal los! Willst du was trinken?« Marcia nahm Floor an der Hand und zog sie mit sich in die Küche.

»Ich geh gleich wieder«, meinte Floor. »Du hast doch Hausarrest. Nachher kriegst du noch Ärger, weil ich hier bin.«

»Kein Mensch hat mir verboten, Besuch zu haben, und außerdem …«, energisch stellte Marcia zwei Gläser auf die Arbeitsplatte und holte eine Flasche Apfelsaft aus dem Kühlschrank, »… außerdem merkt eh keiner, dass du hier bist. Bei uns ist jeder mit sich selber beschäftigt. Aber nun sag schon: Was ist los? Hat Erik dir etwa gemailt?«

Floor schüttelte den Kopf. »Nein, das nicht. Du wirst schon sehen …«

Die Hand an die Stirn gelegt, betrat Frau Janssens die Küche. Sie öffnete den Kühlschrank und betrachtete minutenlang den spärlichen Inhalt. Mit einem Seufzer machte sie den Kühlschrank wieder zu. Ihr Blick fiel auf den unaufgeräumten Frühstückstisch. »Na prima! Jetzt kann ich den Dreck wieder wegräumen!«, rief sie ärgerlich. Schnell stürmten Marcia und Floor die Treppe hinauf, bevor sie eine weitere Schimpftirade losließ.

Halblaut las Marcia die Mail von der Modelagentur, während sie aufgeregt mit dem Bürostuhl hin und her rollte.

Floor erschrak, als im angrenzenden Zimmer ein lauter Streit losbrach. Sie fühlte sich höchst unwohl und überlegte, ob sie nicht doch lieber gehen sollte.

Marcia schien das Geschrei überhaupt nicht zu stören; unbeirrt las sie weiter.

Offenbar machte Frau Janssens ihren Mann zur Schnecke. Sie schrie so laut, dass ihre Stimme sich mehrmals überschlug, während von Herrn Janssens nur ein undeutliches Grummeln zu hören war. Floor bekam einzelne Satzfetzen mit: »… mein Leben ruiniert … mich mit falschen Versprechungen um meine besten Jahre gebracht … lässt mich einfach hängen …«

Nun war Marcia doch irritiert. Sie schaltete den CD-Player an und drehte ihn auf volle Lautstärke. Auf keinen Fall wollte sie sich die Freude über die gute Neuigkeit verderben lassen.

»Willst du noch was trinken?«, rief sie über die laute Musik hinweg.

Floor schüttelte beklommen den Kopf. Dass es so schlimm war, hatte sie nicht gewusst.

11

In der Mail von *Make It* war eine Handynummer angegeben und Marcia wollte sofort anrufen. Floor hielt sie zurück, denn sie wollte sich erst einmal auf das Gespräch vorbereiten. Gemeinsam überlegten sie sich ein paar Fragen und kamen dann überein, dass Marcia den Anruf übernehmen sollte.

Inzwischen hatte sich der Streit vom Arbeitszimmer in die Küche verlagert, sodass sie ungestört telefonieren konnten.

Marcia tippte die Nummer ein. Sie war reichlich nervös, ließ sich aber nichts anmerken und brachte sogar ein zuversichtliches Lächeln zustande.

Sie erreichte den Geschäftsführer Hans Groesbeek persönlich, fiel sofort mit der Tür ins Haus und verhaspelte sich mehrmals, sodass es eine Weile dauerte, bis ihm klar war, weshalb sie anrief.

Er war ausgesprochen nett und erzählte, seine Agentur habe vor wenigen Tagen einen Vertrag mit einer neuen Mädchenzeitschrift namens *Pink* abgeschlossen, die ab Herbst erscheinen würde. Daher seien sie derzeit auf der Suche nach spontanen jungen Mädchen mit natürlicher Ausstrahlung. Er und seine Mitarbeiter hätten sich unzählige Profile im Internet angesehen und insgesamt sechsundzwanzig Mädchen ausgewählt, die ihnen für den Auftrag geeignet erschienen.

Marcia musste kurz warten, bis er ihre Unterlagen herausgesucht hatte. Völlig aus dem Häuschen, erstattete sie Floor Bericht.

Dann war Groesbeek wieder am Apparat. Er habe ihre Fotos jetzt vor sich, die ihn – wie schon gesagt – überzeugt hätten. Allerdings müssten zunächst einmal Probeaufnahmen gemacht werden, denn lange nicht jedes potenzielle Model sei imstande, sich vor der Kamera natürlich zu geben.

Er fragte, wo sie wohnten, damit er einen Fotografen vorbeischicken könne. Er lege großen Wert darauf, allen Kandidatinnen die gleiche Chance zu geben, deshalb würden sämtliche Probeaufnahmen von ein und demselben Fotografen gemacht, mit dem die Agentur eng zusammenarbeite. Etwa eine Stunde Zeit sei dafür einzuplanen, sodass der Termin problemlos nach der Schule stattfinden könne.

Marcia schlug vor, dass sie ja auch einen Tag schwänzen könnten, doch Herr Groesbeek war entrüstet. Das käme keinesfalls infrage und widerspreche außerdem den Prinzipien seiner Agentur; auf keinen Fall dürften die schulischen Leistungen der Mädchen unter ihrer Modeltätigkeit leiden. Die Probeaufnahmen würden nach dem Unterricht gemacht – punktum! Und am besten möglichst bald. Allerdings sei, wie er gerade sehe, der Fotograf für die nächste Zeit komplett ausgebucht und die Auswahl der Models für die Mädchenzeitschrift müsse schon in der nächsten Woche erfolgen. Tja, dann werde wohl leider doch nichts aus der Sache …

Marcia verlegte sich aufs Betteln und schließlich ließ Groesbeek sich erweichen. Er fände Marcia und Floor so sympathisch, sagte er, dass er – obwohl das nicht üblich sei – die Fotos selbst machen wolle. Seit Jahren habe er keine Kamera mehr in der Hand gehabt, aber ein paar Probeaufnahmen würde er wohl noch hinbekommen.

Sie vereinbarten ein Datum: am kommenden Donnerstag um halb drei. Die Mädchen sollten per Bus zum Park an der Reuverslaan fahren, wo er auf sie warten würde. Er bringe ein erfahrenes Model mit, das den Mädchen Tipps hinsichtlich Haltung und Gesichtsausdruck geben würde. Sie sollten bitte keine Freundinnen oder Bekannten mitbringen, denn das würde den Ablauf nur stören.

Als Herr Groesbeek aufgelegt hatte, führten Marcia und Floor einen Freudentanz auf.

Floor erzählte ihrer Mutter gleich nach dem Besuch bei Marcia von dem Termin mit *Make It*.

»Vorerst geht es nur um Probeaufnahmen«, sagte sie, als ihre Mutter ihr überschwänglich gratulierte. »Danach heißt es abwarten, ob wir ausgewählt werden. Es wurden immerhin sechsundzwanzig Kandidatinnen angeschrieben.«

»Trotzdem«, sagte Frau Kloostermans. »Es ist doch eine Riesenchance! Zeigst du mir mal die Website dieser Modelagentur?«

Sie setzten sich an Floors Computer und betrachteten die Fotos.

»Wunderschön und sehr künstlerisch«, schwärmte Frau Kloostermans. »Klick noch mal die Übersicht an.« Sie beugte sich vor und nahm jedes einzelne Bild unter die Lupe. Voller Stolz dachte sie daran, dass ihre Tochter demnächst für diese Agentur arbeiten würde, die – wie es im Vorstellungstext hieß – international tätig war. Sie sah

Floors Zukunft in rosigen Farben vor sich. Mit einer guten Ausbildung könnte sie es als Model weit bringen. Zum Glück hatten sie bei Floors Geburt ein Sparbuch für sie angelegt, auf das sie jeden Monat Geld einzahlten. Von dem Ersparten könnte Floor eine angemessene Ausbildung als Model machen. Vielleicht sogar im Ausland, dort gab es die besten Ausbildungen. Heutzutage wollte ja jedes junge Mädchen gern Model werden – und ausgerechnet ihrer Tochter bot sich die Chance dazu!

»Wie heißt diese neue Mädchenzeitschrift gleich noch mal?«

»Pink«, sagte Floor.

»Ich bin ja so stolz auf dich! Weißt du, was wir morgen machen? Wir legen einen Schönheitstag ein, denn am Donnerstag musst du tipptopp aussehen. Die Nägel sorgfältig gefeilt, die Brauen gezupft, die Beine enthaart … am besten vereinbare ich für Mittwoch auch gleich noch einen Friseurtermin für dich.«

Marcia warf einen Blick auf den Radiowecker: 9:55 Uhr. Sie lauschte den Geräuschen draußen auf dem Flur. Die Stimme ihrer Mutter wurde von Bens zornigem Geschrei übertönt. Kurz darauf hörte sie Schritte auf der Treppe, dann krachte die Haustür ins Schloss.

Marcia zog sich die Decke über den Kopf. Nun, da wieder Ruhe eingekehrt war, konnte sie noch ein wenig ihrem Traum von einem Leben als Topmodel nachhängen. Ihr Bild würde auf den Titelblättern sämtlicher Modemagazine zu sehen sein, sie würde massenweise Fans um sich scharen, auch Naomi und ihre Clique. Ihr Terminkalender wäre voll mit Fotosessions, Partys und Verabredungen mit den schönsten Männern der Welt. Ob jung oder alt, alle würden sie ihr zu Füßen liegen und Erik würde sie reumütig anflehen, ihm doch noch eine Chance zu geben …

Marcia seufzte tief. Erik! Mit aller Kraft hatte sie versucht, ihn aus ihren Gedanken zu verbannen, doch vergeblich. Ihm galt morgens ihr erster Gedanke und abends ihr letzter. Sie war in ihn verliebt, sehnte sich nach ihm und war zugleich todunglücklich. Warum hatte er nicht angerufen? Sie hatte doch alles getan, damit …

Sie fuhr hoch. Womöglich hatte er wirklich angerufen! Ihr Handy war ja schon eine ganze Weile aus, wegen dieses unsäglichen Ruud … Sie hatte sich von diesem Schmutzfink einschüchtern lassen, zu blöd! Was konnte er ihr schon anhaben? Nichts!

Mit drei Schritten war sie am Schreibtisch, griff sich das Handy und verzog sich wieder unter die warme Decke.

Marcia drückte ein paar Tasten. Siebzehn SMS waren eingegangen, neun kamen von Ruud. Ungelesen löschte sie die Mitteilungen. Nachricht zehn: Eriks Telefonnummer erschien auf dem Display und Marcia öffnete rasch die SMS.

Er habe den Brief von der Schule gelesen, schrieb Erik, und bereue seinen Ausfall. In den folgenden SMS-Botschaften bat er sie nochmals um Verzeihung.

Marcia hörte ihre Voicemail ab. Auch dort hatte Erik eine Nachricht hinterlassen und bat dringend um ihren Rückruf.

Sie suchte seine Nummer im Verzeichnis und drückte die Wähltaste. Es klingelte mehrmals, und als sie schon aufgeben wollte, meldete er sich. Sie hielt den Atem an und bekam Herzrasen, als sie seine Stimme hörte.

»Ich bin's«, sagte sie kleinlaut.

»Marcia, endlich!« Er klang erleichtert.

Gut eine halbe Stunde lang sprachen sie miteinander und Marcia versicherte ihm immer wieder, wie sehr sie ihn liebe. Erik hielt sich mit Liebesschwüren zwar eher zurück, aber das machte ihr nichts aus. Sie war überglücklich, dass er ihr nicht mehr böse war.

Stolz berichtete sie von dem Fototermin am kommenden Mittwoch. Erik war erst überrascht, dann hellauf begeistert. Er wollte unbedingt ein Foto von ihr haben, um es seinen Freunden zu zeigen. Seine Freundin – ein Model! Sie würden Bauklötze staunen!

»Kann ich zu dem Fototermin mitkommen?«, fragte er.

»Nein, das geht nicht. Floor und ich dürfen niemanden mitbringen, das hat Herr Groesbeek extra gesagt.«

»Ich komme trotzdem. Dann verstecke ich mich im Park und beobachte euch«, neckte er sie. »Um halb drei, oder?«

»Das lässt du schön bleiben. Ich warne dich!«

Er lachte. »Schon seit Wochen warte ich auf einen Kuss. Am Donnerstag hole ich ihn mir, du wirst schon sehen.«

»Du musst dich noch ein wenig gedulden. Vielleicht können wir uns ja am kommenden Wochenende treffen. Mal sehen, ob du dir bis dahin einen Kuss verdient hast. Und wer weiß, vielleicht habe ich dann auch ein Geschenk für dich.«

»Was denn?«

»Wart's ab.«

»Nächsten Monat habe ich Geburtstag. Dann schenkst

du mir ein Foto von dir: Nackt auf einem Bärenfell, das würde mir gefallen.«

Marcia lachte ihn aus.

Als sie später singend unter der Dusche stand, überlegte sie, dass ein Aktfoto doch eigentlich ein sehr romantisches Geschenk war. Sie nahm sich vor, am Donnerstag vorsichtig nachzufragen, und wenn es nicht ging, würde sie es woanders versuchen. Im Internet fand sich bestimmt ein guter Fotograf. Sie könnte ihn ja von dem Geld bezahlen, das sie bei *Make It* verdiente …

Marcia hatte die Modelagentur ihren Eltern gegenüber mit keinem Wort erwähnt. Sie würden ihr die Sache doch nur madig machen – wie immer. Wenn eine Fotoreportage für die Mädchenzeitschrift zustande käme, wollte sie ihrer Mutter das Heft vor die Nase halten und sagen: »Hier, schau mal, was das Monster geleistet hat!« Was sie dann wohl sagen würde?

Marcia wollte gerade zu Bett gehen, als ihr Handy klingelte. Sie war so glücklich, dass sie vergaß, auf ihr Display zu schauen. Als er sich meldete, erschrak sie, denn sie hatte nicht mit ihm gerechnet.

Ruud war die Freundlichkeit selbst. »Hallo, Prinzessin. Ich höre ja gar nichts mehr von dir. Was ist los? Ist bei dir alles in Ordnung?«

»Ja, bei mir ist alles bestens. Aber weißt du eigentlich, wie spät es ist? Es ist Viertel vor elf und ich hab morgen Schule.«

»Tut mir leid, aber ich hab mir echt Sorgen um dich gemacht. Warum bist du nicht ans Telefon gegangen? Ich bin dein Freund, nicht dein Feind. Oder bist du etwa böse auf mich?«

»Bin ich nicht, aber jetzt will ich schlafen.«

»Kann ich dich nicht kurz sehen? Du hast mir so gefehlt. Wie läuft's übrigens mit deiner Mutter?«

»Bescheiden, wie immer. Ich leg jetzt auf.«

»Moment. Ich würde mich gern noch ein wenig mit dir auf MSN unterhalten.«

»Dazu hab ich jetzt keine Lust.«

»Morgen Abend dann?«

»Vielleicht.«

»Versprich es mir, sonst rufe ich dich weiter an.«

»Also gut: versprochen.«

»Punkt zehn. Und glaub mir, ich kann unangenehm werden, wenn du dich nicht daran hältst.«

»Abgemacht«, sagte Marcia und drückte ihn rasch weg. Innerlich stöhnte sie. Wie würde sie den bloß wieder loswerden?

Um Punkt zehn am nächsten Abend meldete Ruud sich auf MSN. Marcia las widerwillig seine Mail.

Ich will dir was zeigen.

Sie seufzte tief. Seine übliche Masche …

Dann jedoch erschien ein Bild, das Marcia die Schamröte ins Gesicht trieb. Ein Foto von ihr, auf dem sie splitternackt war!

Was hast du mit dem Bild vor?

Mit den Bildern, meinst du wohl … ich hab nämlich noch mehr. Ich will lediglich, dass du mir einen Gefallen tust.

Und welchen?
Ich will Kontakt mit deiner Freundin.
Welche Freundin meinst du?
Xandra.
Vergiss es.
Gib mir ihre Handynummer.
Nein!
Du gehst doch aufs Henning-Gymnasium. Zufällig habe ich die Mailadressen von ein paar deiner Mitschüler. Du willst doch nicht, dass ich ihnen das Bild schicke, oder?

Marcia musste schlucken. Was sollte sie nur machen? Er hatte sie in die Enge getrieben. Würde er diese Fotos wirklich an Bekannte von ihr schicken? Oder bluffte er nur?

Meine Freundin hat kein Handy.
Du lügst. Gib mir ihre Nummer, dann lass ich dich fürs Erste in Ruhe. Sie braucht ja nicht zu wissen, von wem ich sie habe. Das bleibt unter uns.
Und dann?
Das hängt von deiner Freundin ab. Mal sehen ...

Marcia überlegte fieberhaft. Wie sie Floor kannte, würde Ruud bei ihr abblitzen. Floor zog sich für keinen aus, schon gar nicht für Ruud. Er konnte schon froh sein, wenn sie überhaupt mit ihm redete.

Ihr blieb keine Wahl. Für Floor bestand keinerlei Gefahr und sie würde den Mistkerl endlich loswerden.

Wenn ich dir ihre Nummer gebe, lässt du mich dann auch wirklich in Ruhe?
Das verspreche ich.

Er rief am Dienstagabend gegen halb zehn an. Floor saß an ihrem PC und las die Nachrichten der Besucher ihrer Profilsite. Mit einigen hatte sie inzwischen freundschaftlichen Kontakt. Onlinebuddies nannte man das, wie Marcia ihr erklärt hatte. Es war etwas gewöhnungsbedürftig, sich mit Unbekannten zu unterhalten, aber allmählich machte es ihr Spaß. Jeden Abend chattete sie mit einigen ihrer Buddies und immer öfter mit Dude17.

Sie hielt die Augen noch auf den Monitor gerichtet, als sie an ihr Handy ging. »Floor Kloostermans.«

»Hier Ruud.«

»Wer?«

»Ruud. Ruud aus Haarlem.«

Mit gerunzelter Stirn dachte Floor nach. »Ich kenne keinen Ruud aus Haarlem.«

»Du kennst mich sehr wohl. Wir hatten schon mal miteinander zu tun.«

»Wann soll das gewesen sein? Und woher hast du meine Handynummer?«

»Von einem Bekannten. Ich melde mich auf MSN, dann reden wir weiter. Telefonieren wird zu teuer. Okay?«

»Ist gut.«

Er legte auf. Floor kramte unterdessen in ihrem Gedächtnis, kam aber nicht darauf, woher sie ihn kannte.

Sie loggte sich auf MSN ein und klickte seinen Namen an.

Hallo, Floor. Hier bin ich. Alles okay?

Ja.

Auch in der Schule? Du gehst doch aufs Henning-Gymnasium.

Stimmt. Kennen wir uns von dort?

Nein, wir haben uns auf einer Flirtsite kennengelernt. Du warst mit einer Freundin online. Ihren Namen weiß ich nicht mehr. Wenn ich meine Webcam anschalte, erinnerst du dich bestimmt wieder. Soll ich?

Ja, mach mal.

Zwei Hände erschienen auf dem Monitor.

Deine Webcam ist zu weit nach unten gerichtet.

Das hängt davon ab, was du sehen willst.

Schlagartig wusste Floor wieder, wer er war. Ein eisiger Schreck durchfuhr sie.

Bist du noch da? Ich musste eine Weile suchen, aber jetzt hab ich dich gefunden.

Ich will mit dir nichts zu tun haben!

Das ist aber nicht nett von dir. Wo ich mich so angestrengt habe, dich zu finden.

Was willst du von mir?

Mich ein wenig unterhalten, weiter nichts. Da ist doch nichts dabei. Hab ich dich neulich erschreckt?

Ja.

Tut mir leid, das wollte ich nicht. Ich dachte, ihr macht öfter solche Spielchen.

Nie!

Ich weiß übrigens auch, wo du wohnst, Floor. Aber jetzt mal ehrlich: Fandest du es neulich nicht doch ein wenig aufregend?

Was?

Oder hat dich die Größe erschreckt?

Keine Ahnung. Hör auf damit.

Nun hab dich nicht so. Schließlich bist du keine zwölf mehr! Hast du etwa noch nie einen nackten Mann gesehen?
Nein, und das will ich auch nicht.
Nein? Mädchen in deinem Alter haben normalerweise schon Sex.
Ich jedenfalls nicht. Meine Mutter ruft. Ich muss aufhören.

Ohne seine Reaktion abzuwarten, loggte Floor sich aus.

Wenige Minuten später klingelte ihr Handy.

Mit heftig pochendem Herzen starrte sie es an, als wäre es ein widerliches Insekt. Dieser Typ kannte ihren Namen, ihre Adresse und ihre Telefonnummer. Vor Angst wurde ihr übel.

12

Am nächsten Morgen erzählte Floor im Bus zur Schule von Ruud aus Haarlem. Marcia gab sich ahnungslos. »Ruud aus Haarlem?«, fragte sie. »Wer soll das sein?«

»Der Kerl, der sich vor der Webcam einen runterholen wollte. Du warst doch dabei, weißt du das nicht mehr?«

»Ach der … Woher hat er deine Nummer?«

»Von einem Bekannten, hat er gesagt. Und er weiß angeblich auch, wo ich wohne. Es war total unheimlich.«

»Und was wollte er von dir?«

»Was weiß ich … sich unterhalten. Ich hab mich gleich ausgeloggt, aber da hat er wieder auf dem Handy angerufen. Ich bin natürlich nicht drangegangen.«

»Ich glaube nicht, dass er deine Adresse kennt. Der blufft nur.«

»Meinst du?«

»Ganz bestimmt. Wollen wir heute Nachmittag bei dir zu Hause chatten?«

»Das geht leider nicht, weil ich zum Friseur muss. Ich hab um vier einen Termin.«

»Beim Friseur? Du?«

»Das war eine Idee von meiner Mutter. Sie ist völlig aus dem Häuschen, weil wir morgen die Probeaufnahmen haben. Mit einer schicken Frisur hätte ich bessere Chancen, meint sie. Glaubst du, der ruft noch mal an?«

»Ruud? Kann schon sein, aber wenn du nicht ans Telefon gehst, gibt er garantiert bald auf.«

»Hoffentlich hast du recht.«

Ruud ließ tatsächlich nichts mehr von sich hören. Weder auf dem Handy noch auf MSN. Floor war erleichtert, dass er offenbar aufgegeben hatte.

Ungeduldig wartete Floor am Donnerstag an der Haltestelle. In sieben Minuten würde der Bus kommen und von Marcia war weit und breit nichts zu sehen. Ob sie krank geworden war, ausgerechnet am Tag der Probeaufnahmen?

Noch drei Minuten. Floors Magen krampfte sich vor Anspannung zusammen. Wo blieb Marcia nur? Sie wollte auf keinen Fall allein hinfahren. Endlich! Wild gestikulierend kam Marcia angerannt.

Der Bus öffnete direkt vor Floor die Tür. Den Fuß bereits auf der ersten Stufe, trieb sie ihre Freundin an: »Los, Beeilung!«

Marcia stieg ein und ließ sich atemlos auf der hintersten Bank nieder.

»Und? Wie findest du mich?«, fragte Floor, als Marcia nach ein paar Minuten noch immer nichts über ihr Aussehen gesagt hatte. Sie drehte den Kopf hin und her. Der Friseur hatte erstklassige Arbeit geleistet und die Tönung verlieh Floors Haar zusätzlichen Glanz.

Ein Anflug von Neid überkam Marcia, aber sie versuchte, das Gefühl zu unterdrücken. »Sieht gut aus«, sagte sie ein wenig steif.

»Vielleicht wird aus mir doch noch ein richtiges Mädchen«, meinte Floor lachend. »Dann hätte meine Mutter endlich ihren Willen. Sie ist übrigens noch aufgeregter als ich. Was hat denn deine Mutter dazu gesagt?«

»Ich hab zu Hause nichts von der Agentur erzählt und hab es auch nicht vor«, erwiderte Marcia leicht gereizt. »Wahrscheinlich ist es meiner Mutter piepegal, was ich mache. Zurzeit zerfließt sie mal wieder in Selbstmitleid.«

»Entschuldige, ich wollte dich nicht kränken.« Floor spürte, dass sie bei Marcia einen wunden Punkt getroffen hatte.

»Ich weiß schon. Es liegt ja auch an mir. Ehrlich gesagt, beneide ich dich ein bisschen. Deine Eltern sind so …« Marcia beendete den Satz nicht, sondern wechselte rasch das Thema. »Jedenfalls siehst du toll aus, ehrlich wahr. Jede Wette, dass Wesley nur Augen für dich hat?«

»Sein Pech, die Chance ist vertan«, erwiderte Floor.

Marcia behielt recht. Sie waren noch keine fünf Minuten auf dem Schulhof, als Wesley auf sie zukam, nachdem er Floor mit offenem Mund angestarrt hatte.

»Mann, siehst du gut aus!« Bewundernd musterte er sie. »Hast du das wegen mir gemacht?«

»Warum sollte ich?«, gab Floor kühl zurück. »Du gehst doch auch nicht meinetwegen zum Friseur.«

»Klar! Wusstest du das nicht?« Grinsend fuhr er sich mit den Fingern durchs Haar. »Ich stell mich sogar jeden Morgen extra wegen dir unter die Dusche. Riech mal!«

Stürmisch zog er sie in seine Arme. Seine Freunde klatschten laut Beifall und Floor registrierte aus den Augenwinkeln, dass auch die Barbieclique aufmerksam geworden war. Naomi und ihre Freundinnen warfen ihr gehässige Blicke zu.

Sofort waren die innere Unruhe und die Angst wieder da.

Floor war klar, dass ihr verändertes Aussehen für die Mädchen eine Provokation darstellte und sie keine Gelegenheit auslassen würden, sie lächerlich zu machen. Ganz egal, ob sie gut aussah oder nicht: Die Clique hasste sie, vor allem nach dem Vorfall im Waschraum. Sie wollten Rache und es war nur eine Frage der Zeit, wann sie zuschlagen würden: in der Kantine, auf dem Schulhof oder in der Pausenhalle. Hoffentlich kam es nicht wieder zu einer Prügelei …

Das ungute Gefühl hielt den ganzen Vormittag über an. Zudem wurde Floor immer nervöser, weil die Probeaufnahmen näher rückten.

Die Busfahrt zum Park an der Reuverslaan dauerte eine Viertelstunde. Die Sonne schien und es war nahezu windstill – ideales Wetter für Fotoaufnahmen. Wie vereinbart, warteten die Mädchen beim Denkmal »Die grasende Kuh«. Um sie herum auf dem Rasen spielten kleine Kinder, auf den Bänken saßen ihre Mütter und unterhielten sich. Jogger folgten den grünen Pfeilen und Spaziergänger schlenderten die Wege entlang.

Ein Mann mit Halbglatze kam auf Floor und Marcia zu. Die Jacke hatte er lässig über den Arm gelegt, in der Hand hielt er eine Zigarette.

»Ob er das ist?«, flüsterte Floor.

Marcia zuckte mit den Schultern. »Keine Ahnung, wie dieser Groesbeek aussieht.«

Hoffnungsvoll blickten sie dem Mann entgegen, doch er bog in einen schmalen Weg ab und verschwand aus ihrem Blickfeld.

»Womöglich war das Ganze nur ein blöder Scherz.«

»Wie kommst du denn darauf?«, fragte Marcia kopfschüttelnd.

Floor ließ sich im Gras nieder und sah auf ihre Uhr. »Was machen wir, wenn er nicht kommt?«

»Er kommt garantiert.«

»Und wenn nicht?«

»Jetzt hör aber auf!« Marcia ging die Schwarzseherei ihrer Freundin allmählich auf die Nerven. Sie richtete den Blick auf einen Mann, der ihnen entgegenkam.

»Wenn er nun …«

»Floor, sei still!«

Eine Frau mit Sonnenbrille überholte den Mann und kam schräg über den Rasen mit schnellen Schritten auf die Mädchen zugelaufen.

»Floor Kloostermans und Marcia Janssens?« Sie las die Namen von einem Zettel ab, und als die beiden nickten, nahm sie die Sonnenbrille ab und streckte die Hand aus. »Ich heiße Sabrina Netten und arbeite für *Make It*.«

Sabrina Netten war nicht mehr jung, doch man sah, dass sie früher eine Schönheit gewesen sein musste. Sie war groß, schlank und perfekt geschminkt. Ihre Augen waren so dunkelbraun wie ihr langes welliges Haar. Sie trug eine enge Jeans und eine weiße Bluse.

Sie deutete zum Rosengarten. »Wir müssen da rüber. Herr Groesbeek wartet am Springbrunnen auf euch. Kommt!« Sich in den Hüften wiegend, bewegte sie sich geschmeidig über den Rasen.

»Seid ihr nervös?«, fragte sie.

»Ich schon«, sagte Marcia und ging schneller, um mit ihr Schritt halten zu können.

»Das braucht ihr keinesfalls; ihr seid in guten Händen. Je entspannter ihr an die Sache herangeht, desto besser werden die Fotos. Seht mal, da steht Herr Groesbeek.«

Er lächelte den Mädchen freundlich zu. »Hallo, ihr beiden! Schön, dass ihr da seid. Ich bin Hans Groesbeek, der Geschäftsführer von *Make It.*«

Marcia schätzte den Mann auf Mitte fünfzig. Er hatte dünnes Flusenhaar und war eher klein. Über den Bund seiner Jeans quoll ein ansehnlicher Bauch.

»Habt ihr problemlos hergefunden?«

Sie nickten.

»Fein! Ich schlage vor, wir fangen gleich an. Momentan ist das Licht ideal, das würde ich gern nutzen. Setzt euch bitte auf die Einfassung des Brunnens. Ja, gut so.«

Er hob die Kamera und drehte am Objektiv. »Floor, würdest du dich bitte etwas zurücklehnen und die Hand ins Wasser halten? Okay. Jetzt das Gesicht noch ein wenig nach rechts und lachen ...«

Mit verkrampftem Lächeln starrte Floor in die Kamera. Der Mann machte sie nervös, sie verspannte sich immer mehr. Modeln war offenbar doch nichts für sie. Schon jetzt war sie sicher, dass sie es niemals in die engere Auswahl schaffen würde. Sie wunderte sich, dass Marcia völlig locker blieb. Ihr Gesicht zeigte keine Spur von Anspannung.

Groesbeek schoss mehrere Fotos und trat dann ein paar Schritte zur Seite.

»Marcia, bitte das Kinn hoch und die Augen nicht zukneifen. Gut so, prima! Ihr seid Naturtalente!«, rief er aufmunternd, während er aus verschiedenen Positionen in schneller Folge fotografierte.

Dann ließ er die Kamera sinken und nickte zufrieden.

»Jetzt noch ein paar Bilder an der alten Mauer.« Er schulterte seine Fototasche und bedeutete den Mädchen, ihm zu folgen.

Vor der roten Backsteinmauer blieb er stehen. »Wollt ihr was trinken, bevor wir weitermachen?«

Sie machten fünf Minuten Pause. Während Groesbeek das Objektiv wechselte, holte Sabrina aus einer Plastiktasche zwei kleine Wasserflaschen und gab sie den Mädchen.

»Können wir wieder?« Groesbeek deutete auf das Graffiti an der Mauer. »Stellt ihr euch bitte davor? Die Wasserflaschen könnt ihr ruhig in der Hand behalten.« Er prüfte das Licht, schüttelte den Kopf und nahm dann einen silberfarbenen Reflektor zur Hand.

»Sabrina, assistierst du mir bitte?« Sie nahm ihm den Reflektor ab und hielt ihn nach Anweisung.

»So ist es besser. Nun wollen wir mal testen, ob ihr ein Produkt anpreisen könnt. Es geht also nicht nur um eure hübschen Gesichter, sondern auch um die Wasserflaschen. Seht zu, dass das Etikett immer zur Kamera zeigt und versucht, dabei zum Ausdruck zu bringen, dass dieses Wasser das beste ist, das ihr je getrunken habt. Alles klar?«

Nachdem Groesbeek gut sechzig Bilder im Kasten hatte, packte er seine Ausrüstung ein. Das Ganze hatte kaum eineinhalb Stunden gedauert. Er bedankte sich bei den Mädchen. Sabrina küsste die beiden spontan auf die Wange und versicherte ihnen, die Daumen zu drücken, dass sie ausgewählt würden.

Um Viertel vor fünf kam Floor mit noch vor Aufregung geröteten Wangen nach Hause.

»Na, wie war's?«, fragte Frau Kloostermans.

»Durchwachsen. Sie haben jede Menge Fotos gemacht, aber ich glaube nicht, dass sie mich nehmen.«

»Du siehst die Dinge wieder mal viel zu schwarz, Floor. Wie hat es Marcia denn gefallen?«

»Marcia war total gut! Nicht die Spur nervös, im Gegensatz zu mir.«

»Und wie geht es nun weiter?«

»Nächste Woche werden alle Kandidatinnen per Mail benachrichtigt. Vorher anrufen sollen wir nicht.«

»Ich bin ja so gespannt!«, rief Frau Kloostermans und umarmte ihre Tochter.

Marcia schwebte wie auf Wolken vor Glück. Zu gern hätte sie jemandem von dem Fototermin erzählt, der ihrem Empfinden nach sehr gut gelaufen war. Ihre Eltern und die Brüder waren zwar zu Hause, kamen als Gesprächspartner aber nicht infrage.

Marcia ging in ihr Zimmer und schaltete den Computer an. Leider war Erik noch nicht online. Sie schickte ihm eine kurze Mail und loggte sich dann in den gewohnten Chatroom ein.

Hallo. Ich bin Lips17. Sind zufällig nette Jungs online?
Hi, Lips17. Dein Wunsch wurde erhört: Dein Traummann heißt Bink!
Wie sieht Bink aus?
1,76. Sportlich und durchtrainiert … kurz gesagt:

Zum Anbeißen. :-) :-) Wie siehst du aus und wie sind deine Maße?
Blond, lange Beine, schlank, gut proportioniert. Körbchengröße C. Ich bin übrigens Model.
Klingt gut. Wie alt bist du?
Siebzehn. Und du?
Zwanzig. Wollen wir uns auf MSN weiter unterhalten?
Vielleicht ein andermal, wenn ich dich besser kenne …
Was willst du wissen?

Die Tür wurde aufgerissen und Marcia fuhr erschrocken zusammen.

»Es–sen!«, brüllte Ben. »Du sollst sofort kommen!«

Widerwillig beendete Marcia den Chat.

Im Wohnzimmer führte Ben das Wort. Marcia konnte seine aufgeregte Stimme schon auf der Treppe hören. Verdutzt blieb sie auf der Türschwelle stehen, als sie ihre Mutter erblickte. Seit Wochen hatte sie sie nicht mehr lachen sehen, doch heute schien sie bester Laune zu sein und sich blendend über Bens Geschichte zu amüsieren. Ein seltener Moment …

»… und dann fiel der ganze Stapel zusammen. Herr van Os ist knallrot angelaufen und hat Eddie am Arm aus dem Klassenzimmer gezerrt. Und Eddie hat geschrien: ›Ich sag's meiner Mutter! Lassen Sie mich sofort los, Hilfe …‹.«

Auch Thomas und Marcia mussten lachen, als Ben wild gestikulierend nachahmte, wie sein Klassenkamerad sich gegen den Lehrer zur Wehr gesetzt hatte.

»Total irre war das!«, schloss Ben seine Schilderung.

»Das kann ich mir lebhaft vorstellen.« Liebevoll strich Frau Janssens ihrem Jüngsten über den Schopf.

Marcia war im Zwiespalt. Sollte sie vielleicht doch von ihrem gelungenen Tag erzählen? Ihre Mutter war außerordentlich gut gelaunt und sogar ihre Brüder waren heute gut drauf. Zu gern wollte sie, genau wie Ben, eine kleine Weile im Mittelpunkt stehen. Sie straffte den Rücken und nahm all ihren Mut zusammen.

»Kann ich dir Kartoffeln auftun?« Den Löffel bereits in der Hand, wandte Frau Janssens sich an ihren Mann. Er hatte bisher noch kein Wort gesagt, nicht einmal über Bens komische Geschichte gelacht.

Er hob den Blick und sah Thomas, Marcia, Ben und zuletzt seine Frau an. Dann atmete er tief durch, schluckte und sagte völlig unvermittelt: »Ich will die Scheidung.«

Die Kartoffeln rutschten vom Löffel und zerfielen auf der Tischplatte. Mit viel Geschepper folgte der Löffel.

Alle starrten Herrn Janssens an. Keiner war imstande, auch nur ein Wort zu sagen. Ben stieß eine Tüte Milch um, aber niemand scherte sich um den immer größer werdenden Fleck.

Herr Janssens fummelte nervös mit seiner Gabel herum. Er war bleich und hatte Ringe unter den Augen. Mit einem Mal wirkte er viel älter als sechsundvierzig.

»Wie bitte?« Thomas durchbrach als Erster das Schweigen.

»Eine Scheidung ist das Beste für die gesamte Familie.«

»Wer sagt das? Du!?«, fuhr Thomas seinen Vater an. »Seit wann weißt du denn, was gut für die Familie ist? Du lässt uns einfach im Stich! Läufst davon, wie immer!«

»Thomas …« Mehr als ein Murmeln brachte Frau Janssens nicht zustande. Die Worte ihres Mannes waren für sie wie ein Schlag ins Gesicht. Scheidung! Er wollte die Scheidung!

»Thomas, sei bitte …«, setzte sie erneut an, doch da ergriff Herr Janssens wieder das Wort: »Ich lasse niemanden hängen. Die Situation hier ist schlicht nicht mehr auszuhalten. Da ist es besser, ich gehe.«

»Red doch keinen Quatsch! Ich wette, du hast im Internet eine neue Frau gefunden!« Wütend sprang Thomas auf. »Stimmt's?«, schrie er.

»Hör mal, Thomas, deine Mutter und ich …«, begann Herr Janssens.

»Ich will wissen, ob es stimmt! Sag die Wahrheit, du feiges Arschloch!« Thomas war sichtlich verzweifelt. Er zitterte am ganzen Leib und hatte die Hände zu Fäusten geballt. Einen Augenblick sah es so aus, als wollte er sich auf seinen Vater stürzen, dann jedoch drehte er sich abrupt um und stürmte aus dem Zimmer.

»Du hast also eine andere. Wie lange schon?« Frau Janssens gab sich alle Mühe, die Ruhe zu bewahren.

»Seit einem halben Jahr«, murmelte er. Er vergrub sein Gesicht in den Händen. »Es tut mir leid. Es tut mir so entsetzlich leid.«

Plötzlich stieg eine unbändige Wut in Frau Janssens auf. »Du mieser Feigling!«, schrie sie und spuckte jedes Wort aus, als wollte sie einen schlechten Geschmack im Mund loswerden. »Ein Schlappschwanz bist du! Ein Hurenbock!« Wie von Sinnen begann sie, auf ihren Mann einzuschlagen. Er ließ den Angriff nahezu willenlos über sich ergehen.

Ungerührt sah Marcia zu, wie die Hiebe auf ihren Vater niedergingen. Er tat ihr nicht eine Sekunde leid. Es hätte ihr großer Moment sein sollen und er hatte mit einem einzigen Satz alles kaputt gemacht. Die Schläge hatte er mehr als verdient.

13

Er blätterte in seinem Heft und suchte die Seiten mit den Notizen über Floor Kloostermans und Marcia Janssens. Grinsend las er die Aufzeichnungen noch einmal durch. Bisher war alles nach Plan verlaufen. Die zwei Gänschen tappten sehenden Auges in die Falle. Mit Marcia würde es keine Probleme geben, bei Floor war er sich nicht ganz so sicher. Aber sie war nun einmal die Interessantere von beiden und mit ihrer zierlichen Figur und den kleinen Brüsten für sein Vorhaben geradezu ideal. Wenn er behaupten würde, sie wäre erst dreizehn, würde man ihm das glatt abnehmen.

Er hatte seinen Kunden bereits angekündigt, dass er demnächst etwas Neues im Programm haben würde. Vielleicht war das voreilig gewesen, aber andererseits musste man am Ball bleiben und die Kunden bei der Stange halten. Neue Gesichter brachten Geld und Geld konnte er gut gebrauchen, denn er hatte eine Frau und drei Kinder zu ernähren.

Viele seiner Bekannten hatten ihn für verrückt erklärt, als er bei der Möbelfabrik gekündigt hatte, wo er dreizehn Jahre als Buchhalter tätig gewesen war. Es war tatsächlich ein großes Risiko, aber er wollte seinen Traum verwirklichen und als Unternehmer erfolgreich sein – bei der Möbelfabrik war er lediglich ein kleiner Angestellter ohne Aufstiegschancen gewesen.

Da er sich mit Computern gut auskannte, beschloss er, es

damit zu versuchen; eine Zusatzausbildung kam aus Zeitgründen nicht infrage und schien ihm auch überflüssig. Anfangs hatte er Websites entworfen. Nach ein paar Aufträgen aus dem Bekanntenkreis hatte er in seiner Begeisterung einen neuen, leistungsfähigeren PC gekauft und für teures Geld Visitenkarten drucken lassen.

Doch der erhoffte Erfolg blieb aus und seine Frau musste einen Job bei einer Reinigungsfirma annehmen. Nachdem ihre Ersparnisse aufgebraucht waren, reichte das Geld vorn und hinten nicht mehr. Um die Familie über Wasser zu halten, war er gezwungen, für seinen zehn Jahre jüngeren Cousin zu arbeiten, der mit Erfolg eine Computerfirma betrieb. Das hatte ihn zwar in seinem Stolz gekränkt, doch er hielt an seinem Traum von der beruflichen Selbstständigkeit fest. Die Abendstunden verbrachte er damit, seine eigene Website zu erweitern und aufzupeppen. Da er schon immer gern fotografiert hatte, stellte er seine schönsten Fotos auf die Site – schließlich war sie seine Visitenkarte.

Nach einiger Zeit hatte er eine Mail von einem Mann bekommen, der sich Joost nannte und sich wie er für Fotografie interessierte. Joost äußerte sich lobend über die Bilder auf seiner Website und fragte, ob er ihm Fotos verkaufen könne – Fotos von unbekleideten Kindern. Keine Pornografie, einfach nur nackte Kinder. Joost bot gutes Geld dafür, deshalb willigte er ein; es sprach ja nichts dagegen.

Der Mann hatte ihn auf eine Idee gebracht: Er kaufte sich eine Digitalkamera und nahm seine eigenen Kinder auf: die Mädels, wie sie sich oben ohne im Garten sonnten, seinen Sohn am FKK-Strand. Harmlose Schnappschüsse seiner Meinung nach, nicht mehr und nicht weniger. Die Fotos stellte er auf seine Website. Gegen eine Gebühr konnten sich die User die Bilder herunterladen. Auch von seiner Frau machte er Nacktfotos und fand Abnehmer dafür.

Seine Website wurde immer häufiger besucht und etliche Kunden fragten wie Joost nach weiteren Nacktfotos.

Endlich verdiente er wieder Geld, was sein Selbstvertrauen stärkte. Seiner Frau gegenüber hielt er sich bedeckt, was die Einnahmequellen betraf; sie wäre vermutlich entrüstet und würde es brühwarm seinen Schwiegereltern erzählen, mit denen er sich ohnehin nicht gut verstand. Er sagte ihr lediglich, die Geschäfte liefen gut – mehr brauchte sie nicht zu wissen. Endlich konnte er bei seinem Cousin kündigen und sich wieder ganz seinen Aktivitäten im Internet widmen.

Er begann, in Chatrooms junge Mädchen zu kontaktieren und sie aufzufordern, sich vor der Webcam auszuziehen. Die Bilder bot er seinen Kunden an und der Verkauf lief recht gut.

Doch er überlegte bereits, wie sich das Geschäft noch weiter ausbauen ließ. Und nun hatte er zwei Mädchen an der Angel, die sich kannten … Sein Plan durfte nicht scheitern, denn solch eine Chance bot sich so schnell nicht wieder. Sicherheitshalber hatte er sich ein kleines Hilfsmittel bestellt.

14

»Er hat eine andere.«

Floor machte große Augen. »Echt? Woher weißt du das?«

»Gestern Abend hat er es zugegeben.« Ein tiefer Seufzer. »Und jetzt will er sich scheiden lassen.«

Floor setzte sich neben Marcia aufs Bett und legte ihr den Arm um die Schultern. »Das tut mir so leid … Kennst du die Frau?«

»Nein, er hat sie im Internet aufgetan. Jetzt weiß ich auch, warum er ständig in seinem blöden Arbeitszimmer gehockt hat. Eine Scheidung sei für alle das Beste, meint er. Er hat eine Neue und haut einfach ab. Er macht sich nicht mal die Mühe, um uns Kinder zu kämpfen.«

»Sollen wir mal nachsehen, ob die Agentur sich gemeldet hat?«, sagte Floor, um Marcia von ihrem Kummer abzulenken.

»Dieser Groesbeek hat doch gesagt, er wolle sich erst nächste Woche entscheiden.«

»Nachsehen können wir trotzdem mal. Vielleicht ist Erik online oder wir surfen einfach ein bisschen.«

»Na gut.« Marcias Stimme klang wenig begeistert.

Floor schaltete den PC an und rückte einen zweiten Stuhl an den Schreibtisch. »Komm schon!«

»Von *Make It* ist noch nichts da«, sagte sie nach einem Blick in ihre Mailbox.

»Ich hab's dir ja gesagt. Lass uns mal im Chatroom nachsehen, ob irgendwelche Buddies online sind.«

Floor tippte den Namen des Chatrooms ein.

»Oh, Bink ist online! Mit dem hab ich gestern kurz gechattet, er ist ziemlich nett. Lass mich mal eben …«

Hallo, Bink. Gibt's was Neues?

Wer bist du, Xandra?

Xandra ist eine Freundin von mir. Hier ist Lips17.

Lips17? Das Topmodel?

Floor lachte. »Was für einen Bären hast du dem denn aufgebunden?«

Marcia lachte ebenfalls und Floor war erleichtert.

»Man muss sich gut verkaufen. Die anderen machen das auch.«

Du hast gut aufgepasst. Meine Freundin Xandra ist übrigens auch Model. Wir arbeiten für eine Modezeitschrift.

Klingt gut. Hast du ein geiles Foto für mich?

Was findest du geil?

Nackt. Alles andere ist egal.

Kriegen wir dann auch was zu sehen?

Logisch. Bin ja nicht prüde.

Wir auch nicht. Gibst du mir deine MSN-Hotmailadresse?

Floor rutschte unbehaglich auf ihrem Stuhl herum. »Was hast du vor? Du ziehst dich doch hoffentlich nicht aus? Ich mach da nicht mit, auf keinen Fall!«

»Hab dich nicht so. Ein bisschen Haut zeigen … da ist doch nichts dabei. Im Gegenteil: Es ist total spannend.«

Hi, Bink. Vergiss nicht, deine Webcam anzuschalten.

Hier bin ich. Seht ihr mich?

Eine Hand kam ins Bild, dann erschien sein Gesicht auf dem Monitor.

»Der sieht richtig gut aus, findest du nicht auch?«, sagte Marcia.

»Ja, schon. Wie alt schätzt du ihn: zwanzig, zweiundzwanzig?«

»Er hat mir erzählt, dass er zwanzig ist. Ach, Hauptsache, er sieht gut aus.«

Du bist gut im Bild. Wir auch?

Ja, und ihr seht gut aus. ♥ ♥ ♥

Du auch. Zieh mal dein T-Shirt aus, damit wir sehen, ob du Muskeln hast.

Mit Vergnügen! Haltet euch fest: Gleich gibt's was zu sehen!

Die Mädchen kicherten, als er das T-Shirt über den Kopf zog und sein Waschbrettbauch zum Vorschein kam.

»Wow, der hat echt was zu bieten!«, meinte Marcia anerkennend und warf eine Kusshand zur Webcam hin.

Jetzt ihr. Alle Muskeln braucht ihr nicht zu zeigen, zwei reichen schon.

Marcia begann, ihre Bluse aufzuknöpfen.

»Marcia!« Floor versetzte ihr einen Rippenstoß.

»Ist doch nur fair. Er hat sich doch auch ausgezogen.« Marcia schlüpfte aus der Bluse.

Was ist mit Xandra? Traut die sich nicht?

Wir machen's gern spannend … du musst dich noch ein wenig gedulden.

»Los, zieh dein T-Shirt aus!«, zischte Marcia. »Was ist denn schon dabei!«

Floor weigerte sich, doch als Marcia weiter drängte, gab

sie nach. Sie versteckte sich hinter ihr, sodass sie kaum zu sehen war.

Bink stieg aus seiner Jeans und auch Marcia öffnete ihre Hose. Als er auch noch den Slip abstreifte und nackt vor der Kamera stand, hatte Floor genug. Bestürzt sah sie zu, wie Marcia in BH und Slip vor der Webcam posierte.

Das Warten auf die Nachricht von *Make It* dauerte ewig.

Jeden Morgen checkte Marcia ihre Mailbox und konnte sich kaum beherrschen, nicht zum Telefonhörer zu greifen. Knapp eine Woche später bekam sie eine Nachricht – mit einer Absage: Sie und Floor waren nicht ausgewählt worden. Der Auftraggeber hatte sich für zwei Mädchen entschieden, die bereits Erfahrung als Models hatten. Als Trostpflaster waren der Mail ein paar Fotos von ihnen im Park angehängt.

Völlig aufgelöst rief Marcia bei Floor an. Sie war maßlos enttäuscht. Alles, was sie anpackte, ging schief! Sie war so deprimiert, dass Floor sich ernsthafte Sorgen um sie machte.

Als Marcia zwei Tage später eine weitere Mail von *Make It* bekam, sprang sie sofort aufs Rad und fuhr zu Floor. Es war kurz vor sechs Uhr abends. In Floors Zimmer lasen sie gemeinsam die Nachricht.

Liebe Floor, liebe Marcia,
wir haben es sehr bedauert, dass keine Zusammenarbeit mit euch zustande gekommen ist. Wir selbst fanden die Fotos sehr überzeugend und haben sie

deshalb mehreren Kunden vorgelegt. Auf diese Weise ist es uns gelungen, einen neuen Auftrag zu gewinnen. Solltet ihr nach wie vor Interesse haben, als Model für unsere Agentur tätig zu werden, dann meldet euch bitte baldmöglichst unter der angegebenen Nummer.
Mit freundlichen Grüßen
Hans Groesbeek
Geschäftsführer
Modelagentur Make It

Floor geriet völlig aus dem Häuschen. Sie führte einen wahren Freudentanz auf. »Ruf du an«, sagte sie zu Marcia. »Ich trau mich nicht.«

»Was soll ich denn sagen? Ich bin total nervös. Endlich hab ich mal Glück!«

15

»Hast du schon etwas gehört?«, fragte sie, als sie das Zimmer betrat.

Er schüttelte bedauernd den Kopf.

»Du hast ihnen doch heute Morgen gemailt. Man sollte denken, die flippen aus vor Freude und rufen gleich an.«

Mürrisch legte sie einen Packen Fotos auf den Schreibtisch und setzte sich.

»Die melden sich schon noch«, meinte er. »Diese Marcia will um jeden Preis Model werden. Und wenn sie kommt, dann nicht allein.«

»Hoffen wir's. Marcia wirkt aber schon ziemlich erwachsen.«

»Stimmt, das ist ein Nachteil. Aber mit dem richtigen Make-up kann man sicherlich einiges machen.«

»Welchen Termin hast du dir vorgestellt?«

Er antwortete nicht gleich, sondern spielte mit seinem Nokia auf dem Schreibtisch herum.

»Am besten Samstag«, sagte er dann. »Morgen kommt das Zeug, das ich bestellt habe. Mal sehen, ob wir's brauchen …« Er gab dem Handy einen Schubs, sodass es sich im Kreis drehte.

»Ehrlich gesagt, mir behagt das Ganze nicht.« Sie sah ihn ernst an. »Wir haben mit so etwas keine Erfahrung, und überhaupt, es sind doch noch Kinder.« Sie stand auf und nahm genervt das Handy an sich.

Seufzend lehnte er sich zurück. »Da müssen wir durch.

Wir können kein Risiko eingehen. Wenn sie jetzt wieder abspringen … Mach bitte keine Schwierigkeiten, ja?«

»Ich weiß nicht. Ich meine, es ist doch was anderes, ob sich junge Frauen freiwillig vor der Webcam ausziehen oder ob wir Kinder mit falschen Versprechungen irgendwohin locken und dann auch noch gegen ihren Willen fotografieren!«

Er seufzte. Vielleicht war es ein Fehler gewesen, seiner Frau offen zu sagen, womit er sein Geld verdiente. Doch bisher hatte sie alles gut aufgenommen. Jetzt galt es, ihre Bedenken wegen der Kinder zu zerstreuen, denn ohne ihre Hilfe konnte er seinen Plan vergessen.

»Die beiden sind doch keine Kinder mehr! Und es geschieht nichts gegen ihren Willen. Sie entscheiden selber, wie weit sie gehen wollen.«

»Ich kenne dich. Du gibst dich so schnell nicht zufrieden.«

»Mag sein, aber auch du hast in der Vergangenheit von meinem Ehrgeiz profitiert.«

»Die Geschichte mit der Modelagentur ist mir suspekt. Du gehst ein sehr hohes Risiko ein, wenn du den Namen eines bekannten Unternehmens benutzt. Warum hast du ihnen nicht einfach deine Website genannt?«

»Das hätte gerade noch gefehlt!« Er lachte höhnisch. »Dann hätten sie doch gleich gesehen, worum es geht. Jetzt maul nicht rum. Ich hab alles sorgfältig geplant, da kann gar nichts schiefgehen. Wenn wir unsere Kunden halten wollen, müssen wir ihnen auch was bieten. Sonst gehen sie zur Konkurrenz und du kannst wieder bei der Reinigungsfirma arbeiten. Willst du das?«

Sie schüttelte den Kopf.

»Dann lass uns in Ruhe abwarten«, meinte er beschwichtigend. »Vielleicht machen die beiden überhaupt keine Schwierigkeiten. Heutzutage sehen die Mädchen alles viel lockerer. Nimm nur mal unsere eigenen Kinder …«

»Aber das sind fremde Kinder! Und was in deinen Augen ein schlichtes Nacktfoto ist, kann für andere schon Pornografie sein.«

Sie sahen einander an, als das schwarze Motorola zu summen begann.

Er griff nach dem Handy und meldete sich: »Hans Groesbeek.« Dann zwinkerte er seiner Frau zu und lauschte.

»Hallo, Marcia. Schön, dass du anrufst. … Ja, zu schade, dass aus dem Auftrag für *Pink* nichts geworden ist. Der Kunde hat sich, wie schon erwähnt, für zwei andere Kandidatinnen mit mehr Erfahrung entschieden.« Er schwieg kurz, um seine Worte wirken zu lassen, und fuhr dann fort: »Dass ihr beide Talent habt, ist aber unbestritten. Und das kann man nicht von jedem Mädchen behaupten, das gern Model werden möchte. Deshalb würden wir gern mit euch zusammenarbeiten. Vor wenigen Tagen sind neue Aufträge eingegangen und einer davon scheint uns geeignet für dich und deine Freundin. Es geht um Aufnahmen für einen Kleiderkatalog und dazu braucht es nicht unbedingt große Erfahrung. Ihr würdet ein ansehnliches Taschengeld verdienen. Was haltet ihr davon? … Eine tolle Chance? Ja, das ist es mit Sicherheit … Natürlich, besprich das mit Floor, denn ohne sie wird nichts draus; ich brauche zwei Mädchen.«

Während er Marcias aufgeregtem Geplapper im Hintergrund lauschte, nickte er seiner Frau zu und hielt den Daumen hoch.

»Nun, was meint Floor dazu? … Sie ist einverstanden? Sehr schön! Dann noch Folgendes. Wir haben, wie gesagt, dem Auftraggeber einige der Fotos vorgelegt, die wir neulich im Park gemacht haben. Er ist von euren frischen Gesichtern begeistert. Nun möchte er gern noch ein paar Studioaufnahmen von euch sehen, denn Fotos für Kleiderkataloge werden meist drinnen gemacht. Und das künstliche Licht im Studio kann den Hautton verändern. Wir müssten das also erst mal testen. Die Aufnahmen im Studio sind allerdings aufwendiger und nehmen einen ganzen Tag in Anspruch. Wir sollten also einen Termin am Wochenende abmachen, am besten möglichst bald.«

Er lachte, als Marcia begeistert zustimmte. »Kommenden Samstag, sagst du? Moment, ich sehe rasch in meinem Terminkalender nach.« Er wartete ein paar Sekunden. »Doch, das könnte klappen … das heißt, nein ich sehe gerade, dass wir dann das gleiche Problem haben wie neulich: Fotograf ausgebucht! Vielleicht kann ich selber ja noch mal …« Er seufzte. »Nein, leider … ich habe am Samstag einen Termin mit einem Kunden … aber den könnte ich eventuell verschieben auf … doch, ja … Samstag würde passen. Wir treffen uns also am Samstag, den 23. Juni, in Ordnung? Unser Studio ist in der Nähe von Elst. Wenn ihr den Zug nehmt und am Bahnhof Elst aussteigt, hole ich euch dort ab. Um halb elf vormittags, lässt sich das einrichten? … Sehr schön!«

Er unterdrückte ein Lachen, als Marcia sich überschwänglich bedankte.

16

Der Bahnhof Elst hatte nur zwei Gleise und lag am Stadtrand in der Nähe eines Industriegebiets. Der Kiosk im Bahnhofsgebäude, wo früher Fahrkarten, Zeitungen und Süßigkeiten verkauft wurden, war seit Jahren geschlossen. Heute gab es nur noch einen Kartenautomaten und hinter dem Gebäude einen Parkplatz mit einer Bushaltestelle, an der einmal in der Stunde ein Überlandbus hielt.

Außer Floor und Marcia waren nur wenige Leute in Elst ausgestiegen. Sie waren viel zu früh dran, standen nun ein wenig verloren auf dem leeren Bahnsteig und sahen dem Zug nach, der in der Ferne verschwand. Gegenüber an Gleis 2 saß ein Mann auf der Bank neben einem überquellenden Abfallkorb und las Zeitung. Er hatte sie kurz sinken lassen, um die zwei Mädchen zu mustern. Ein weiterer Mann mit einer Baseballmütze auf dem Kopf und einer Sporttasche über der Schulter betrat den Bahnsteig. Er beachtete Floor und Marcia nicht, sondern stellte sich vor die Tafel mit den Abfahrtszeiten der Züge, die im Halbstundenrhythmus verkehrten.

Floor rief rasch ihre Mutter an, um ihr mitzuteilen, dass sie gut angekommen waren. Dann nahm sie ihren Taschenspiegel zur Hand und inspizierte ihr Make-up. »Wie seh ich aus?«

»Alles in Ordnung, mach dir keine Gedanken.«

Minutenlang herrschte Stille.

»Wie läuft's bei dir zu Hause?«, fragte Floor schließlich.

»Beschissen«, sagte Marcia und ein Schatten glitt über ihr Gesicht. »Meine Mutter redet so gut wie gar nicht mehr mit meinem Vater. Wenn sie was will, müssen Ben und ich vermitteln, so auf die Art: Sag deinem Vater, er soll sich seine Hemden selber bügeln … du weißt schon. Er lächelt dann nur abwesend und meine Mutter rastet völlig aus. Wenn er von der Arbeit nach Hause kommt, verschanzt er sich in seinem blöden Kabuff, inzwischen schläft er sogar dort. Und meine Mutter heult die halbe Nacht. Thomas ist meist bei irgendwelchen Freunden und sagt, die Alten könnten ihn mal. Und Ben sucht nur noch Streit. Erst gestern hat er die Luft aus meinen Fahrradreifen gelassen, aber keiner sagt was dazu. Es wird immer schlimmer; ich weiß wirklich nicht, wie das weitergehen soll. Ich schätze, mein Vater wird demnächst ausziehen und wir müssen bei Mum bleiben. Jede Wette, dass sie ihre Wut dann an uns auslässt.«

Marcia holte tief Luft und schwieg. Sie hatte Lust, ihren Eltern eins auszuwischen, sie ordentlich zu schockieren.

»Komm doch heute Abend mit zu mir, du kannst bei uns übernachten. Und morgen machen wir dann zusammen Hausaufgaben.«

Marcia lächelte. »Au ja, das wäre schön.«

Ein Zug fuhr in den Bahnhof ein. Der Mann mit der Sporttasche stieg ein und der Zug setzte sich wieder in Bewegung.

»Zehn nach halb elf!« Floor spielte nervös mit ihrem Taschenspiegel herum. »Wo bleibt Herr Groesbeek nur?«

»Huhuuu!« Mit klackernden Absätzen kam Sabrina Netten winkend auf sie zu.

»Hoffentlich wartet ihr noch nicht allzu lange! Wir standen leider im Stau.« Spontan umarmte sie die Mädchen und küsste sie auf die Wange. »Ich freue mich so, dass Hans doch noch einen Auftrag für euch gefunden hat. Das ist eine Superchance! Kommt mit!« Sie hakte sich bei Marcia und Floor unter. »Hans wartet auf dem Parkplatz und hat es eilig. Wie immer!« Sie drückte freundschaftlich Marcias Arm.

»Na, bist du wieder nervös?«

»Ich konnte vor lauter Aufregung kaum schlafen«, gestand Marcia. »Hoffentlich hab ich keine Ringe unter den Augen.«

Sabrina lachte. »Dafür bist du viel zu jung, Herzchen!« Sie ging mit ihnen um das Bahnhofsgebäude herum.

Hans Groesbeek wartete neben einem dunklen Auto. Als er Sabrina und die Mädchen sah, winkte er und ging ihnen ein paar Schritte entgegen.

»Schön, euch wiederzusehen«, sagte er und schüttelte Marcia und Floor die Hand. »Freut ihr euch?«

»Und wie!«, rief Marcia, während Floor sich mit einem vorsichtigen Lächeln begnügte.

»Nun, ich denke, es wird ein spannender und vor allem ein besonderer Tag für euch. Dann wollen wir mal …« Er ging auf seinen Wagen zu, öffnete die hintere Tür und bedeutete den Mädchen einzusteigen.

Sie setzten sich auf die Rückbank. Hans Groesbeek nahm am Steuer Platz und wartete, bis auch Sabrina eingestiegen war.

»Können wir?«

Er ließ den Motor an und fuhr los.

Sabrina drehte sich um. »Ich war genauso alt wie ihr, als ich Model wurde«, erzählte sie. »Meine Eltern waren erst strikt dagegen, dass ich schon mit siebzehn vor der Kamera stehe. Sie hielten die Schule für wichtiger.«

Floor biss sich auf die Lippen. Mist! Wegen der falschen Angabe im Profil glaubten Sabrina und Herr Groesbeek nach wie vor, sie seien siebzehn. Sie öffnete den Mund, um das Missverständnis zu klären, doch Marcia versetzte ihr einen Rippenstoß und warf ihr einen warnenden Blick zu.

Das Auto hielt vor einer Ampel. Groesbeek beobachtete die beiden Mädchen im Rückspiegel. Marcias Reaktion war ihm nicht entgangen, doch er sagte nichts. In seinen Augen flackerte etwas auf und er begann, mit den Fingern aufs Lenkrad zu trommeln.

Die Ampel wurde grün.

Sie fuhren nun über die Autobahn und Sabrina redete wie ein Wasserfall. Ihre Freundinnen hätten sie damals glühend beneidet, weil sie als Model gut verdiente, erzählte sie. Von unzähligen Zeitschriften habe sie Angebote bekommen, auch aus dem Ausland, und häufig an Modeschauen teilgenommen. Schon mit einundzwanzig Jahren habe sie sich ein eigenes Haus leisten können. Inzwischen sei sie als Model leider zu alt. Doch für jemanden mit ihrer Erfahrung gebe es genug anderes zu tun: Sie arbeite für bekannte Agenturen wie *Make It* und betreue junge Models in der Anfangsphase ihrer Karriere. Eine wichtige Aufgabe, denn Modeln sei alles andere als ein Zuckerschlecken, zumal die Konkurrenz knallhart sei.

Groesbeek schwieg und blickte von Zeit zu Zeit mit gerunzelter Stirn in den Rückspiegel.

Sabrina hatte mittlerweile alles über ihre Karriere erzählt und fragte Floor und Marcia nun, ob sie sich mit ihren Eltern gut verstünden und ob diesen die Vorstellung behage, ihre Töchter demnächst in einem Katalog bewundern zu können. Sie wollte auch wissen, ob sie Einzelkinder wären, auf welche Schule sie gingen und ob sie schon feste Freunde hätten.

Nach einer Weile verließ Groesbeek die Autobahn und fuhr auf einer kurvenreichen Landstraße durch mehrere Dörfer. Er hatte das Radio angestellt und summte leise mit.

Sie erreichten ein Industriegebiet. Groesbeek verlangsamte, bog mehrmals ab und fuhr dann auf ein großes Bürogebäude zu. Er folgte dem schmalen Weg um das Gebäude herum zu einem kleinen Parkplatz, der von der Straße aus nicht zu sehen war. Dort hielt er und stellte den Motor ab.

»Unsere Agentur hat mehrere Studios, die über das ganze Land verteilt sind«, erklärte er. »Das spart Reisekosten und Zeit.«

Neugierig sahen die Mädchen sich um. Der Parkplatz grenzte an ein zweistöckiges weißes Gebäude. Im fensterlosen Erdgeschoss waren zwei Firmen untergebracht, wie man an den Schildern neben den Türen sehen konnte: in Nummer 14 eine Möbeltischlerei und in Nummer 15 das Lager eines Unternehmens namens Vermeer.

Das Fotostudio, erklärte Groesbeek, befinde sich im Obergeschoss. Es hatte einen separaten Eingang, zu dem man über eine Feuertreppe gelangte. Groesbeek ging voran und wartete auf der Plattform oben an der Treppe auf die

Mädchen und Sabrina. Dann schloss er die Tür auf und bat sie herein.

Das Studio hatte zwei Fenster mit blauen Jalousien. An den Wänden hingen zahlreiche Spiegel. Ein Bereich war mit einem fahrbaren Wandschirm abgeteilt. In der »Maske«, wie Sabrina den Bereich nannte, gab es eine Art Zahnarztstuhl, daneben mehrere Rollboxen mit Schminkutensilien sowie ein Regal voller Cremetiegel, Fläschchen mit Gesichtswasser und Lotions sowie mehrere Styroporköpfe mit verschiedenen Perücken. Links an der Wand standen ein Schreibtisch mit Computer und zwei Aktenschränke aus Metall.

Am anderen Ende des Raumes befanden sich eine Sitzecke, ein Beistelltisch und der Eingang zu einer Teeküche. Neben dem Sofa lagerten die Requisiten: mehrere Kleiderständer und Regale mit Schuhen und Accessoires. An der Wand gegenüber der Küche war, zwischen Studiolampen und Reflektoren, eine weiße Leinwand gespannt, vor der eine Strandkulisse mit Sand, einem Liegestuhl und einer Plastikpalme aufgebaut war.

Groesbeek ging zum Schreibtisch und nahm etwas aus der obersten Schublade. »Seid bitte so nett und füllt erst einmal diese Formulare aus«, sagte er. »Ich koche inzwischen Kaffee.« Er gab Sabrina ein Zeichen und sie folgte ihm in die Küche.

Die Mädchen setzten sich aufs Sofa und nahmen sich die Formulare vor. Unter anderem wurde nach dem Alter gefragt.

»Wir sollten auf keinen Fall lügen!«, flüsterte Floor.

Marcia zweifelte kurz. Vielleicht hatte Floor recht und es

war besser, sie gaben ihr richtiges Alter an. Schließlich konnte es sein, dass Groesbeek irgendwann die Wahrheit erfuhr, und dann hätten sie sein Vertrauen verspielt. Und wer weiß, vielleicht fiel es ihm ja gar nicht auf … Sie nickte und trug, wie Floor, das korrekte Alter ein. Die Mädchen unterschrieben die Formulare und warteten.

Nach ein paar Minuten kam Sabrina, stellte vier Tassen auf den Tisch und setzte sich zu den Mädchen aufs Sofa. Groesbeek hielt den Mädchen eine offene Schachtel Kekse hin doch sie lehnten ab: »Nein danke.«

»Models!«, knurrte er und schüttelte missbilligend den Kopf. »Immer auf Diät. Für mich wär das nichts.«

»Ihr habt völlig recht«, sagte Sabrina. »Wenn ihr Models werden wollt, müsst ihr immer an die Linie denken! Auf den Fotos macht sich jedes Gramm Fett bemerkbar.«

Groesbeek grinste und stopfte sich einen Keks in den Mund. Dann begann er, die Formulare zu studieren und runzelte sogleich ärgerlich die Stirn. »Was soll das? Ihr habt als Alter fünfzehn angegeben. Ist das ein Scherz?«

Verunsichert sahen die Mädchen einander an.

»Wir hatten vergessen, es zu sagen«, begann Marcia. »Im Profil hatten wir zwar siebzehn angegeben, aber nur wegen der Jungs.«

Floor schaute ängstlich auf ihre Fingernägel und brachte lediglich ein Nicken zustande. Eine peinliche Stille trat ein.

»Wegen der Jungs?« Groesbeek wirkte irritiert.

»Sonst melden sich doch nur 12-Jährige …«, erklärte Marcia, brach jedoch ab, als er sie wütend anfunkelte.

»Reg dich nicht auf, Hans«, mischte Sabrina sich ein.

»Das machen die Mädels doch alle. Zu meiner Zeit war das nicht anders. Ich hab auch oft mein Alter falsch angegeben, um bei den Jungs bessere Chancen zu haben. Ich mache das heute noch, jetzt allerdings andersrum.« Sie lachte.

»Fünfzehn ist viel zu jung«, beharrte Groesbeek. »Das bringt mir nur Ärger ein.« Er schüttelte entschieden den Kopf. »Nein, kommt nicht infrage. Ich will keine Schwierigkeiten.« Er nahm den Autoschlüssel vom Tisch und zog die Jacke an.

»Einen Moment noch!« Sabrina stand auf und ging ihm nach. »Der Auftrag lautet, Jugendmode für einen Katalog zu fotografieren. Mit fünfzehn sind die beiden doch Jugendliche, oder etwa nicht?« Sie wies mit dem Kinn zu den Mädchen.

»Schon …«

»Dann stell dich nicht so an. Wir geben als Alter einfach siebzehn an. Ich wette, keiner merkt den Unterschied … und wer kontrolliert schon deine Buchhaltung? Kein Mensch! Und die Mädchen verraten bestimmt nichts.«

Floor und Marcia nickten eifrig. »Wir sagen keinem was. Bitte, Herr Groesbeek, geben Sie uns doch eine Chance«, bat Marcia.

Er kratzte sich am Kinn und schien zu überlegen.

»Fotogen seid ihr ja«, murmelte er vor sich hin. »Und sympathisch obendrein …«

»Die beiden geben sich bestimmt größte Mühe, nicht wahr?« Sabrina zwinkerte den Mädchen zu.

»Sowieso«, versicherte Marcia und Floor nickte.

»Es ist für alle das Beste«, fügte Sabrina hinzu. »Wenn wir die beiden jetzt nach Hause schicken, verlieren wir nur Zeit und Geld. Also nimm die Kamera und lass uns endlich anfangen.«

»Na gut.« Mit einem Seufzer gab Groesbeek nach. Er änderte das Alter auf den Formularen in siebzehn und unterschrieb ebenfalls.

17

Groesbeek legte die Formulare auf den Schreibtisch und gab Floor und Marcia das Geld für die Fahrkarten wieder.

»Reden wir nicht mehr über das Missverständnis«, meinte er versöhnlich. »Das würde nur auf die Stimmung drücken und ich will keine betretenen Gesichter fotografieren.«

Die Mädchen nickten dankbar.

»Wir gehen wie folgt vor: Sabrina wird euch schminken und dabei erklären, was zu beachten ist. Anschließend fotografiere ich euch einzeln, um herauszufinden, wo eure Stärken und Schwächen liegen. Dabei dulde ich keinerlei Störung. In der Pause solltet ihr nicht miteinander sprechen, denn wenn ihr euch gegenseitig beeinflusst, leidet die Spontaneität. Sabrina wird beim Fotografieren hin und wieder zusehen und euch notfalls Tipps geben. Diejenige, die gerade nicht dran ist, wartet hinter dem Wandschirm. Und Telefonieren ist die nächsten paar Stunden nicht drin, das stört den Ablauf. Stellt also bitte eure Handys ab. So …« Er klatschte in die Hände. »Dann mal los! Mit wem soll Sabrina anfangen?«

Floor sah Marcia an. »Geh du zuerst«, sagte sie leise.

»Kommt mit, ihr beiden.« Sabrina verschwand hinter dem Wandschirm.

Als Marcia sich in den Stuhl gesetzt hatte, pumpte Sabrina ihn mit dem Fußpedal ein Stück nach oben. Mit einem Vergrößerungsglas inspizierte sie Marcias Gesicht und nickte anerkennend. »Du hast schöne, reine Haut. Ich werde erst dein Make-up entfernen und dann ein Peeling machen; dadurch wird die Haut besser durchblutet.«

Wie eine professionelle Kosmetikerin hantierte Sabrina mit heißen Tüchern, Ölen und Cremes. Floor beobachtete sie und war tief beeindruckt von ihrem Können.

In der Zwischenzeit testete Groesbeek die Lampen und Reflektoren um die Strandkulisse und setzte einen neuen Speicherstick in seine Digitalkamera ein. Um eine entspannte Atmosphäre zu schaffen, schaltete er das Radio an. Die begeisterten Stimmen der Mädchen übertönten die Musik.

Während Sabrina Floor schminkte, fotografierte er Marcia.

Sie saß im Schneidersitz auf dem Boden und ließ Sand durch ihre Finger rieseln. Dabei machte sie ein ernstes Gesicht, wie Groesbeek es gewünscht hatte. Er betätigte mehrmals den Auslöser und trug ihr dann auf, eine andere Haltung einzunehmen. Marcia hörte ihn anerkennend murmeln und unentwegt die Kamera klicken.

»Probier jetzt selber mal verschiedene Posen aus«, forderte er sie auf. »Du darfst dabei ruhig ein wenig übertreiben, das wirkt mitunter ganz gut. Sehr schön! Wirf die Haare zurück … ja, prima!« Er drückte auf den Auslöser – fünf, sechs, sieben Mal.

Dann ließ er die Kamera sinken und schüttelte den Kopf. »Irgendwas stimmt nicht. Mit dem Gesichtsausdruck und der Haltung ist alles in Ordnung, aber …« Seine Worte gingen in ein Murmeln über. Er drehte sich zum Wandschirm um. »Sabrina, kommst du bitte mal?«

Ihre Stöckelschuhe klackerten über den Boden. Sie warf

einen schnellen Blick auf die Szene und meinte: »Die Jeans stört. Der Stoff ist viel zu dick und außerdem …« Sie verzog das Gesicht. »Das wirkt doch nicht glaubhaft: ein Mädchen in Jeans am Strand!«

»Du hast recht«, sagte Groesbeek. »Jetzt wo du es sagst, fällt es mir auch auf. Hm, was lässt sich da machen?«

»Hast du nicht einen Bikini für sie?«

»Letzten Monat haben wir Bademode fotografiert, vielleicht ist noch etwas davon hier. Schau mal in den Karton links im Regal.«

»Tut mir leid«, sagte er dann, zu Marcia gewandt. »Das war mein Fehler. Macht es dir etwas aus, im Bikini zu posieren? Für mich ist so etwas ganz alltäglich, aber ich könnte mir vorstellen, dass es dir unangenehm ist. Schließlich hast du noch keine Erfahrung als Model. Wenn du lieber nicht willst, lassen wir uns was anderes einfallen.«

»Nein«, sagte Marcia schnell. »Kein Problem.«

»Gut, du hast die richtige Einstellung. Ich schätze mal, du kannst es in der Branche weit bringen.«

»Ich hab nur das hier gefunden.« Sabrina hielt ein winziges Bikinihöschen hoch. »Leider gibt es dazu kein passendes Oberteil. Aber Marcia könnte ja ihr T-Shirt anbehalten.«

Sie hielt Marcia den String hin. »Meinst du, das passt?«

Marcia nahm ihn und meinte nach einem prüfenden Blick: »Ich glaube schon.«

»Du kannst dich in der Toilette umziehen.« Sabrina wies auf eine Tür neben der Küche und verschwand dann wieder hinter dem Wandschirm.

Binnen fünf Minuten war Marcia wieder da. Sie legte ihre

Jeans auf das Sofa und zog etwas unbehaglich ihr T-Shirt nach unten.

»Na, das ist doch viel besser!« Groesbeek nickte zufrieden. Er griff nach der Kamera und deutete auf den Sand. »Setz dich und spiel mit dem Sand … ja, sehr gut!«

Wieder betätigte er mehrmals den Auslöser.

»Jetzt probieren wir mal etwas anderes. Kriech auf allen vieren auf die Kamera zu, wie eine Tigerin, die sich an ihre Beute heranschleicht.«

Marcia tat, wie ihr geheißen, und hatte sichtlich Spaß an der Sache. Sie knurrte, bewegte ihre Finger wie Krallen und gab vor, nach der Kamera zu schlagen.

»Toll machst du das!«, rief Groesbeek lachend und schoss ein Foto nach dem anderen.

Sabrina stöckelte hinter dem Wandschirm hervor. Die Arme vor der Brust verschränkt, sah sie aus einiger Entfernung zu. »Läuft's gut?«, fragte sie.

»Marcia hat eindeutig Talent«, lobte Groesbeek. »Sie wirkt vollkommen natürlich, traut sich was und ergreift selber die Initiative. Solche Models brauchen wir. Ich zeige dir die Fotos.«

Sabrina schaute auf das Display und rief begeistert: »Ja, sie ist wirklich talentiert. Marcia, komm doch mal her und sieh dir die Bilder an.«

Marcia fühlte sich geschmeichelt. Sie stand auf und blickte Sabrina über die Schulter.

»Irgendwas stört an den Fotos«, meinte Sabrina plötzlich. »Der Ausdruck ist zwar einwandfrei, aber das schlabbrige T-Shirt macht sich nicht gut. Am besten, wir stecken es hoch.« Ohne Groesbeeks Antwort abzuwarten, begann sie,

Marcias T-Shirt unter das Band des BHs zu stopfen. »Du hast eine perfekte Figur, darauf kannst du stolz sein.« Mit sanftem Druck schob sie Marcia wieder zu der Strandkulisse: »Jetzt zeig uns, was du kannst!«

Marcia posierte erneut und erntete ein Kompliment nach dem anderen. Nach einer Viertelstunde legten sie eine Pause ein, damit Marcia sich ausruhen und etwas trinken konnte. Nun war Floor an der Reihe.

Floor runzelte irritiert die Stirn, als Marcia im Bikinihöschen und mit aufgerolltem T-Shirt hinter dem Wandschirm erschien, aber sie sagte nichts. Sie war schrecklich aufgeregt.

»Es macht total Spaß!«, sagte Marcia, um ihr die Angst zu nehmen. Floor nickte und ging dann unsicher auf Groesbeek zu.

Er versuchte, sie mit freundlichen Worten aufzumuntern: »Kein Grund, nervös zu sein, Floor. Du siehst super aus! Setz dich in den Sand und entspann dich, zauber ein Lächeln auf dein Gesicht … versuch's einfach mal.« Er hob die Kamera und drückte auf den Auslöser: Die erste Aufnahme war im Kasten.

Groesbeek redete ohne Punkt und Komma, während er Floor umkreiste und Fotos schoss. Langsam verflog ihre Nervosität und sie wagte es, direkt in die Kamera zu blicken. Groesbeek lobte sie überschwänglich, als sie vorsichtig lächelte, und machte eine Großaufnahme von ihrem Gesicht.

Als er sie aufforderte, selbst ein paar Posen auszuprobieren, wurde sie schlagartig stocksteif. Improvisieren war nicht ihre Stärke.

Groesbeek winkte seine Mitarbeiterin heran.

»Sie muss sich erst an die Situation gewöhnen«, meinte Sabrina und zwinkerte Floor verständnisvoll zu. »Aller Anfang ist schwer. Ich setze mich mal zu dir und du machst einfach, was ich mache.«

Sabrina legte sich bäuchlings in den Sand, stützte die Ellbogen auf und lachte in die Kamera. Floor tat es ihr ein wenig unbeholfen nach. Sabrina begann, sich im Sand zu wälzen und Floor damit zu bewerfen. Floor ließ sich auf das Spiel ein und bald hatte sie die Kamera vergessen.

»Mir ist ungeheuer heiß«, sagte Sabrina nach einer Weile. »Komm, wir ziehen uns um, schließlich sind wir ja am Strand.«

Sie ging zu einem Kleiderständer und suchte nach einem passenden sommerlichen Outfit.

»Was hältst du davon?« Sie drückte Floor einen Minirock in die Hand. »Und dazu dieses Top. Du kannst dich in der Toilette umziehen. Ich ziehe mich inzwischen auch um.«

Als Floor wiederkam, saß Sabrina auf dem Sofa. Sie war nicht umgezogen. »Ich muss erst mal was trinken«, sagte sie. »Macht schon mal ohne mich weiter.«

Wieder stand Floor wie versteinert im Sand und starrte auf ihre Zehen. Sabrina verdrehte die Augen und zwang sich zu einem Lächeln. Sie stand auf und begann, sich umzuziehen.

Mit großen Augen sah Floor zu, wie sie sich einen viel zu engen Minirock über die Schenkel streifte. Die Kamera klickte, doch das schien sie nicht zu stören. »Warum guckst du so erschrocken?«, fragte sie Floor. »Umziehen vor der Kamera ist für ein Model etwas völlig Normales. Man gewöhnt sich rasch daran.« Mit einem Seufzer knöpfte sie ihre Bluse auf und zwängte ihren üppigen Busen in ein Top. »Es ist mir zu klein. Wenn ich einatme, platzt es.« Sie hielt die Luft an und Floor musste unwillkürlich lachen.

»Du hast gut lachen. Irgendwann wirst du dich auch mit solchen Problemen rumschlagen müssen«, meinte Sabrina.

»Meine Brüste werden bestimmt nicht so groß«, sagte Floor.

»Glaubst du?« Mit einem Ruck zog Sabrina den Reißverschluss von Floors Top auf. Neckisch streckte sie ihr die Zunge heraus. Floor bewarf sie mit einer Handvoll Sand und beide lachten.

In der Mittagspause begutachteten sie zu viert die bisherigen Ergebnisse. Groesbeek sagte, er sei höchst zufrieden, und Sabrina stimmte vorbehaltlos zu.

»Weißt du was …« Sabrina schien plötzlich etwas eingefallen zu sein. »Vielleicht können wir Marcia und Floor auch für die neue Werbekampagne mit den Mädchendessous einsetzen.«

Er sah sie überrascht an und kratzte sich am Kinn. »Du meinst den Auftrag aus Berlin?« Er musterte die Mädchen kritisch. »Ich weiß nicht recht. Dafür braucht es doch mehr Erfahrung. Und es ist ein großer Kunde, da will ich kein Risiko eingehen und ihn eventuell verlieren, nur weil die Mädchen Skrupel haben, in Unterwäsche zu posieren.«

»Mir macht das nichts aus«, sagte Marcia schnell. »Ob im Bikini oder in Unterwäsche, das macht doch keinen großen Unterschied.«

»Das sehe ich anders«, erwiderte Groesbeek. »Manchmal

hat man nur einen Slip an. Traust du dich das? Und Floor? Ich glaube nicht, dass Floor dazu bereit wäre, und für den Auftrag brauche ich zwei Mädchen.«

Floor sah Groesbeek erschrocken an.

»Wir könnten es ja mal ausprobieren«, schlug Sabrina vor. »Wenn es nicht klappt, suchst du dir eben andere Models für den Auftrag. Ich könnte mir allerdings vorstellen, dass die beiden dich überraschen.«

»Einverstanden. Was meint ihr?« Groesbeek sah die Mädchen fragend an.

»Ich bin dabei!«, sagte Marcia sofort und warf Floor einen flehenden Blick zu.

Mit gezwungenem Lächeln nickte sie.

»Fein«, sagte Sabrina. »Jetzt kommt es darauf an, dass ihr zeigt, was in euch steckt. Ob aus dem Auftrag etwas wird, hängt von den Probefotos ab.«

»Dann schlage ich vor, wir fangen in fünf Minuten an«, sagte Groesbeek. Er stand auf. »Ich muss noch Einiges mit Sabrina besprechen. Wartet bitte hier.«

18

»Wir haben gestern von unserem Auftraggeber aus Berlin ein Paket mit Dessous bekommen.« Groesbeek ließ den Blick schweifen. »Ah, da steht es ja … unter meinem Schreibtisch. Sabrina, bist du so nett und suchst etwas Hübsches für die Mädchen aus? Ich hatte noch keine Zeit, mir die Sachen anzusehen.«

Sabrina ging zum Schreibtisch. »Ist es das?« Sie deutete auf ein Paket. »Ah, ich seh schon, es steht Berlin drauf.« Sie nahm den Karton und löste das Klebeband. »Ich nehme einfach zwei Sets heraus: das rosafarbene hier und dann noch ein gelbes.« Sie reichte den Mädchen die Sets. »Probiert das doch mal an.«

Langsam folgte Floor Marcia, die bereits Richtung Toilette verschwunden war. Ihr war alles andere als wohl bei der Sache. Sie hatte ohnehin kaum Busen und nun sollte sie sich auch noch in Unterwäsche und womöglich oben ohne fotografieren lassen …

»Sei jetzt bloß keine Spielverderberin!«, zischte Marcia, als sie Floors betretene Miene sah. »Davon träume ich schon seit Jahren.«

»Ich aber nicht. Und ich lasse mich schon gar nicht ohne BH fotografieren!«, erwiderte Floor mit hochrotem Kopf. »Stell dir doch mal vor, alle können deine Brüste sehen und mit ›alle‹ meine ich auch die Jungs in unserer Schule. Wesley zum Beispiel.«

»Stell dich nicht so an. Als ob Wesley sich irgendwelche

Kataloge mit Dessous ansehen würde! Außerdem leben wir im 21. Jahrhundert, falls du es noch nicht gemerkt hast! Da regt sich keiner mehr über nackte Busen auf.«

»Meine Mutter bestimmt!«, gab Floor zurück. »Ich rufe sie besser an und frage, was sie …«

»Spinnst du? Wenn er uns beim Telefonieren erwischt, können wir gleich unseren Kram packen und die Chance ist vertan.«

»Mir ist dieser Groesbeek nicht geheuer.« Floor sah Marcia an, die gerade dabei war, den gelben BH zuzuhaken.

»Wieso das? Der Mann hat dir nichts getan. Du glaubst doch nicht etwa, der will sich an dir vergreifen? Lieber Himmel! Er ist Geschäftsführer einer Modelagentur und hat ständig mit bildschönen Frauen zu tun. Hast du eine Ahnung, wie viel nackte Haut der jeden Tag zu sehen bekommt?! Er wird schon an sich halten können, wenn er dich in Dessous sieht. Werd jetzt bitte nicht hysterisch, Floor!« Sie warf ihr einen ärgerlichen Blick zu, bevor sie die Tür öffnete.

Floor zog rasch den rosa Slip an und versuchte mit zittrigen Fingern, den BH zu schließen, der ihr gut eine Nummer zu groß war.

Groesbeek nahm kaum Notiz von den Mädchen, als sie in Dessous vor ihm standen. Er war dabei, die Studiolampen neu zu platzieren und die Strandkulisse noch einmal kritisch zu inspizieren. Zufrieden nickte er, packte seine Digitalkamera weg und nahm eine Nikon zur Hand. Aus der Fototasche holte er ein Blitzlicht, befestigte es an der Kamera und nahm diverse Einstellungen vor. Dann wandte er sich an die Mädchen: »Sabrina und ich halten es für das Beste, erst einmal ein paar Fotos von euch gemeinsam zu machen. Floor, du wirkst ausgesprochen nervös, vielleicht hilft es dir ja, wenn Marcia dabei ist. Ob aus dem Projekt etwas wird, hängt ganz von dir ab. Versuch, dich zu entspannen, wirf deine Hemmungen über Bord und zeig, was in dir steckt. Du kannst das, da bin ich mir sicher. Also, wollen wir?«

Floor und Marcia nickten und stellten sich auf Sabrinas Wink hin in den Sand. »Nun umarmt euch und haltet eure Gesichter Wange an Wange«, sagte Sabrina.

Groesbeek schoss mehrere Fotos.

»Lachen, bitte! Floor, das rechte Bein ein wenig nach vorn … mehr … ja, sehr gut … Und jetzt ein kleiner Ringkampf. Tut so, als wärt ihr auf die Dessous der anderen neidisch. Floor, zieh an Marcias BH, den willst du haben! … Los, fester …«

Die Mädchen bekamen Spaß an der Sache. Laut kreischend begannen sie, miteinander zu raufen. Groesbeek zoomte auf ihre lachenden Gesichter, auf die Finger, die sich im Stoff verkrallten, auf die Brüste in den tief ausgeschnittenen BHs. Plötzlich hörten sie Stoff reißen. Floor guckte betreten auf den BH in ihrer Hand und dann auf Marcias nackten Busen.

»Macht nichts. Ein bisschen Haut ist erlaubt. Los, weiter!«, rief Sabrina. »Es läuft gerade richtig gut. Lass dir nichts gefallen, Marcia! Gib's ihr zurück. Zieh ihr den Slip runter!«

Marcia machte einen Satz nach vorn und bückte sich, doch Floor wich aus. Sie wollte sich unter gar keinen Umständen ausziehen und staunte, dass Marcia kein Problem damit hatte, nackt vor der Kamera zu stehen. Jetzt griff sie nach dem Gummiband von Floors Slip und zog ihn ein Stück weit nach unten.

»Nein!«, schrie Floor mit sich überschlagender Stimme und stieß Marcia weg, die jedoch gleich wieder zum Angriff überging. In Panik schlug sie nach ihrer Freundin, worauf sich Marcia mit einem Boxhieb zur Wehr setzte.

Plötzlich packte sie Sabrina von hinten. »Was ist denn los mit euch?«, rügte sie die beiden. »Wie soll Hans gute Werbefotos machen, wenn ihr euch so aufführt?« In ihrer Stimme klang Ärger. »Ihr solltet euch necken und keine Schlägerei veranstalten! Wir können das Ganze auch lassen. Es gibt genug Mädchen, die nur zu gern Model werden möchten. Wenn ich euch Anweisungen gebe, erwarte ich, dass ihr euch danach richtet und nicht solch ein Theater macht, verstanden? Also sagt, was ihr wollt: aufhören oder weitermachen?«

»Entschuldigung«, sagte Marcia kleinlaut. »Ich möchte auf jeden Fall weitermachen.«

Floor starrte mit verbissenem Gesichtsausdruck vor sich hin.

»Und du?«, fragte Sabrina. »Was ist mir dir, Floor?«

»Weitermachen …«, flüsterte sie kaum hörbar.

»Gut! Dann erwarte ich ab jetzt Disziplin von euch. Marcia, knie dich in den Sand. Und du, Floor, setzt dich hinter sie und legst ihr die Hände auf die Brüste.«

Floor erschrak. »Was soll ich tun?«

»Deine Hände auf ihre Brüste legen. Los, mach schon!«

Nach kurzem Zögern tat Floor, wie ihr geheißen. Marcias

Brüste fühlten sich warm und weich an und Floor begann, nervös zu kichern.

Groesbeek machte mehrere Großaufnahmen von ihren Händen.

»Jetzt steh langsam auf, lass aber deine Hände auf Marcias Brüsten«, befahl Sabrina. »Lach mal frech in die Kamera. Gut! Marcia, zieh mit dem Daumen deinen Slip etwas runter. Halt! Nicht weiter.«

Sabrina schien zufrieden, nun, da die Mädchen ohne Murren ihre Anweisungen befolgten. Um Groesbeeks Lippen spielte ein ironisches Lächeln, während er ein Foto nach dem anderen schoss.

»So, jetzt sollte Floor mal im Vordergrund stehen«, sagte er nach einer Viertelstunde. »Ich wüsste gern, wie ihr beiden damit zurechtkommt, wenn wir die Rollen tauschen.«

»Gute Idee«, stimmte Sabrina zu. »Marcia, stell dich hinter Floor und leg ihr die Hände auf die Brüste. Und du, Floor, ziehst am besten den BH aus. Er ist dir ohnehin zu groß.«

Floor wollte sich erst weigern, doch als sie Marcias genervten Seufzer hörte, fügte sie sich. Sie fühlte sich mehr als unwohl, als Marcia ihre Brüste umfasste.

»Floor, zieh jetzt bitte den Slip ein Stück nach unten«, ordnete Groesbeek an und Floor gehorchte. »Sehr schön. Und schau einmal herausfordernd in die Kamera. Ja, das machst du super! Ist doch gar nicht so schlimm, oder? Du musst einfach mit der Kamera flirten, alles andere ergibt sich von selbst. Kannst du den Slip noch weiter runterziehen? Ja, noch ein Stück …«

»Nein, ich will das nicht!«, rief Floor plötzlich und spürte, wie sie rot wurde. Mit einem Ruck zog sie den Slip wieder hoch.

»Nun ja, wenn du dich nicht traust.« Groesbeek lächelte zwar, aber sein Blick verriet, dass er ziemlich verärgert war.

Floor hatte die Kritik nicht überhört und fühlte sich in die Enge getrieben. Doch sie konnte die warnende Stimme in ihrem Kopf nicht überhören: Was um alles in der Welt tat sie hier eigentlich?

»Mal sehen, ob Marcia sich mehr traut als du«, setzte Groesbeek grinsend hinzu.

Das ließ sich Marcia nicht zweimal sagen. Sie zog ihren Slip aus und stand splitternackt vor der Kamera, ohne eine Miene zu verziehen.

»Komm, Floor! Mach mit!«

Floor starrte Marcia mit offenem Mund an. War sie völlig verrückt geworden?

»Genau, überlass nicht alles deiner Freundin!«, half Sabrina nach.

»Nein!« Floor schüttelte entschieden den Kopf und ging ein paar Schritte auf den Wandschirm zu. »Ich versteh überhaupt nicht, was das soll! Warum müssen wir uns nackt ausziehen? Hier geht's doch um Dessous, oder? Ich mach nicht mehr mit, ich will nach Hause.«

In ihren Augen brannten Tränen. Sie zog den BH wieder an und schloss mit zitternden Fingern die Häkchen. Ihre Panik übertrug sich auf Marcia, die hastig wieder den Slip anzog.

»Floor, warte!« rief sie und rannte ihr nach.

Eine Minute später trat Sabrina, verständnisvoll lächelnd, zu den Mädchen hinter dem Wandschirm. »Lasst uns eine

Pause machen. Ich weiß, die Situation eben war nicht leicht für euch, aber ich möchte euch gern erklären, was der Sinn der Sache ist. Zieht eure T-Shirts an, dann trinken wir was. Ihr hört uns an, und wenn ihr danach immer noch nach Hause wollt, bringen wir euch sofort zum Bahnhof. Versprochen!«

Marcia und Floor tauschten einen schnellen Blick und folgten Sabrina dann zögerlich zur Sitzecke.

In dem Moment kam Groesbeek mit vier gefüllten Gläsern aus der Küche und stellte sie auf den niedrigen Tisch.

»Ich kann deine Unsicherheit gut verstehen, Floor«, sagte er in väterlichem Tonfall. »Die meisten Anfängerinnen reagieren erst einmal verschreckt. Was wir mit euch gemacht haben, war quasi eine Art Test. Als erfolgreiche Modelagentur müssen wir unsere Mädchen sehr gut kennen, um sie gezielt einsetzen zu können. Das heißt, ich muss wissen, wie meine Models mit Stress umgehen, wie flexibel sie sind und wo ihre Grenzen liegen. Jeder Auftraggeber hat andere Wünsche und Vorstellungen. Wenn wir nicht genau wissen, wozu unsere Models bereit sind und wozu nicht, gibt es bei den Fotoshootings nur Ärger und der Kunde springt womöglich ab. Wenn also künftig Nacktfotos gefordert sind, weiß ich nun, dass Floor dafür nicht infrage kommt. Marcia hat damit weniger Probleme, das heißt, sie kann künftig öfter bei solchen Aufträgen eingesetzt werden. Ich habe euch ganz bewusst nichts von dem Test gesagt, denn so bekomme ich einen unverfälschten Eindruck von dem, was ihr wollt und was nicht. Auf keinen Fall war es meine Absicht, euch Angst zu machen. Ihr werdet hier zu nichts gezwungen, darauf könnt ihr euch verlassen.«

»Du bist übrigens nicht das einzige Model, Floor, das nicht nackt posieren will«, mischte Sabrina sich ein. »Mach dir deshalb keine Sorgen, denn es gibt genügend andere Aufträge, bei denen wir dich einsetzen können. Bei mir hat es, ehrlich gesagt, über ein Jahr gedauert, bis ich mich oben ohne vor die Kamera getraut habe.«

»Haben Sie oft für Nacktfotos Modell gestanden?«, fragte Marcia interessiert.

»Oh ja. Aber nur bei seriösen Aufträgen. Zum Beispiel in Werbespots für Shampoo und Bodylotion.«

»So was würde ich auch gern machen.« Marcia nahm einen Schluck Saft. »Mir macht es absolut nichts aus, mich nackt zu zeigen.« Mit einem Mal kam sie sich sehr erwachsen vor.

Floor hatte den Blick gesenkt und schämte sich, weil sie so überreagiert hatte. Doch die Alarmglocken in ihrem Hinterkopf schrillten nach wie vor. Um ihre Unsicherheit zu überspielen, nahm sie ihr Glas und trank es in einem Zug leer.

»Hast du dich inzwischen von dem Schrecken erholt?« Sabrina legte ihr die Hand aufs Knie. »Willst du jetzt nach Hause? Sag's ruhig, wir nehmen dir das nicht übel und bringen euch beide umgehend zum Bahnhof.«

»Kein Problem«, bestätigte Groesbeek. »Wir könnten aber auch noch eine Fotoserie machen, bei der du deine eigenen Kleider trägst. Wäre das okay?«

»Ja«, sagte Floor. Sie wollte zwar nichts lieber als schnellstmöglich nach Hause, doch dann würde sie Marcia alles verderben, und das schien ihr nicht fair, zumal Marcia in letzter Zeit so viel Pech gehabt hatte.

»Schön, das wäre geklärt«, sagte Groesbeek. »Dann machen wir also weiter.« Ein zufriedenes Lächeln umspielte seine Lippen.

»Wir trinken erst noch was«, bremste ihn Sabrina und stand auf. »Bei Fotoshootings ist es wichtig, genug zu trinken, denn die Wärme der Studiolampen trocknet einen regelrecht aus.«

Marcia trank hastig ihr Glas leer und hielt es Sabrina hin.

»Willst du auch noch Saft, Hans?«

Er nickte. »Ja, bitte.«

Bevor Sabrina in der Küche verschwand, warf sie noch schnell einen Blick über die Schulter: Groesbeek zeigte den Mädchen auf dem Display der Kamera die bisherigen Fotos. Es sah ganz so aus, als hätten die beiden bisher keinen Verdacht geschöpft. Mit fliegenden Fingern nahm sie das Plastikröhrchen aus der Zuckerdose und öffnete es. Was sie jetzt tun musste, ging ihr gegen den Strich, aber sie hatte keine andere Wahl. Ihr Mann hatte das Mittel GHB im Internet bestellt und ohne Probleme bekommen. Es wirkte sexuell enthemmend, sodass ihnen selbst Floor nach der Einnahme keine Schwierigkeiten mehr machen würde. Angeblich schmeckte die farblose Flüssigkeit bitter, aber die Mädchen würden nichts merken, wenn sie die Droge mit einem süßen Fruchtsaft mischte. Er hatte ihr versichert, das Mittel sei absolut unschädlich, doch sie hatte im Internet recherchiert und herausgefunden, dass es alles andere als harmlos war. GHB, so hatte sie gelesen, war früher in Kliniken als Narkosemittel verwendet worden und musste peinlich genau dosiert werden. Schon ein paar Tropfen zu viel konnten eine Art Koma hervorrufen.

Wie viel hatte er in das erste Getränk getan? Sie wusste es nicht …

Ihre Hand zitterte, als sie ein paar Tropfen der Flüssigkeit in den Saft träufelte.

19

Sie fuhren durch den Regen über die Autobahn. Es herrschte kaum Verkehr, was ihn sonst immer veranlasste, kräftig Gas zu geben. Heute jedoch nicht. Mit den zwei bewusstlosen Mädchen auf dem Rücksitz durfte er nicht das Risiko eingehen, geblitzt oder bei einer Geschwindigkeitskontrolle gestoppt zu werden. Deshalb hielt er sich ausnahmsweise strikt an die Verkehrsregeln.

Nach einer Viertelstunde nahm er das Tempo zurück und bog auf eine Landstraße ab. Während der Fahrt sprach er den Plan noch einmal mit seiner Frau durch, aber sie hörte kaum zu. Immer wieder sah sie sich zu den beiden Mädchen um. In ihrem Kopf überstürzten sich die Gedanken. Um des lieben Geldes willen hatte sie sich von ihm überreden lassen, in der Hoffnung, nach all den Jahren endlich schuldenfrei zu sein. Doch zu welchem Preis? War die Schuld, die sie sich jetzt aufgeladen hatten, nicht viel größer?

Als er mit den Mädchen Kontakt aufnahm, hätte sie ihn stoppen müssen, aber nun hatte sie ihm auch noch geholfen, seinen irrsinnigen Plan auszuführen. Und sie waren eindeutig zu weit gegangen, das war ihr inzwischen klar. Sie bereute es bitter, doch jetzt war es zu spät. Die beiden Mädchen waren ihr sympathisch. Warum hatte sie keinen Moment überlegt, was danach mit ihnen geschehen würde? Wir machen lediglich ein paar Fotos, hatte er gesagt, und dann schicken wir sie wieder nach Hause. Es hatte sich so einfach angehört, doch sie hätte wissen müssen, dass er die Dinge wieder einmal beschönigte.

Nun fuhren sie mit zwei bewusstlosen Mädchen durch die Gegend. Hoffentlich hatte dieses verflixte GHB ihnen nicht geschadet. Andererseits dachte sie mit Schrecken daran, was passieren würde, wenn sie wieder zu sich kommen und reden würden. Zwar hatte er ihr versichert, dass sie sich zu sehr schämen würden, um über den Nachmittag im Studio zu sprechen – aber was, wenn sie nun doch Anzeige erstatteten und eine Personenbeschreibung von ihr und ihrem Mann abgaben?

Während der Fahrt vom Bahnhof zum Studio hatte sie versucht, die beiden abzulenken, ihnen Fragen gestellt und ohne Punkt und Komma geredet. Doch vielleicht hatten sie sich die Fahrstrecke dennoch gemerkt und konnten der Polizei sagen, wohin man sie gebracht hatte.

Ihr Mann hatte ihr versichert, sie würden sich an die Sexspielchen nicht erinnern. Sie hoffte es von Herzen, zumal sie selbst dabei eine wesentliche Rolle gespielt hatte. Warum, um Himmels willen, hatte sie sich überreden lassen? Sie hatte schließlich selbst Kinder, und wenn die Polizei ihnen auf die Schliche kam, würden sie beide zu jahrelangen Haftstrafen verurteilt. Was sollte dann aus ihren Kindern werden?

»Falls sie zu sich kommen«, hatte er gesagt. Und was, wenn sie nicht mehr aufwachen würden? Ihr lief ein kalter Schauer über den Rücken.

Er bremste an einer Bushaltestelle. Mit einem schnellen Blick in den Rückspiegel vergewisserte er sich, dass keine Autos hinter ihnen kamen, und lenkte den Wagen auf den

Seitenstreifen. Bevor er die Tür öffnete, wartete er ein paar Minuten, dann stieg er bei laufendem Motor aus. Er ging zur hinteren Tür, nahm Floor unter den Achseln und zerrte ihren schlaffen Körper aus dem Wagen. Während Sabrina ihm zur Haltestelle folgte, sah sie sich nervös nach allen Seiten um.

Er ließ das Mädchen hinter dem Wartehäuschen ins Gras fallen und ging wieder zum Auto.

Floor lag auf dem Bauch, die Haare wie ein Fächer um den Kopf drapiert. Sabrina konnte den Anblick des hilflos am Boden liegenden Mädchens kaum ertragen und bückte sich, um Floor aufzusetzen und mit dem Rücken an die Wand des Wartehäuschens zu lehnen.

Wollte er die beiden einfach hier im Regen liegen lassen? Womöglich erkälteten sie sich … Sie strich sich eine Haarsträhne aus dem bleichen Gesicht und zog den Reißverschluss ihrer Jacke zu. Mit einem Seufzer richtete sie sich auf, als sie ihn wiederkommen hörte. Er schleppte Marcia und warf sie neben Floor ins Gras. Das Mädchen stöhnte leise und machte unkoordinierte Bewegungen mit den Armen.

»Musst du so grob mit ihr umspringen?«, fuhr sie ihn an.

Er reagierte nicht auf ihren Einwand. »Los, weg!«, befahl er barsch. »Sonst sieht uns noch jemand.« Mit großen Schritten ging er zum Auto. »Nun komm schon, dumme Kuh!«

Sie bückte sich, zog auch Marcia hoch und lehnte sie an die Wand. Dann ging sie ebenfalls zum Auto.

Er wartete ungeduldig. Als sie stehen blieb und sich noch einmal zu den Mädchen umsehen wollte, packte er sie grob am Arm, stieß sie auf den Beifahrersitz und knallte die Tür zu.

Er setzte sich ans Steuer, legte krachend den Rückwärtsgang ein und gab Gas. Das Auto schrammte einen Laternenpfahl neben der Haltestelle. Er lief rot an, fluchte und schaltete in den ersten Gang. Mit schleifender Kupplung lenkte er das Auto auf die Straße. Auf dem Rückweg nahm er eine andere Strecke und mied die Autobahn.

Um Marcia herum war alles dunkel, wie in einem Tunnel. Es roch leicht erdig und von irgendwoher klang ein Rascheln. In der Ferne erspähte sie einen hellen Fleck, Tageslicht vielleicht? Sie wollte darauf zugehen, aber ihre Beine versagten den Dienst. Eine namenlose Angst erfasste sie, ihr Herz hämmerte wild gegen die Brust und Übelkeit stieg in ihr auf.

Plötzlich hörte sie leise Stimmen, sie kamen aus der Richtung des Lichts. Sie wollte um Hilfe rufen, bekam aber keinen Ton heraus.

Mühsam setzte sie einen Fuß vor den anderen und kämpfte sich voran. Dann jedoch blieb sie abrupt stehen. Jemand musste sie in diesen Tunnel verfrachtet haben und womöglich lauerte dieser Jemand am Ausgang auf sie. Wer, um Himmels willen, konnte das sein? Sie hatte keine Ahnung …

Plötzlich zuckten Bilder vor ihrem inneren Auge auf. Eine nackte Frau beugte sich über sie und rief immer wieder ihren Namen. Was wollte die von ihr? Warum lag sie im Sand? Als sie sich aufrichten wollte, drückte eine Hand sie zurück. »Bleib liegen!«, befahl eine Stimme. Etwas Warmes,

Haariges berührte ihre Brüste. War das ein Tier? Und warum spürte sie es auf der Haut? War sie etwa nackt?

Heftig schüttelte sie den Kopf, um die Schreckensbilder zu vertreiben. Sie richtete den Blick fest auf das Licht am Ende des Tunnels. Ob da nun jemand war oder nicht, sie musste es wagen, um dem grässlichen Dunkel zu entkommen.

Plötzlich erklangen Schritte hinter ihr. Sie fuhr herum und sah ihren Vater.

»Papa!«, rief sie erleichtert.

Er trug einen Trainingsanzug und Laufschuhe. Als er näher kam, sah sie, dass ihm der Schweiß auf der Stirn stand. Er musste kilometerweit gerannt sein, um sie zu suchen. Freudig streckte sie ihm die Hände entgegen; sie lachte und weinte zugleich. Warum nur hatte sie an ihm gezweifelt? Ihr Vater würde sie doch nie im Stich lassen – niemals!

Doch was war das? Er schien sie überhaupt nicht wahrzunehmen; es sah aus, als wollte er an ihr vorbeilaufen.

»Papa?« Sie griff nach seiner Jacke, doch er riss sich los und joggte weiter, auf den Tunnelausgang zu. Völlig perplex sah sie ihm nach. Es dauerte eine ganze Weile, bis ihre Starre sich löste und Wut in ihr aufloderte. »Du elender Feigling!«, schrie sie ihm nach. Der Zorn verlieh ihr neue Kraft. Sie würde auch allein zum Ausgang kommen, sie brauchte ihn nicht!

Wieder hörte sie Stimmen, verstand jedoch kein Wort. Sie blinzelte, spürte Tropfen auf dem Gesicht. Dann wurde ihr schwindlig, alles um sie herum schien zu schwanken. Eine Hand näherte sich ihr und sie schrie laut: »Fassen Sie mich nicht an!«

»Entschuldigung ... nichts für ungut.« Die Hand verschwand und plötzlich wurde es hell um sie. Das Licht schmerzte in den Augen. Sie sah Konturen von Bäumen, offenbar befand sie sich im Freien. Marcia atmete tief durch und merkte, wie die Übelkeit nachließ. Doch sie hatte das unbehagliche Gefühl, dass jemand ganz in ihrer Nähe lauerte. »Gehen Sie!«, rief sie. »Hauen Sie ab, los!« Marcia begann, um sich zu treten.

Wieder sah sie den Mann mit der Kamera vor sich. Jetzt saß sie auf einem Barhocker, zwei Hände hielten sie an den Hüften fest, damit sie nicht abrutschte. Sie sah, wie der Mann in die Hocke ging und ihre nackten Beine fotografierte. Mit einem Mal fiel ihr sein Name wieder ein: Hans Groesbeek! Der Geschäftsführer der Modelagentur! »...los mit euch? Habt ihr getrunken?« Eine Frauenstimme.

Mühsam wandte Marcia den Kopf zur Seite. Ihre Augen brannten, der Mund war trocken. »Ich will nach Hause«, sagte sie heiser.

Eine kühle Hand legte sich auf ihre Stirn.

»Wie heißt du?«

Sie schloss die Augen und kramte in ihrem Gedächtnis.

»Marcia.«

Dann begann sie zu weinen.

Damit nicht auffiel, wie sehr seine Hände zitterten, hatte Geert de Vogel sie in den Jackentaschen versenkt. Der Polizist, der ihn befragte, kam ihm reichlich jung vor. Allenfalls Anfang zwanzig. Er wirkte vollkommen gelassen, während Geerts Stimme vor Aufregung bebte. Er ballte die Hände zu Fäusten und schob sie tiefer in die Taschen.

Etwa zehn Minuten nach seinem Anruf war die Polizei gekommen. Die kurze Zeit war ihm wie eine Ewigkeit erschienen. Das eine Mädchen hatte völlig apathisch dagelegen, während das andere allerlei wirres Zeug geredet hatte: etwas von einem Tunnel und irgendwelchen haarigen Tieren.

Sie hatten zwei Autos geschickt, mit vier Polizisten, zwei Frauen und zwei Männern. Die Polizistinnen kümmerten sich um die Mädchen, während ihre Kollegen ihn und seine Frau befragten. Geert sah, wie Riet lebhaft gestikulierte, und ärgerte sich insgeheim. Er selbst hatte dem jungen Polizisten mit drei Sätzen alles gesagt, was er wusste, aber Riet musste mal wieder eine Riesenshow veranstalten.

Einer der Sanitäter nahm eine Stablampe zur Hand, beugte sich über Floor und leuchtete ihr ins Auge, um ihre Reaktion zu prüfen.

Irritiert schlug sie nach dem Licht, verfehlte aber das Ziel. Sie fühlte sich schlapp und so müde, dass sie sofort wieder die Augen schloss. In ihrem Kopf hämmerte es, ihr war übel und schwindlig.

»Sieh mich mal an.« Die Stimme war leise, klang wie aus weiter Ferne. Floor machte kurz die Augen auf, sah über sich den Himmel und fallende Regentropfen.

»Kannst du mir sagen, wie du heißt?«

Mit einem Seufzer schloss sie die Augen wieder. Warum ließen diese Leute sie nicht in Ruhe? Sie wollte schlafen, nichts weiter. Ihr war so kalt, dass sie am ganzen Körper eine Gänsehaut hatte.

Floor wurde auf eine Trage gelegt. Ein Sanitäter breitete eine Decke über ihren zitternden Körper. Die Trage wurde in den Wagen geschoben, die Tür geschlossen und mit Sirenengeheul und Blaulicht fuhr der Krankenwagen los, gleich darauf der zweite.

Das Klingeln des Telefons weckte ihn. Verschlafen sah Inspektor van Buren auf seine Armbanduhr: Viertel nach fünf. Der Fernseher lief, also musste er wohl nach den Nachrichten eingeschlafen sein. Er fuhr sich mit den Händen übers Gesicht.

Für einen kurzen Moment erwog er, das penetrante Geklingel zu ignorieren, dann aber fiel ihm ein, dass es seine Tochter sein könnte. Sie war bei einer Geburtstagsparty und wollte danach kommen, um den Sonntag bei ihm zu verbringen. Er hoffte, dass sie es sich nicht anders überlegt hatte, denn er freute sich auf ihren Besuch. Am liebsten hätte er seine Kinder täglich gesehen, doch seit der Scheidung wohnten sie bei ihrer Mutter.

Er nahm den Hörer ab: »Rob van Buren.«

»Polizeirevier, guten Abend. Ich sehe auf dem Plan, dass Sie heute Bereitschaftsdienst haben.«

Seine Miene verfinsterte sich. So ein Mist! Er hatte glatt vergessen, dass er mit einem Kollegen den Dienst getauscht hatte.

»Ja, stimmt«, sagte er leicht unwillig.

Mit gerunzelter Stirn hörte er zu und gab dann den Auftrag, sofort die Spurensicherung loszuschicken. »Ich bin in einer halben Stunde vor Ort.«

Er legte auf und nahm einen Schluck von seinem längst

kalt gewordenen Kaffee. Er überlegte kurz, ob er seiner Tochter Bescheid sagen sollte, ließ es dann aber. Mit etwas Glück war er wieder zu Hause, wenn sie kam. Er zog Schuhe und Jacke an, nahm den Autoschlüssel vom Couchtisch und machte sich auf den Weg.

20

Inspektor van Buren fuhr stadtauswärts und dann über Nebenstraßen zu der Bushaltestelle am Akkerweg. Da er die Gegend recht gut kannte, hatte er das Navigationssystem nicht eingeschaltet.

Er passierte einen Lagerschuppen, in dem er erst vor zwei Monaten mit seinen Kollegen dreißigtausend Hanfpflanzen beschlagnahmt hatte. Die abgelegenen Schuppen und Höfe eigneten sich ideal für Hanfzuchten und Ecstasy-Labors. Er dachte an die Gruppe Jugendlicher, die sie, mit Messern und Baseballschlägern bewaffnet, dort angetroffen hatten. Achtzehn, allenfalls neunzehn waren sie gewesen … etwa so alt wie seine Söhne.

Vor ihm bog ein Wagen mit Blaulicht an der Kreuzung ab und er folgte ihm. Van Buren parkte sein Auto hinter dem weißen Kleinbus der Kriminaltechnik, der Abteilung, die sich mit Spurensicherung befasste. Er kramte im Handschuhfach, das mit Papiertaschentüchern, Tankquittungen und leeren Chips- und Bonbontüten vollgestopft war, nach einem Kugelschreiber. Dann stieg er aus und sah sich um.

Der Akkerweg war eine lange, gerade Straße mit Bushaltestellen und Radwegen auf beiden Seiten. An den etwa fünf Meter breiten Grünstreifen grenzte ein Wassergraben, hinter dem sich Wiesen ausdehnten.

Die eine Haltestelle war mit rot-weißem Band abgeriegelt, auf dem in schwarzer Schrift POLIZEIABSPERRUNG stand.

Der Regen peitschte van Buren ins Gesicht, als er darauf zuging. Er stellte den Kragen seiner Jacke hoch und lief mit gebeugtem Rücken zu den zwei Polizisten, die vor dem Absperrband warteten und sich unterhielten. Dem kleineren der beiden schlug er freundschaftlich auf die Schulter. »Guten Abend, Paul.«

»Hallo, Rob.«

Paul van Dam blickte demonstrativ auf seine Armbanduhr. »Du hast dir reichlich Zeit gelassen. Wir haben vor gut einer halben Stunde angerufen. Bist auch nicht mehr der Jüngste, was?«

»Ja, im Alter dauert alles länger. Und du kennst mich ja: Ich mache keinen Schritt vor die Tür, bevor mein Haar nicht gut sitzt.«

Grinsend betrachteten van Dam und sein Kollege van Burens Glatze.

»Was liegt an?« Der Inspektor ging zur Tagesordnung über und wischte sich mit dem Jackenärmel den Regen aus dem Gesicht.

»Zwei Mädchen, etwa sechzehn Jahre alt, nicht ansprechbar«, las John de Wild von einem Zettel ab. »Ein altes Ehepaar aus dem Dorf da drüben hat die beiden um etwa 16:30 Uhr gefunden und beim Revier angerufen. Die Mädchen sind bereits im Krankenhaus. Zwei Kolleginnen sind mitgefahren, für den Fall, dass die beiden in der Lage sind, eine Aussage zu machen. Die Leute, die sie gefunden haben, sind wieder nach Hause gegangen. Wir haben aber ihre Adresse und Telefonnummer.«

Van Buren nickte. »Was haben die Sanitäter über den Zustand der Mädchen gesagt?«

De Wild warf einen Blick auf seinen Zettel. »Sie stehen vermutlich unter Drogeneinfluss.«

»Drogen …« Van Buren seufzte hörbar. Dann entdeckte er Henk Koning hinter dem Absperrband, bedankte sich bei den zwei Kollegen und stapfte grummelnd durch die Pfützen. Er spürte, wie das Wasser in seine Schuhe lief.

Henk Koning arbeitete seit über zwanzig Jahren als Kriminaltechniker, und wenn einer sein Fach verstand, dann er. Van Buren schätzte ihn als kompetenten und stets zuverlässigen Kollegen. Koning trug einen weißen Overall, Überschuhe und Latex-Handschuhe. Er kauerte im Gras. Der Dauerregen schien ihn nicht im Geringsten zu stören.

Van Buren blieb vor dem Band stehen und pfiff auf zwei Fingern. Koning wandte sich um, hob grüßend die Hand und stand auf. Geduldig wartete Van Buren. Er wusste, dass Koning äußerst ungehalten reagierte, wenn Kollegen ohne seine ausdrückliche Erlaubnis den Tatort betraten und dabei womöglich wichtige Spuren vernichteten.

»Rob, du auch hier?« Koning gab ihm die Hand.

»Es ließ sich nicht vermeiden«, meinte der Inspektor achselzuckend.

»Kenn ich.«

»Was liegt an? Zwei naive Mädchen, die mit Drogen experimentiert haben, oder zwei Missbrauchsopfer?«

»Eher Letzteres.«

»Dann bin ich gespannt, was du gefunden hast.« Van Buren nahm eine Brille mit Silbergestell aus der Innentasche seiner Jacke und setzte sie auf.

Koning drückte das Absperrband nach unten. »Komm rüber.«

Van Buren folgte ihm. Vor dem Laternenpfahl, an dem eine Tafel mit den Abfahrtszeiten der Busse hing, blieb er stehen. Der Pfahl stand leicht schief im hohen Gras.

»Da ist einer gegengefahren«, sagte Koning. »Ich hab Lackspuren gefunden, die schicke ich am Montag zum Analysieren ins Labor. Und hier …«, er deutete auf eine Stelle am Boden, an der eine Markierungskarte stand, »hier haben die Hinterreifen des Autos durchgedreht und eine deutliche Spur hinterlassen.« Die Hände in die Hüften gestemmt, betrachtete er den Profilabdruck.

»Ich muss noch die Spurweite messen, damit lässt sich, wenn wir Glück haben, die Automarke feststellen.«

»Wie kommst du darauf, dass die Spuren vom Täter sind?«

»Von den Tätern!«, verbesserte Koning. »Es waren mindestens zwei und ich bin so gut wie sicher, dass eine Frau dabei war.«

»Eine Frau?« Van Buren hatte sein Notizbuch gezückt und schrieb eifrig mit.

»Schau mal …« Henk Koning wies auf den Boden. »Von der Stelle, wo das Auto hielt, bis zum Wartehäuschen sind Schleifspuren zu sehen und daneben Abdrücke von Pfennigabsätzen, ebenso hinter der Bushaltestelle und außerdem neben den Reifenspuren. Die alte Dame, die die Mädchen gefunden hat, trug flache Schuhe, wie der Kollege von der Streife meinte. Also können die Abdrücke nicht von ihr stammen.« Koning hatte die Schuhabdrücke mit umgedrehten Eimern vor dem Regen geschützt. Er hob einen davon an, damit van Buren sie betrachten konnte. »Die Schrittweite beträgt 64 Zentimeter«, fügte er hinzu.

Van Buren sah ihn fragend an. »Und das heißt?«

»Bei Frauen beträgt die Schrittweite zwischen 60 und 70 Zentimetern. Männer machen größere Schritte, zwischen 70 und 80 Zentimetern. Die Frau ist an der Beifahrerseite ausgestiegen und das bedeutet, dass jemand anderes gefahren sein muss. Es handelt sich also um mindestens zwei Täter.«

»Lässt sich sagen, in welche Richtung das Auto weggefahren ist?«

Henk Koning schüttelte den Kopf. »Leider nein. Dafür ist die Straße zu breit; der Fahrer könnte ohne Weiteres gewendet haben.«

»Hast du hier noch lange zu tun?«

Koning zuckte mit den Schultern. »Noch eine gute Stunde, schätze ich.«

»Dann viel Erfolg.« Der Inspektor hob grüßend die Hand und ging zu seinem Auto zurück, um zum Krankenhaus zu fahren.

Van Buren hatte mit siebenundzwanzig Jahren die Marine verlassen und war zur Polizei gegangen. Im Verlauf seiner nunmehr fünfundzwanzig Dienstjahre hatte er unzählige Ermittlungen geleitet und seine Erfahrung sagte ihm, dass er es mit einem heiklen Fall zu tun hatte. Nicht umsonst waren die Mädchen an einer ziemlich abgelegenen Stelle ausgesetzt worden. Wenn man ihnen tatsächlich Drogen verabreicht hatte, musste schnellstens eine Blutuntersuchung durchgeführt werden, denn schon nach wenigen Stunden konnten die Spuren aus dem Körper verschwunden sein.

Kurz nach sieben stellte er seinen Wagen vor dem Krankenhaus ab. Am Empfang zeigte er seinen Dienstausweis vor und wurde in den dritten Stock geschickt, wo er seine beiden Kolleginnen antraf. Von ihnen erfuhr er, dass die Mädchen nach wie vor kaum ansprechbar waren. Bisher waren lediglich ihre Vornamen bekannt: Marcia und Floor.

»Habt ihr die Kleidung und Taschen der beiden Mädchen durchsucht?«, fragte van Buren.

»Sie hatten etwas Geld bei sich. Außerdem Handys, Schminkzeug und Zugfahrkarten, sonst nichts.«

»Was für Zugfahrkarten?«

»Steenburg-Elst, hin und zurück. Heute abgestempelt.«

»Dann kommen sie wohl aus Steenburg oder der näheren Umgebung. Könnt ihr bitte die Kollegen dort anrufen und euch erkundigen, ob Vermisstenmeldungen vorliegen? Wir müssen dringend die Eltern finden. Wir brauchen auch ihr Einverständnis für eine gynäkologische Untersuchung. Ich schließe eine Vergewaltigung nicht aus.«

Eine der Polizistinnen ging zum Empfang, um sich die Telefonnummer des Polizeireviers Steenburg heraussuchen zu lassen.

»Holst du bitte mal die Handys der Mädchen?«, wandte van Buren sich an die zweite Kollegin. »Die würde ich mir gern ansehen.«

»Kein Problem.«

Binnen weniger Minuten brachte sie eine Plastiktüte mit den Sachen der Mädchen. Sie nahm die Handys heraus und gab sie dem Inspektor.

Er fluchte leise, als er sah, dass beide aus waren. Er schaltete ein Handy an und gab als Pincode viermal die Null ein. Die Meldung »Falsche Eingabe« erschien auf dem Display. Pech gehabt … es wäre auch zu schön gewesen, wenn es geklappt hätte. Dann hätte er eine beliebige Nummer aus dem Verzeichnis gewählt und der Angerufene hätte ihm gewiss den Nachnamen und die Adresse des Mädchens nennen können.

»Die Eltern sind bereits gefunden!« Aufgeregt kam die Polizistin, die mit dem Revier in Steenburg telefoniert hatte, den Flur entlang. »Man hat die Eltern eines der Mädchen erreicht. Sie haben der Untersuchung schon zugestimmt und verständigen auch die anderen Eltern.«

»Fein.« Van Buren steckte die Handys in seine Jackentasche und machte sich auf die Suche nach dem diensthabenden Arzt.

Sjon Kloostermans eilte mit großen Schritten den langen Flur entlang. Ihm folgte seine Frau Pauline, dann Rina Janssens und als Nachhut Willem Janssens.

Vor gut einer halben Stunde hatte die Polizei angerufen. Als Frau Kloostermans hörte, dass ihre Tochter und deren Freundin in eine Klinik eingeliefert worden waren, hatte sie völlig aufgelöst die Janssens alarmiert.

Herr Kloostermans schloss gerade das Auto auf, als ein Hupen ertönte und der Wagen der Janssens neben ihnen hielt. Gemeinsam fuhren sie zum Krankenhaus.

Willem Janssens bemühte sich, einen kühlen Kopf zu bewahren und sich auf den Straßenverkehr zu konzentrieren, während die anderen aufgeregt durcheinanderredeten und darüber spekulierten, was geschehen war.

Inspektor van Buren nahm die Eltern in Empfang und kam sofort zur Sache. Er informierte sie, unter welchen Umständen und in welchem Zustand die Mädchen gefunden worden waren. Inzwischen seien Blutproben genommen worden, berichtete er, und eine Ärztin untersuche gerade, ob die beiden sexuell missbraucht wurden.

Die Mütter sahen einander beklommen an, sagten aber kein Wort.

Dann wollte van Buren wissen, wo Marcia und Floor den Tag über gewesen seien. Frau Kloostermans berichtete von der Modelagentur *Make It* und den Probeaufnahmen im Park vor etwa einer Woche. Sie habe sich zusammen mit Floor die Website der Agentur angesehen, sagte sie, und den Eindruck gehabt, dass es sich um ein seriöses Unternehmen handele. Sie könne sich beim besten Willen nicht vorstellen, dass diese Leute ihre Tochter missbraucht hätten. Ihre Stimme zitterte, als sie schilderte, wie stolz sie gewesen sei, dass ausgerechnet Floor als Model ausgewählt worden war. Die beiden Mädchen hätten heute einen Termin mit dem Geschäftsführer gehabt und in Elst am Bahnhof von ihm abgeholt werden sollen. Floor habe sie von dort angerufen, um ihr mitzuteilen, dass sie gut angekommen seien.

Sie überlegte hin und her, doch der Name des Geschäftsführers wollte ihr nicht mehr einfallen. Seine Mails, so meinte sie, seien aber sicherlich im Computer ihrer Tochter gespeichert.

Frau Janssens hatte mit wachsender Verwunderung und Bestürzung zugehört. Was Floors Mutter da erzählte, war ihr vollkommen neu. Sie wusste weder von der Modelagentur noch von irgendwelchen Terminen. Kein einziges Wort hatte Marcia davon erzählt! Ihr Magen krampfte sich zusammen und sie hielt mit Mühe die Tränen zurück.

Als der Inspektor ihr Fragen stellte, konnte sie keine einzige beantworten und gab schließlich betreten zu, keine Ahnung zu haben, was ihre Tochter an diesem Samstag vorgehabt hatte. Sie warf ihrem Mann einen Hilfe suchenden Blick zu, doch der starrte auf seine Schuhe und schwieg.

Gedankenfetzen wirbelten in Floors Kopf umher. Das Geräusch von Stöckelschuhen auf dem Fliesenboden verhieß Gefahr: klack-klack-klack-klack.

Plötzlich verstummte das Geräusch und das Sofapolster sank leicht ein, als jemand sich neben sie setzte. Sie krallte sich an der Armlehne fest. Der Raum drehte sich, sie hatte das Gefühl, Watte im Kopf zu haben.

»Mir ist nicht gut …« Sie schluckte mehrmals mühsam. Ein Arm legte sich um ihre Schultern. Wie durch einen Nebel erkannte Floor Sabrina neben sich … aber warum war sie nackt?

Sabrina zog Floor zu sich und streichelte mit den Fingern ihre Wange. Benommen hing Floor an dem nackten Körper, ihre Wange ruhte auf Sabrinas Brust. Der Herzschlag der Frau hämmerte in ihren Ohren. Ihr Mund fühlte sich trocken an, das Schlucken fiel ihr immer schwerer. Alles war wie betäubt, sogar ihre Kehle. Immer wieder fielen ihr die Augen zu. Verzweifelt kämpfte sie gegen die Müdigkeit an.

Sie spürte Hände an ihren Brüsten und wollte sie wegstoßen, war jedoch zu keiner gezielten Bewegung fähig … Ihr war, als befände sie sich außerhalb ihres Körpers und sähe von fern, was da mit ihr geschah, ohne eingreifen zu können.

Floor nahm all ihre Kraft zusammen. Sie wollte aufstehen und fliehen, aber es war nicht möglich. Ihr Körper gehorchte ihr nicht mehr. Wider Willen begann sie, nervös zu lachen.

Auch Sabrina lachte, dann beugte sie sich vor und küsste Floor auf den Hals.

Klick, klick, klick.

Mit letzter Kraft rutschte Floor ein kleines Stück von Sabrina weg.

»Gib ihr noch was zu trinken«, sagte eine Stimme.

Ein Glas wurde ihr an die Lippen gehalten und sie nahm unwillkürlich ein paar Schlucke. Dann drehte sie abrupt den Kopf weg und der Saft lief ihr übers Kinn.

»Ich will … will …« Weiter kam sie nicht. Sie wusste genau, was sie wollte: nach Hause. Doch sie war nicht imstande, die Worte zu formen.

Sabrina flüsterte ihr beruhigende Worte ins Ohr, aber Floor hörte nur zusammenhanglose Laute. Auf ihrem Bauch spürte sie Sabrinas Hand, die langsam tiefer glitt. Floor brach der kalte Schweiß aus. Was, um Himmels willen, wollte die Frau von ihr? Und wo war Marcia? Was machten diese Leute mit ihr?

Wieder wurden ihr die Lider schwer. Sie wollte nach Hause, zu ihrer Mutter.

Sabrina begann, ihr den Slip auszuziehen. Floor versuchte, sich zu wehren, aber vergeblich.

Wieder klickte es.

Eine Hand griff ihr zwischen die Beine, sie wollte sie wegstoßen, konnte aber nicht. »Nein! Bitte nicht!« Floor begann zu weinen.

Mit einem gellenden Schrei fuhr sie hoch. Ihr Nachthemd war durchgeschwitzt, das Bettzeug völlig zerwühlt.

Wo war sie überhaupt? Verwirrt sah sie sich um und stellte fest, dass sie sich in einem fremden Zimmer befand.

Bilder wie aus einem Albtraum zuckten über ihre Netzhaut. Sie hörte Schritte auf dem Fußboden und fühlte Panik in sich aufsteigen. Da kam sie wieder, die grässliche Frau! Sie musste fort, schnell … Floor schob die Beine über die Bettkante.

»Oh, du bist ja wach.« Eine Krankenschwester stand in der Tür. Als sie merkte, dass Floor aus dem Bett steigen wollte, eilte sie zu ihr. Ihre offenen Sandalen klatschten gegen die Fußsohlen.

»Warum weinst du?«, fragte sie besorgt. »Deine Mutter kommt gleich.«

»Mama?« Verstört sah Floor die Schwester an, die sie sanft wieder in die Kissen drückte.

»Deine Mutter ist hier, im Krankenhaus. Sie bleibt heute Nacht bei dir. Komm, leg dich wieder hin. Du hast schlecht geträumt.«

»Ich glaube, das war kein Traum …«, sagte Floor mit heiserer Stimme.

21

Die Schranke hob sich und Inspektor van Buren fuhr auf den Parkplatz hinter dem Polizeirevier. Das Schild NUR FÜR DIENSTFAHRZEUGE ignorierte er. Schnell lief er die Treppe zum Konferenzraum hinauf, wo die morgendliche Dienstbesprechung bereits begonnen hatte.

Der neue Chefermittler Janny Linthorn brach mitten im Satz ab, fixierte van Buren und wartete auf eine Erklärung.

»Tut mir leid, dass ich zu spät komme«, sagte van Buren. »Ich hatte heute Morgen eine Panne mit meinem Handy.«

Mehrere Kollegen grinsten.

»Wahrscheinlich ist's dir wieder ins Klo gefallen, was?«, rief Jan Pijderooi ihm von der anderen Seite des Tisches aus zu.

»Diese Mistdinger sind aber auch viel zu klein. Bevor du dich's versiehst, sind sie dir aus der Hosentasche gerutscht.«

»Es war doch hoffentlich nicht dein Diensthandy?« Linthorn runzelte die Stirn.

Van Buren zuckte mit den Schultern. »Ich konnte wirklich nichts dafür.«

»Das ist schon das dritte Mal!«, knurrte Linthorn.

Allgemeines Gelächter.

Van Buren setzte sich und machte eine zerknirschte Miene.

Linthorn hielt es für sinnlos, die Angelegenheit weiter zu vertiefen, und fuhr mit seinen Ausführungen fort.

Seine Vorgängerin im Amt, Nicole Mieden, war nach Nimwegen versetzt worden. Es hieß, sie habe sich mit dem Polizeichef überworfen, weil er Kritik an ihren Mitarbeitern geäußert habe, die sie nicht hinnehmen wollte. Van Buren hatte sie gefragt, ob die Gerüchte wahr seien, aber Mieden hatte alles abgestritten.

»Ich habe mich selber in Nimwegen beworben«, hatte sie geantwortet, doch van Buren hatte seine Zweifel.

Danach hatte Linthorn ihren Job übernommen: ein hochgewachsener Mann mit blondem Stoppelhaar und getönter Brille. Er hatte ein strenges Gesicht und war kurz angebunden, wodurch er oft etwas schroff wirkte.

An seinem ersten Arbeitstag hatte er sämtliche Kollegen aufgefordert, ihm jeden Polizeieinsatz, auch am Wochenende, unverzüglich zu melden. Rob van Buren hatte ihn deshalb am späten Samstagabend angerufen und von den zwei Mädchen berichtet, die an der Bushaltestelle gefunden worden waren. Linthorn hatte daraufhin beschlossen, gleich am Montag eine Sonderkommission zusammenzustellen, die van Buren leiten sollte. Der wiederum hatte gesagt, er übernehme die Leitung nur, wenn ihm genügend Mitarbeiter zugeteilt würden.

Er war angenehm überrascht, als Linthorn nun verkündete, dass ihm ein Team von fünf Leuten zur Verfügung stehe: Pons Duisterhoven, Jan Pijderooi, Willem Bouwen, Heleen Resmann und Martin van der Kamp als IT-Spezialist.

Sie bekamen ein Großraumbüro in der zweiten Etage zugewiesen und Rob van Buren war mehr als zufrieden.

Van Buren stand breitbeinig vor der Wandtafel und musterte seine Leute über den Rand seiner Lesebrille hinweg. Sämtliche Spuren vom Fundort hatte er mit Rotstift auf der Tafel notiert.

»Die Mädchen sollten am Bahnhof Elst vom Geschäftsführer der Modelagentur abgeholt werden. Eine der beiden hat vom Bahnhof ihre Mutter angerufen. Das war etwa um zehn Uhr. Die Mädchen selbst haben wir leider noch nicht befragen können, weil sie bisher noch nicht ansprechbar waren. Ich hoffe, wir können sie heute Nachmittag verhören. In ihrem Blut hat man Spuren von Drogen gefunden, namentlich GHB bzw. liquid Ecstasy. Das Mittel ist seit Oktober 2002 verboten und fällt unter das Betäubungsmittelgesetz. Eine gynäkologische Untersuchung hat ergeben, dass sie sexuell missbraucht wurden. Man hat zwar keine Spermaspuren gefunden, die Ärztin hat aber wunde Stellen im Bereich der Vagina und an den Schenkeln festgestellt.«

Heleen Resmann seufzte und schüttelte teilnahmsvoll den Kopf. In ihren neunundzwanzig Dienstjahren bei der Polizei hatte sie schon viel erlebt, aber die Sexualstraftaten gingen ihr nach wie vor extrem nahe. Sie fuhr sich durch das kurze blonde Haar und versuchte, sich auf van Burens Ausführungen zu konzentrieren.

»Pons und Jan, ihr beide geht gleich heute zu dieser Modelagentur, nehmt euch den Geschäftsführer vor und beschafft möglichst ausführliche Infos über die Firma, ihre Mitarbeiter, den Kundenkreis und auch über die wirtschaftliche Lage. Fragt, ob die Mädchen allein kamen und wie lange der Termin am Samstag gedauert hat. Heleen, du liest die Handys der Mädchen aus. Vielleicht hat der Täter Gewissensbisse bekommen und sie telefonisch zu erreichen versucht. Erkundige dich bitte auch bei Henk Koning, ob er inzwischen etwas über das Fahrzeug der Täter herausbekommen hat. Du, Willem, bringst bitte in Erfahrung, ob es an den Bahnhöfen Steenburg und Elst Überwachungskameras gibt, und wenn ja, lässt du dir das Bildmaterial geben. Am Nachmittag fahren wir beide dann zum Krankenhaus und befragen die Mädchen. Und du, Martin, nimmst dir die PCs der Mädchen vor. Wir müssen wissen, mit wem sie in letzter Zeit Kontakt hatten. Ich verstehe leider nicht allzu viel von Computern, aber du als Spezialist weißt ja, worauf es ankommt.«

Van der Kamp grinste breit.

»Wenn du die PCs abholst, komme ich mit«, fuhr van Buren fort. »Ich möchte mir gern die Zimmer der Mädchen ansehen, damit ich mir ein besseres Bild von ihnen machen kann. – Hat noch jemand Fragen oder Vorschläge?« Er blickte in die Runde. »Keine? Gut, dann legen wir los. Viel Erfolg.«

Die Modelagentur *Make It* hatte ihren Sitz in einem repräsentativen hypermodernen Bau aus Glas und Stahl am Amsterdam-Rhein-Kanal. Ein Teil des Eingangsbereichs sprang vor, schien gleichsam über dem Wasser zu schweben.

Die Dame am Empfang musterte die beiden Polizisten mit routiniertem Lächeln. Nachdem sie ihr Anliegen vorgebracht hatten, drückte sie eine Taste der Telefonanlage und sprach in ihr Headset: »Hallo, zwei Herren von der Kripo möchten Sie sprechen … nein, das haben sie nicht gesagt … gut, ich sage Bescheid. Geht in Ordnung, Herr Groesbeek.«

Nach wie vor lächelnd wandte sie sich an Duisterhoven und Pijderooi. »Herr Groesbeek hat noch ein wichtiges Telefonat zu erledigen, danach empfängt er Sie gern. Es kann allerdings eine Weile dauern. Möchten Sie warten oder lieber später noch mal wiederkommen?«

»Wir warten«, entschied Duisterhoven.

»Dann nehmen Sie doch bitte in unserem Wartebereich Platz.« Sie deutete nach rechts zu einer Nische mit rotlederner Sitzgarnitur. »Möchten die Herren vielleicht einen Kaffee?«

»Da sagen die Herren nicht nein.« Pijderooi blickte der Empfangsdame grinsend nach, als sie zum Kaffeeautomaten ging. »Dieser Groesbeek ist zu beneiden«, flüsterte er seinem Kollegen zu. »Ein Job, bei dem man täglich von schönen Frauen umgeben ist, könnte mir auch gefallen.«

Jan Pijderooi war das genaue Gegenteil seines Kollegen Pons Duisterhoven. Pijderooi hatte sich gleich nach der Schule bei der Polizei beworben. Siebenundzwanzig Jahre hatte er Streifendienst in seinem angestammten Bezirk gemacht und sich vor drei Jahren zur Kripo versetzen lassen. Die Entscheidung war ihm nicht leichtgefallen, weil er den täglichen Kontakt mit den Menschen mochte. Doch er war nicht mehr der Jüngste und ihn plagte so manches Zipperlein – das gab schließlich den Ausschlag. Seine leutselige Art und sein unverwüstlicher Humor, der ihm oft über schwierige Situationen hinweggeholfen hatte, kamen nicht bei allen Kripo-Kollegen gut an, schon gar nicht bei Duisterhoven. Er war ein bierernster Mann, den Pijderooi schon seit Jahren nicht mehr lachen gesehen hatte. Auch jetzt runzelte er nur kurz die Stirn, bevor er nach einer Zeitschrift griff.

Knapp vierzig Minuten später wurden sie zum Geschäftsführer der Modelagentur geführt. Er stellte sich als Hans Groesbeek vor und schüttelte den beiden Polizisten die Hand.

Groesbeek war Anfang fünfzig und sportlich gekleidet, mit weißem Polohemd und schwarzer Jeans. Das ganz offensichtlich gefärbte tiefschwarze Haar war nach hinten gekämmt und stark gegelt, der ebenfalls schwarze Spitzbart sorgfältig getrimmt.

»Setzen Sie sich doch. Was kann ich für Sie tun?« Er presste die Fingerspitzen aneinander und sah die Polizisten fragend an.

Pons Duisterhoven ergriff das Wort: »Sie haben vor Kurzem Floor Kloostermans und Marcia Janssens wegen eines Modelauftrags kontaktiert. Können Sie uns sagen, wann genau das war?«

Groesbeek verzog keine Miene. »Kloostermans und Janssens?«, wiederholte er. »Die Namen sagen mir nichts. Ich bitte meine Sekretärin, rasch nachzusehen.« Er nahm den Telefonhörer und führte ein kurzes Gespräch.

Nachdem er aufgelegt hatte, schüttelte er bedauernd den Kopf. »Wie schon gesagt, die Namen sind bei uns nicht bekannt. Sind Sie ganz sicher, dass die beiden Damen bei *Make It* registriert sind?«

»Sie hatten am Samstag, den 23. Juni, einen Termin mit Ihnen, Herr Groesbeek. Sie sollten am Bahnhof Elst abgeholt werden.«

Groesbeek zog die Augenbrauen hoch. »Das kann nicht sein. Am 23. Juni war ich mit einem Freund in Paris. Wir sind erst am Sonntag gegen sechs Uhr abends wieder nach Hause gekommen. Und am Bahnhof Elst, sagen Sie? Ich weiß nicht einmal, wo Elst liegt.«

»In Gelderland. Die Kinder –«

»Kinder?« Seine Stirn legte sich in Falten. »Nun wüsste ich aber doch gern, worum es hier geht. Ich war mit niemandem in Elst verabredet, schon gar nicht mit Kindern.«

Die Polizisten tauschten einen Blick. Beide hatten den Eindruck, dass der Mann die Wahrheit sagte. Daher beschloss Pijderooi, ihm die ganze Geschichte zu erzählen.

Als er geendet hatte, blieb es eine Weile still. Groesbeek schaute zunächst ungläubig drein, dann wurde er zornig. Er schlug mit der flachen Hand auf den Schreibtisch. »Ich weiß nichts von dieser Sache«, schnaubte er wütend. »Sie können gern meine Geschäftsräume durchsuchen und auch meine Privatwohnung, alle Computer kontrollieren und das Hotel in Paris anrufen. Hier …« Er riss eine Schreibtischschublade auf und nahm sein Handy heraus. »Das können Sie mitnehmen und überprüfen. Vor allem aber werde ich Anzeige erstatten, gegen diese Kriminellen, die den Ruf meiner Firma schädigen! Ich will, dass dieser Fall so schnell wie möglich aufgeklärt wird, und werde meine Mitarbeiter anweisen, Sie in jeder Hinsicht zu unterstützen.«

Henk Konings Zimmer befand sich im Erdgeschoss. Auf seinem Schreibtisch lagen mehrere offene Ordner neben einem Stapel Akten. An den Wänden standen Leuchttische und Regale mit allerlei Messinstrumenten, Gläsern mit diversen Substanzen und eine Vitrine mit einer Sammlung uralter technischer Apparaturen, wie man sie sonst nur im Museum sah. Auf mehreren Regalbrettern lagen Knochen und menschliche Schädel.

Koning führte gerade ein Telefongespräch, als Heleen Resmann sein Zimmer betrat. Sie hatte einen Becher Kaffee für ihn mitgebracht und für sich Tee. Mit einem Lächeln nahm er ihr den Kaffeebecher ab und nickte zum Besucherstuhl hin. Heleen setzte sich und betrachtete, während er telefonierte, die Fotos an den Wänden. Zwischen Bildern von Leichen, Schuhabdrücken und Schusswunden hingen stimmungsvolle Landschaftsaufnahmen – ein Kontrast, wie er krasser nicht sein könnte.

»Ich rufe zurück, sobald ich mehr weiß«, sagte Koning. »Ja, gut, bis dann.« Er legte auf und wandte sich Heleen zu. »Na, alles in Ordnung?«

»Ich kann nicht klagen.« Sie nippte an ihrem Tee. »Ich bin in Rob van Burens Team, das sich mit dem Fall der beiden Mädchen befasst, die an der Bushaltestelle gefunden wurden. Wir wüssten gern, ob sich anhand der Spuren schon etwas sagen lässt.«

»Einiges, wenn auch noch nicht alles …« Er suchte in den Akten und nahm eine graue Mappe zur Hand.

»Mithilfe der Schuhabdrücke, der Schleifspuren, des Radstands und der Spurweite habe ich feststellen können, dass es sich bei dem Fahrzeug um einen Viertürer handelt. Die Kollegen im kriminaltechnischen Labor haben die Farbteilchen analysiert. Sie stammen von einem dunkelblauen Auto. Aber das ist noch nicht alles. Sie haben dort ein System, mit dem es möglich ist, anhand der Lackspuren die Marke und das Baujahr des Autos zu ermitteln. Das Ergebnis bekomme ich aber frühestens in ein paar Tagen, möglicherweise dauert es auch länger …«

Er ging zu einem Regal und nahm einen Gipsabdruck zur Hand. »Ich habe an der Haltestelle den Abdruck eines Herrenschuhs gefunden, Größe 44.« Er hielt Heleen den Abguss hin, der ein deutliches Profil aufwies. »Heute Morgen habe ich den alten Herrn angerufen, der zusammen mit seiner Frau die Mädchen gefunden hat. Er hat Größe 46. Mehr kann ich vorläufig nicht sagen. Habt ihr schon mit den Mädchen gesprochen?«

Heleen schüttelte den Kopf. »Heute Nachmittag. Dann sind sie hoffentlich wieder bei Bewusstsein.«

»Wie groß ist euer Team?«

»Wir sind zu sechst.« Sie stand auf. »Ich muss gehen. Auf mich warten zwei Handys. Du meldest dich, wenn es was Neues gibt, ja?«

»Klar doch. Und danke für den Kaffee.«

Zum Auslesen der Handydaten benutzte Heleen eine Spezialsoftware, die nicht nur auf die SIM-Karte, sondern auch auf das Gerät selbst zugriff. Sie hatte die Handys per Datenkabel an den Computer angeschlossen und startete das Programm. Nach Eingabe einiger Codes wurde eine Übersicht der Fotos und SMS-Botschaften angezeigt. Heleens Finger glitten über die Tastatur und Sekunden später erschien eine Liste mit Telefonnummern der ein- und ausgegangenen Gespräche. Sie druckte alles aus und legte die Listen auf van Burens Schreibtisch.

22

Vierunddreißig Häuser zählte van Buren, als sie mit dem Dienstwagen im Schritttempo die Straße entlangfuhren. Sie standen nahe beisammen, waren allesamt zweistöckig und sahen mehr oder weniger gleich aus. Die Janssens wohnten in Nummer sechsundzwanzig, ganz am Ende der Straße.

Als die zwei Polizisten ausstiegen und auf die Haustür zugingen, bewegten sich am Nachbarhaus die Gardinen. Sie klingelten und hörten gleich darauf einen Hund bellen.

Frau Janssens öffnete und ein schwarzer Labrador zwängte sich an ihr vorbei.

»Kusch, Max!«, befahl sie, was den Hund jedoch wenig kümmerte; er bellte unverdrossen weiter.

»Genug!« Sie packte ihn im Nacken und schob ihn in die Diele. »Geh in deinen Korb!« Winselnd zog der Hund ab.

Frau Janssens runzelte die Stirn, dann jedoch schien sie sich an van Buren zu erinnern. Nervös zupfte sie an ihrem Pulli und fragte: »Ist was mit den Kindern im Krankenhaus?« Sie war bleich und hatte dunkle Ringe unter den Augen. Man sah deutlich, dass sie am Wochenende kaum geschlafen hatte.

»Nein, mein Kollege van der Kamp und ich wollen uns nur mal in Marcias Zimmer umsehen.«

Erleichtert atmete Frau Janssens auf und brachte sogar ein Lächeln zustande.

Ihr Mann kam die Treppe herunter und blieb auf der untersten Stufe stehen. Auch er wirkte angeschlagen. Zum ersten Mal seit Jahren hatte er sich bei der Versicherung krank gemeldet. Ohne ein Wort zu sagen, sah er die Polizisten an. Da seine Frau ihn ignorierte, wiederholte van Buren noch einmal, weshalb sie gekommen waren.

Herr Janssens nickte und ging dann hinter ihnen die Treppe hinauf.

Seine Frau öffnete die Tür zu Marcias Zimmer und ließ van Buren und seinem Kollegen den Vortritt. Mitten im Raum blieb der Inspektor stehen und sah sich um. Das Zimmer hatte eine Mansardenwand mit zwei Kippfenstern, die übrigen Wände waren mit Postern von Popstars bedeckt. Auf dem Fußboden lagen Kleider, Schuhe, Schminkutensilien und Zeitschriften verstreut. Am Fußende des ungemachten Betts lagen ein Slip und mehrere Socken.

Vor einer der fensterlosen Wände stand ein Schreibtisch mit PC. Van der Kamp öffnete eine Schublade und nahm den Inhalt heraus – lose Blätter und ein paar Hefte, die er flüchtig durchsah. »Führt Ihre Tochter Tagebuch?« Als keine Antwort kam, drehte er sich um.

»Das weiß ich nicht«, sagte Frau Janssens leise.

»Hat sie einen festen Freund? Oder gibt es Jungen, mit denen sie regelmäßig Mail-, Brief- oder Telefonkontakt hat? Urlaubsbekanntschaften vielleicht?«

Frau Janssens schüttelte den Kopf und zuckte zugleich hilflos mit den Schultern.

»Vielleicht weiß Ihr Mann mehr?« Van Buren nahm Herrn Janssens ins Visier.

»Über solche Dinge hat Marcia mit mir nie gesprochen«, sagte dieser.

An der Schranktür hingen mehrere Fotos. Van Buren nahm seine Brille aus der Innentasche der Jacke und setzte sie auf. Lachende Gesichter … alles Jungen, kein einziges Mädchen war dabei. Er deutete auf das Bild eines Jungen mit nacktem Oberkörper. »Wer ist dieser junge Mann?«

Frau Janssens trat näher, betrachtete das Foto, als sähe sie es zum ersten Mal, und begann dann, lautlos zu weinen.

»Ich habe keine Ahnung«, sagte sie. »Diese Fotos habe ich zwar schon gesehen, aber nie richtig wahrgenommen.« Sie schluckte mehrmals und fuhr dann fort: »Mir wird erst jetzt klar, wie wenig ich von meiner Tochter weiß …« Die Tränen rannen ihr über die Wangen. Mit einer raschen Geste wischte sie sie weg. »Nach Freunden habe ich Marcia nie gefragt und von sich aus hat sie mir kaum etwas erzählt«, sagte sie, den Blick nach wie vor auf das Bild des halbnackten Jungen gerichtet. »Das heißt, uns«, verbesserte sie sich rasch. »Marcia ist nicht sehr mitteilsam und wir haben mit unseren eigenen Problemen zu tun.«

»Was für Probleme sind das?«, fragte van der Kamp.

»Eheprobleme«, mischte Herr Janssens sich ein, der nach wie vor an der Türschwelle stand. »Manchmal schlagen die Wellen hoch und die Kinder bekommen es mit. Bei uns hing in letzter Zeit öfter der Haussegen schief.«

Frau Janssens schoss einen wütenden Blick auf ihn ab. Sie fühlte sich durch sein Eingeständnis provoziert und hatte das Gefühl, sich vor den Polizisten rechtfertigen zu müssen. »Mein Mann will sich scheiden lassen!«, sagte sie giftig. »Das hat er mir neulich beim Abendessen vor den Kindern gesagt. Der Herr hat nämlich seit ein paar Monaten eine Geliebte!«

Herr Janssens biss sich auf die Lippen und wandte das Gesicht ab.

»Ich verstehe, das ist natürlich eine schwierige Situation«, versuchte van Buren das Gespräch wieder in sachliche Bahnen zu lenken. »Wie hat Marcia auf die Mitteilung reagiert? Hat sie sich eher zurückgezogen oder wurde sie wütend?«

»Marcia ist in der Pubertät, da sind alle Kinder schwierig. Sie ist oft vorlaut und gibt freche Antworten, aber das ist in ihrem Alter wohl normal. Meist hält sie sich in ihrem Zimmer auf und sitzt am Computer.« In Frau Janssens' Gesicht zuckte es, als wollte sie erneut weinen. »Zu den Scheidungsabsichten meines Mannes hat sie sich überhaupt nicht geäußert. Aber wenn der Vater die Familie wegen einer neuen Frau im Stich lässt, leidet jedes Kind, das ist ja wohl klar.«

Herr Janssens schwieg.

»Hat Marcia einen Freund?«, fragte van Buren noch einmal, nunmehr leicht gereizt, denn Frau Janssens bissiger Tonfall ging ihm auf die Nerven. »Wissen Sie, ob sie Sexualkontakte hat?«

»Meine Tochter ist erst fünfzehn!« Sie warf dem Inspektor einen entrüsteten Blick zu.

»Ich weiß, dass solche Fragen unangenehm sind, aber ich muss sie nun einmal stellen, damit ich mir ein möglichst treffendes Bild von Ihrer Tochter machen kann. Falls sie einen Freund hat, könnte das für unsere Ermittlungen von Bedeutung sein.«

Das schien Frau Janssens einzusehen. »Ich glaube nicht, dass Marcia einen Freund hat«, sagte sie und warf ihrem Mann einen Blick zu. »Du?«

»Ich auch nicht«, beeilte er sich zu sagen, da er nicht

schon wieder mit ihr streiten wollte. »Meines Wissens hat sie nicht viel mit Jungen am Hut.«

»Und was ist mit denen?« Van Buren deutete auf die Fotos. »Woher kennt sie diese Jungen?«

»Vielleicht aus der Schule oder ...« Herr Janssens brach ab. Hilflos gestand er: »Ich weiß es nicht. Danach müssen sie Marcia fragen.«

»Sie ist mit Floor Kloostermans gut befreundet, nicht wahr?«

»Ja, seit der Orientierungsstufe«, bestätigte sie, erleichtert, dass sie endlich mal eine Frage beantworten konnte. »Sie sind sehr gut befreundet und verbringen auch ihre gesamte Freizeit zusammen.«

»Was für ein Mädchen ist Floor?«

»Sie ist ein wenig schüchtern, still und auch unscheinbar – das genaue Gegenteil von Marcia. Floors Eltern betreiben eine Bäckerei in der Innenstadt.«

»Waren Sie gestern bei Ihrer Tochter in der Klinik?«

»Selbstverständlich!«

»Und wie geht es ihr?«

»Wesentlich besser. Bis auf die Laune ... Als wir sie gefragt haben, was genau passiert ist, wurde sie patzig.«

Der Apfel fällt nicht weit vom Stamm, dachte van Buren, hielt aber wohlweislich den Mund.

»Außerdem war sie noch etwas verwirrt«, fuhr Frau Janssens fort. »Sie wusste nicht mal, welchen Wochentag wir haben. Und manchmal hat sie mitten im Satz abgebrochen und minutenlang ins Leere gestarrt. Ich hoffe, dass es ihr inzwischen besser geht.«

»Ich auch«, sagte van Buren, »zumal ich die Mädchen

heute Nachmittag befragen möchte. Den beiden wird vermutlich erst nach einiger Zeit wieder bewusst werden, was vorgefallen ist. Und darüber reden ist alles andere als einfach.«

Während van Buren mit den Eltern sprach, hatte van der Kamp den Computer angeschaltet. Der Monitor flackerte kurz und die Icons bauten sich auf. Er drückte mehrere Tasten, um die kodierten Dateien sichtbar zu machen. Nachdem er verschiedene Ordner geöffnet und eine Anzahl Dateien aufgerufen hatte, schaltete er den PC wieder aus.

Van Buren sah ihn an. »Nichts Brauchbares gefunden?«

»Doch, aber es scheint mir besser, den Rechner mitzunehmen, denn das wird eine aufwendigere Sache, als ich dachte. Es sei denn, Sie haben etwas dagegen?« Er wandte sich an Marcias Eltern.

»Nein, keinesfalls«, sagte Herr Janssens. Er wollte die beiden Polizisten möglichst schnell wieder loswerden. Ihre penetrante Fragerei und die Tatsache, dass seine Frau ihre Eheprobleme aufs Tapet gebracht hatte, waren ihm äußerst unangenehm.

»Sind noch weitere PCs im Hause, die Marcia eventuell nutzt?«, erkundigte sich van der Kamp, nachdem er alle Stecker gezogen hatte.

»Nur unser ältester Sohn und ich haben einen Computer, aber an denen ist Marcia nie.«

»Sind Sie ganz sicher?«

»Ja.«

»Wir hoffen, den Fall bald aufklären zu können. Sie hören wieder von uns.« Van Buren gab Herrn und Frau Janssens die Hand.

Kaum saßen sie im Auto, warf van Buren seinem Kollegen einen Seitenblick zu. »Was hast du auf dem PC gefunden? Du hast ihn doch wohl nicht ohne Grund so schnell ausgeschaltet, oder?«

»Da waren Nacktfotos drauf. Ich hatte den Eindruck, die Janssens haben schon genug Probleme am Hals, da wollte ich ihnen weitere Sorgen ersparen.«

»Tja, scheint eine reichlich verfahrene Situation zu sein«, meinte van Buren, »wenn die Eltern selbst jetzt, wo ihre Tochter im Krankenhaus liegt, aufeinander losgehen.«

Er selbst war vor einem Jahr von seiner Frau geschieden worden. Der Schritt war ihm alles andere als leichtgefallen, denn er war ein Familienmensch und stolz auf seine drei wohlgeratenen Kinder. Die Liebe zu seiner Exfrau war jedoch schon vor Jahren erloschen. Erst hatte er geglaubt, es ginge auch so, aber nach und nach war ihm klar geworden, dass er sich etwas vormachte. Jeder Mensch brauchte nun einmal Liebe. Und nachdem er die Situation bei den Janssens erlebt hatte, wusste er, dass er sich richtig entschieden hatte. Er und seine Exfrau hatten rechtzeitig die Konsequenz gezogen und sich getrennt, bevor sie einander das Leben zur Hölle machten.

Vor drei Monaten hatte er bei der Arbeit eine nette Frau kennengelernt. Vivian war als Dolmetscherin für ein Verhör engagiert worden, und als sie zusammen am Kaffeeautomaten standen, hatte er sich ein Herz gefasst und sie zum Abendessen eingeladen. Es war lange her, dass er mit einer anderen Frau als seiner Ex ausgegangen war, deshalb hatte er sich ein wenig unsicher gefühlt. Was, wenn sie sich nach der ersten Viertelstunde nichts mehr zu sagen hatten? Oder wenn er nicht die richtigen Worte fand und vor lauter Nervosität dummes Zeug redete?

Zum Glück hatten sich seine Befürchtungen als unbegründet erwiesen. Der Abend im Restaurant war schön gewesen und sie hatten sich angeregt unterhalten. Danach hatte er sich eine Woche lang nicht mehr bei ihr gemeldet. Er wollte sie auf keinen Fall verschrecken, indem er sich ihr aufdrängte. Doch die charmante Vivian ging ihm nicht mehr aus dem Sinn und er hatte sein Glück kaum fassen können, als sie ihn angerufen und zum Essen eingeladen hatte.

»Wie ist es? Fahren wir gleich zu den Kloostermans?«

Van der Kamps Frage riss ihn aus seinen Gedanken. »Ja, lass uns direkt hinfahren«, meinte er nach einem Blick auf seine Armbanduhr.

Das Handy im Halter am Armaturenbrett klingelte. Van der Kamp nahm den Apparat und meldete sich.

»Hallo … ah, Jan, du bist's. Ja, Rob sitzt neben mir.«

»Gibt's was Neues?« Van Buren nahm sein Notizbuch und einen Stift aus der Jackentasche.

»Ja. Dieser Hans Groesbeek hatte keinen Kontakt mit den Mädchen, er kennt sie überhaupt nicht. Außerdem hat er für den fraglichen Tag ein Alibi. Er war den ganzen Samstag in Paris und ist erst am Sonntag wiedergekommen.«

»Ich hätte mir auch nicht vorstellen können, dass Groesbeek als Geschäftsführer einer gut laufenden Agentur mit derart schmutzigen Geschäften seinen Ruf aufs Spiel setzt«, meinte van Buren. »Beschaff aber für alle Fälle ein Foto von ihm, damit ich es heute Nachmittag den Mädchen zeigen kann. Dann wissen wir, ob er die Wahrheit sagt.«

»Er hat uns seine volle Unterstützung zugesichert. Wir durften sämtliche Daten seiner Mitarbeiter und seines Kundenstamms kopieren.«

»Habt ihr sein Alibi schon überprüft?«

»Noch nicht. Das machen wir als Nächstes.«

Beim Anblick der belegten Brötchen und des Gebäcks in der Verkaufstheke lief van Buren das Wasser im Munde zusammen. Mit Mühe hielt er sich zurück; er musste an seine Linie denken. Nach der Scheidung hatte er zwar elf Kilo abgenommen, dann aber schnell wieder zugelegt, sodass er inzwischen zwei Kilo mehr als vor der Scheidung wog. Sein guter Vorsatz, sich nach der Arbeit eine gesunde Mahlzeit zuzubereiten, hatte nicht lange gehalten.

Van Buren und van der Kamp warteten geduldig, bis der letzte Kunde das Geschäft verlassen hatte. Dann sperrte Frau Kloostermans die Ladentür ab und führte die beiden Polizisten ins Hinterhaus, wo ihr Mann mit dem Säubern der Brotknetmaschine beschäftigt war.

»Inspektor …« Herr Kloostermans wischte sich die Hände an einem Tuch ab und kramte in seinem Gedächtnis.

»Van Buren. Ich habe meinen Kollegen Martin van der Kamp mitgebracht. Er ist IT-Spezialist und würde sich gern den Computer Ihrer Tochter ansehen. Und wenn Sie nichts dagegen haben, sehe ich mich währenddessen in Floors Zimmer um. Manchmal finden sich Details, die bei der Ermittlung hilfreich sein können.«

»Kein Problem.« Sjon Kloostermans führte die beiden Männer die Treppe hinauf ins Obergeschoss.

»Floor und Marcia sind gut befreundet, nicht wahr?«,

fragte van Buren, als er hinter van der Kamp die Treppe hochging.

»Ja«, bestätigte Frau Kloostermans. »Marcia ist Floors beste Freundin. Die beiden ergänzen einander. Unsere Floor ist ein wenig schüchtern, Marcia dagegen spontan und unternehmungslustig.«

»Das hier ist Floors Reich.« Herr Kloostermans öffnete eine Tür und ließ sie eintreten.

Das geräumige Zimmer wirkte sehr ordentlich. Das Bett war gemacht und außer einem Paar Schuhe und dem Rucksack lag nichts auf dem Fußboden herum. Orange war ganz offensichtlich Floors Lieblingsfarbe: Die Möbel, die Tagesdecke auf dem Bett und sogar die Wand gegenüber den zwei großen Fenstern waren orange.

Van Buren trat ans Bücherregal und zückte seine Brille. »Wie ich sehe, liest Ihre Tochter gern.«

»Ja, Floor ist ein richtiger Bücherwurm«, sagte Herr Kloostermans. »Draußen mit anderen Kindern herumzutoben war nie ihre Sache.«

»Sitzt sie viel am Computer?«, wollte van der Kamp wissen. Er zog eine Schreibtischschublade auf und nahm sich den Inhalt vor.

»In der letzten Zeit hat sie sich nach der Schule oft an den Computer gesetzt«, entgegnete Frau Kloostermans.

»Gehört das hier Floor?« Van der Kamp hielt eine Digitalkamera hoch.

»Ja«, sagte Herr Kloostermans.

»Darf ich kurz nachsehen, was an Fotos drauf ist?«

»Selbstverständlich.«

Die Fotos von Floor mit aufgepolstertem BH erschienen

auf dem Display. Van der Kamp winkte Frau Kloostermans heran. »Wissen Sie, wer diese Fotos gemacht hat?«

Sie lächelte und sagte: »Marcia. Sie hat Floor geschminkt und dann fotografiert. Wahrscheinlich haben sie diese Fotos an die Modelagentur geschickt. Und eins davon hat Floor für ihr Profil genommen. Ich kenne mich da aber nicht aus, weil ich zu wenig von Computern verstehe.«

»Da sind Sie nicht die Einzige«, meinte van Buren.

»Kann ich die Kamera und den PC mit aufs Revier nehmen?«, fragte van der Kamp.

Da Herr und Frau Kloostermans keine Einwände hatten, begann er, den Rechner abzubauen.

»Hat das Krankenhaus Sie schon wegen der Unterwäsche kontaktiert?«

»Nein, was ist damit?« Van Buren sah Frau Kloostermans mit gerunzelter Stirn an.

»Floor hatte einen Slip an, der ihr nicht gehört.«

»Sind Sie ganz sicher?«

»Ja. Ich kaufe die Unterwäsche für sie und den Slip kannte ich nicht. Floor sagt, »diese Leute« hätten gesagt, sie solle den Slip anziehen. Was mit ihrer eigenen Unterwäsche passiert ist, wusste sie nicht. Sie hatte einen hellgrünen BH an, zu dem es zwei passende Slips gibt. Einer davon liegt im Schrank, der andere fehlt. Ich habe sicherheitshalber überall nachgesehen.«

»Auch in der Schmutzwäsche?«

»Auch dort.«

»Kann ich den anderen bitte haben?«

Sie nickte und öffnete den Kleiderschrank neben dem Bett.

»Hier, bitte.«

Van Buren nahm den Slip an sich und schrieb etwas in sein Notizbuch.

»Hat Floor einen festen Freund oder gibt es Jungen, denen sie regelmäßig schreibt oder mailt?«, fragte er weiter.

»Einen Freund hat Floor nicht. Sie schwärmt zwar für einen Jungen aus ihrer Klasse, aber der interessiert sich nicht für sie. Floor kommt bei Jungen nicht so gut an, weil sie zu wenig auf ihr Äußeres gibt. Erst in letzter Zeit hat sie sich öfter mal geschminkt und sich etwas weiblicher gekleidet.«

»Gibt es einen Grund für diese Veränderung?«

»Ich denke, das hängt mit der Modelagentur zusammen. Floor kam sich immer hässlich vor und hat sich vor allem wegen ihrer kleinen Oberweite geschämt – das ist sozusagen ihr wunder Punkt. Die Aussicht, als Model zu arbeiten, hat ihr Selbstbewusstsein gestärkt. Sie ist regelrecht aufgeblüht.«

»Wie ging es ihr gestern Abend?«

»Sie hat sich mehrmals übergeben und klagte über Kopfschmerzen. Ich kann noch immer nicht fassen, was passiert ist.«

23

Die Zeitung lag aufgeschlagen auf dem Frühstückstisch. Sie hatte den Artikel inzwischen schon viermal gelesen. Den Kopf in die Hände gestützt, starrte sie die fettgedruckte Schlagzeile an: **Zwei Mädchen betäubt am Straßenrand gefunden.**

Wieder spürte sie Übelkeit aufsteigen und drückte mit zittrigen Fingern eine Tablette aus der Verpackung.

Dem Artikel zufolge waren die Mädchen in kritischem Zustand in eine Klinik eingeliefert worden und man hatte eine Sonderkommission gebildet, um die Täter zu finden.

Sie trank einen Schluck Wasser und spülte die Tablette hinunter. Schon seit Samstag war ihr elend zumute. Ständig spukten ihr Bilder der Mädchen durch den Kopf, wie sie hilflos im Gras lagen.

Wenn man ihnen auf die Spur kam, hatten sie garantiert mit einer harten Strafe zu rechnen. Der Sache mit dem GHB hatte sie von Anfang an skeptisch gegenübergestanden. Als beide Mädchen bewusstlos waren, hatte sie aufhören wollen. Er hatte geschrien, dass es nun zu spät sei, um auszusteigen. Dann hatte er ihr aufgezählt, in wie vielen Punkten sie sich schon strafbar gemacht hatten, von bewusster Irreführung bis hin zu Entführung. Wenn sie sich jetzt der Polizei stellten, würde ihre Strafe auch nicht milder ausfallen, hatte er behauptet. Zugleich hatte er ihr versichert, die Polizei würde sie auf keinen Fall finden. Er hätte darauf geachtet, keine Spuren zu hinterlassen. Und wieder hatte er von Geld gesprochen, von schwindelerregenden Summen, die sie von allen finanziellen Sorgen befreien würden. Widerwillig hatte sie sich gefügt.

Erneut füllten sich ihre Augen mit Tränen. Plötzlich hörte sie Schritte auf der Treppe. Schnell wischte sie die Tränen weg.

Als ihr Sohn die Küche betrat, legte sie automatisch die Hand auf den Zeitungsartikel.

»Sind noch Kaiserbrötchen da?« Er öffnete den Brotkasten und brummte ärgerlich.

»Im Gefrierschrank ist noch ein Beutel. Leg sie kurz in den Backofen.«

»Dafür hab ich keine Zeit«, sagte er missmutig. »Lars holt mich gleich ab, wir wollen noch vor der Schule skaten. Wir haben heute erst zur dritten Stunde Unterricht. Sind wenigstens Chips da?« Er öffnete den Vorratsschrank und stopfte Chips und eine Tüte Lakritz in den Rucksack.

»Um fünf bin ich wieder da.«

»Krieg ich keinen Kuss?« Mit dieser Frage neckte sie ihn jeden Morgen – heute jedoch war es ihr ernst damit.

»Tschü–hüs!«

»Pass auf dich auf.«

Die Haustür fiel ins Schloss.

Sie machte die Augen zu, um die quälenden Gedanken loszuwerden. Doch was sie in der Zeitung gelesen hatte, ließ sich nicht so leicht verdrängen.

Sie stand auf und ging in die Diele. Ihr Mann war am frühen Morgen ins Studio gefahren, um die Fotos zu sichten. Wahrscheinlich hatte er die Zeitung noch gar nicht gelesen.

Sie nahm den Telefonhörer und wählte seine Nummer. Es schien eine halbe Ewigkeit zu dauern, bis er sich meldete.

»Hallo?«

»Es steht in der Zeitung!«, platzte sie heraus. »Die Mädchen sind ins Krankenhaus gekommen und bei der Polizei haben sie eine Sonderkommission eingesetzt. Die finden uns, du wirst schon sehen! Ich will nicht jahrelang im Gefängnis sitzen! Wir haben drei Kinder, wer soll sich um die kümmern, wenn wir beide in den Knast wandern?«

»Immer mit der Ruhe«, entgegnete er gelassen.

»Ruhe? Hör mal, wir stecken bis zum Hals in der Scheiße! Weißt du, was ich mache? Ich packe meine Sachen und fliege morgen mit den Kindern zu meiner Schwester nach Portugal.«

»Nun dreh bloß nicht durch! Ich komme so schnell wie möglich nach Hause.«

Sie hatte den Feuerkorb im Garten angezündet und verbrannte die Kleider, die sie am Samstag getragen hatte.

»Was machst du da?« Er war durch die Gartentür gekommen, rannte auf sie zu und nahm ihr den Schürhaken aus der Hand. Als er sein Heft in den Flammen sah, fluchte er.

»Geh sofort rein!«, herrschte er sie an und sah sich verstohlen nach allen Seiten um. Dann folgte er ihr ins Haus und schloss die Terrassentür.

»Reiß dich zusammen«, sagte er barsch. »Mit solch unüberlegten Aktionen erregen wir nur Verdacht.«

»Du hast gut reden! Mein Gesicht ist auf den Fotos drauf, die du demnächst im Internet verbreiten willst!«

»Kein Mensch wird dich erkennen.«

»Ach ja? Glaubst du? Nur weil ich eine alberne Perücke und Kontaktlinsen trage?«

»Ja, und weil ich sämtliche Fotos bearbeite, auf denen du zu sehen bist. Nicht mal deine eigene Mutter würde dich erkennen. Du kannst dich auf mich verlassen.«

»Ich verlasse mich auf niemanden mehr! Wo ist die Perücke überhaupt?«

»Sie ist im Flurschrank. Was hast du damit vor?«

Ohne zu antworten, lief sie in den Flur. In einer Plastiktüte fand sie ihre Verkleidung. Sie eilte an ihm vorbei zur Terrassentür und stürmte in den Garten.

Einen Augenblick später ging die Perücke in Flammen auf.

24

Van Buren und van der Kamp hatten die beiden Rechner in ihrem Büro abgestellt. Es war Viertel vor eins und van Buren fiel beinahe um vor Hunger. Die meisten Kollegen machten um zwölf Mittagspause, und wenn er sich beeilte, war das Tagesmenü noch nicht alle. Heute standen Fleischbällchen mit Erdnusssoße auf dem Speiseplan, sein Leibgericht.

Zwei Stufen auf einmal nehmend, eilte er die Treppe zur Kantine hinauf und stellte sich an. Als er endlich an die Reihe kam, gab es das Tagesgericht nicht mehr. Widerwillig nahm er einen Käse-Schinken-Toast.

Er setzte sich zu Heleen und Pons und sah missmutig zu, wie sein Kollege ein Stück Brot in die Erdnusssoße tunkte.

»Hast du ein Foto von Groesbeek besorgt?«

»Liegt auf deinem Schreibtisch«, antwortete Pons. Er wies mit der Gabel auf den Toast. »Wolltest du keine Fleischbällchen? Die schmecken köstlich!«

»Hoffentlich wird dir schlecht davon«, knurrte van Buren und machte sich mit Messer und Gabel über sein dürftiges Mahl her.

Schon um halb zwei saß er wieder im Auto und fuhr mit Willem Bouwen zur Klinik, um die beiden Mädchen zu befragen. Mit schmerzlich verzogenem Gesicht strich er sich über den Bauch, der sich gebläht anfühlte. Wahrscheinlich hatte er wieder einmal zu hastig gegessen. Er suchte eine bequemere Haltung auf dem Beifahrersitz.

»Was habt ihr auf den Bahnhöfen herausgefunden?«, fragte er.

»Nur in Steenburg haben sie Videoüberwachung, in Elst nicht. Dort ist der Bahnhof zu klein, da spart man sich den Aufwand. Das Bildmaterial von Steenburg habe ich mir geben lassen und in Elst habe ich für alle Fälle ein paar Fotos vom Bahnhof und dem Parkplatz dahinter gemacht.«

Sie erreichten das Krankenhaus, parkten und blieben noch kurz sitzen, um ihr Vorgehen zu besprechen. Die Mädchen sollten einzeln befragt werden, damit jede, unbeeinflusst von der anderen, ihre Aussage machen konnte. Die Eltern wollte van Buren nicht dabeihaben. Ihre Gegenwart könnte bewirken, dass die Mädchen aus Scham oder Angst vor ihren Reaktionen wichtige Dinge verschwiegen.

Sie bekamen einen Raum in der dritten Etage zugewiesen. Floor hatte die Hände in den Schoß gelegt und wirkte angespannt. Um die Atmosphäre ein wenig aufzulockern, erkundigte van Buren sich zunächst nach ihren Hobbys, ihren Lieblingsfächern in der Schule und ob sie außer Marcia noch andere Freundinnen hatte.

Als er die ersten Fragen zu ihren Erlebnissen am Samstag stellte, geriet Floor ins Stocken. Ganz offensichtlich war ihr die Befragung unangenehm. Ihr Blick irrte unruhig hin und her, während sie erzählte, wie alles angefangen hatte. Sie berichtete von den Mails und den zwei Telefonaten mit Groesbeek, beschrieb sein Aussehen und das von Sabrina Netten; sie schätzte beide zwischen vierzig und fünfzig.

Van Buren legte ihr ein Foto vor und fragte, ob sie den Mann kenne. Floor verneinte. Als sie hörte, dass es sich dabei um den echten Hans Groesbeek handelte, erschrak sie so sehr, dass sie kaum mehr aus der Reserve zu locken war.

Willem Bouwen, der schon sehr häufig mit Sittlichkeitsdelikten zu tun gehabt hatte, übernahm die weitere Befragung. »Ich kann mir gut vorstellen, dass es dir schwerfällt zu erzählen, was vorgefallen ist«, begann er, »aber deine Aussage ist wichtig für unsere Ermittlung. Was der Mann und die Frau dir und deiner Freundin angetan haben, ist ein Verbrechen, und das war ihnen ganz sicher bewusst, sonst hätten sie keine falschen Namen benutzt. Deine Aussage trägt dazu bei, dass wir die beiden dingfest machen und vor Gericht stellen können. Was du uns sagst, bestimmt unter anderem das Strafmaß, deshalb solltest du jedes Mal gründlich überlegen, bevor du eine Antwort gibst. Wenn du eine Frage nicht beantworten kannst, ist das kein Problem; dafür haben wir vollstes Verständnis.«

Floor nickte.

»Erst einmal würden wir gern mit dir über den Wagen sprechen, mit dem ihr abgeholt wurdet, und über die Strecke, die ihr gefahren seid. Was für ein Auto war es, weißt du die Marke?«

»Auf die Marke hab ich nicht geachtet. Ich weiß nur noch, dass es ein viertüriges Auto war. Eins mit separatem Kofferraum, kein Kombi.«

»Welche Farbe?«

Floor überlegte kurz. »Grün.«

»Bist du ganz sicher?«, mischte van Buren sich ein.

Sie nickte entschlossen. »Grün, ganz bestimmt.«

Er notierte ihre Aussage in seinem Notizbuch.

»Jetzt kommen wir zu der Strecke, die ihr gefahren seid«, sagte Bouwen. »Kannst du dich an etwas Markantes erinnern? Ein auffälliges Gebäude, ein Waldstück, einen See, Bahngleise …«

»McDonald's«, unterbrach Floor ihn. »Ich habe ein großes Schild mit dem gelben M von McDonald's gesehen.«

»Sehr gut. Damit lässt sich was anfangen. Hast du rechts oder links im Auto gesessen?«

»Hinter dem Fahrer.«

»Also links?«

Sie nickte.

»Durch welches Fenster hast du das Schild gesehen? Durchs Seitenfenster neben dir, durch das an Marcias Seite oder durch die Windschutzscheibe?«

»Durch das neben mir.«

»Und wo stand das Schild? Am Straßenrand, auf einem Feld oder vielleicht am Wasser?«

»Mitten auf einer Weide, aber da waren keine Kühe oder so.«

»Ist dir während der Fahrt sonst noch etwas aufgefallen?«

Floor runzelte die Stirn und überlegte. Die beiden Polizisten ließen ihr Zeit. Schließlich schüttelte sie den Kopf.

»Das Haus, in dem die Fotos gemacht wurden, stand das in einem Wohngebiet? Hast du dort noch andere Häuser gesehen?«

»Nein, da waren sonst keine Wohnhäuser. Der Parkplatz des Studios lag hinter einem Bürogebäude mit vielen Fenstern.«

»Gab es noch mehr Bürohäuser in der Umgebung?«

»Das weiß ich nicht. Ich hab nur ganz kurz hingesehen. Erst dachte ich, das Studio sei in dem Bürohaus, aber es lag dahinter.«

»Meinst du, dass du einen Lageplan davon zeichnen kannst?«

»Ich denke schon.«

Van Buren riss ein Blatt aus seinem Notizbuch und gab es Floor, dazu einen Stift.

Sie machte sich ans Zeichnen und schob dann die Skizze den Polizisten hin.

»Hast du vor dem Gebäude irgendwas gehört? Vielleicht das Schlagen einer Turmuhr, Maschinenlärm, einen Zug oder einen Lastwagen?«

»Nein, alles war ruhig.«

»Waren andere Leute in der Nähe?«

»Nein, da war sonst kein Mensch.«

»Ist dir eventuell ein Geruch aufgefallen?«

»Ein Geruch?« Floor sah Bouwen verwundert an.

»Hat es beispielsweise nach frischer Farbe gerochen, nach Holz oder Benzin?«

»Wenn ich mich recht erinnere, war unter dem Studio eine Firma, die mit Möbeln zu tun hat. Den Namen der Firma hab ich mir nicht gemerkt, aber es hing ein Schild an der Tür.«

»Was meinst du mit Möbeln? Eine Schreinerei oder eher ein Geschäft, in dem man Möbel kauft?«

»Das Gebäude hatte vorn keine Fenster, bloß zwei Türen. Ich glaube nicht, dass es ein Laden war.«

»Keine Fenster? Tja, dann war es wohl eher kein Möbelladen. Und das Studio war oben, richtig?«

»Genau. Wir mussten eine Metalltreppe hinaufgehen und vor der Tür war eine kleine Plattform.«

»Keine Nachbarn?«

»Nein, nur unten.«

»Wie viele Fenster hatte das Studio?«

»Zwei, glaube ich. Mit blauen Jalousien.«

»Und das Studio selbst: War es eher groß oder eher klein?«

»Ziemlich groß. Und hinter einem Wandschirm stand eine Art Zahnarztstuhl. Darauf mussten wir uns zum Schminken setzen.«

»Hingen Bilder an den Wänden?«

»Nur Spiegel. Außerdem standen da Kleiderständer und ein Schreibtisch. Es gab auch noch eine Küche.«

»Befand sich auf dem Schreibtisch ein Computer?«

»Ja, aber er war aus. Wir mussten Formulare ausfüllen und unterschreiben.«

»Was für Formulare?«

»Das weiß ich nicht mehr genau. Jedenfalls mussten wir unsere Namen, Adressen und das Alter eintragen und dann unterschreiben. Es waren wohl Verträge.«

Die Polizisten tauschten einen Blick.

»Was hast du eingetragen?«, fragte van Buren.

»Meinen Namen, wie gesagt, die Adresse und das Alter.«

»Also wusste der Mann, dass du fünfzehn bist?«

»Zuerst nicht. Auf meiner Profilsite hatte ich ja siebzehn angegeben. Als Marcia und ich dann die Formulare ausfüllen mussten, haben wir unser richtiges Alter genannt. Er hat das später durchgestrichen und in siebzehn geändert.«

»Und was ist dann passiert?«

»Der Mann hat Fotos von uns gemacht.«

»Hat er euch gleich aufgefordert, die Kleider auszuziehen?«, fragte Bouwen.

»Erst wurden wir angezogen fotografiert. Nach einer Weile meinte Sabrina, wir sollten was anderes anziehen. Sie gab mir einen Minirock und ein Top, später dann Dessous aus einem Karton.«

Sie senkte den Blick. »Und irgendwann sollten wir dann die BHs ausziehen.« Ihre Stimme wurde leiser, fast ein Flüstern. Es fiel ihr sichtlich schwer weiterzusprechen. »Und dann … dann musste ich die Hände auf Marcias Brüste legen. Das fand ich voll daneben. Als ich mir dann auch noch den Slip runterziehen sollte, hab ich gesagt, dass ich nach Hause will …« Sie begann zu weinen.

»Sollen wir eine kleine Pause machen?«, fragte van Buren. »Ich hole uns was zu trinken. Was möchtest du, Floor?«

»Wasser, bitte«, murmelte sie.

Van Buren verließ den Raum und kam kurz darauf mit zwei Bechern Kaffee und einem Glas Wasser wieder. Floors Hand zitterte leicht, als sie danach griff. Sie nippte ein paarmal und starrte eine Weile ins Leere.

»Hat nur der Mann Fotos gemacht?«, erkundigte sich Bouwen vorsichtig.

»Ja, Sabrina hat uns Anweisungen gegeben oder irgendwelche Posen vorgemacht«, antwortete Floor leise.

»Wie viele Fotos wurden insgesamt gemacht?«

»Keine Ahnung. Vielleicht hundert, vielleicht auch dreihundert.«

»Du wolltest irgendwann nach Hause, hast du gesagt. Was geschah daraufhin?«

»Der Mann hat uns erklärt, es sei nur ein Test gewesen. Und wir würden auf keinen Fall gezwungen, etwas gegen unseren Willen zu machen. Dann haben wir uns alle hingesetzt und was getrunken.«

»Wer hat euch die Getränke gegeben?«

»Das erste Glas haben wir von dem Mann bekommen und später noch eins von Sabrina.«

»Was für Getränke waren das?«

»Orangensaft. Mir wurde kurz darauf schwindlig, deshalb weiß ich nicht mehr so genau, was danach alles passiert ist. Ich erinnere mich nur noch daran, dass Sabrina sich bis auf die Unterwäsche ausgezogen und mir die Schultern massiert hat. Sie hat sich regelrecht an mich rangemacht …« Floors Stimme zitterte, sie holte tief Luft. »Ich wollte unbedingt weg von ihr, aber ich konnte mich nicht bewegen. Meine Arme und Beine waren plötzlich wie gelähmt. Und dann hat sie mir den Slip ausgezogen und mit ihren Fingern …« Wieder flossen Tränen und sie senkte den Blick.

»Und der Mann hat dich die ganze Zeit fotografiert?«

»Ja. Ich glaube, er hat Großaufnahmen von meinem Unterleib gemacht, während sie …« Floor begann, nervös an ihren Nägeln zu knabbern.

»Während sie was …?«, hakte Bouwen nach.

»Ich weiß es nicht mehr.« Floor schluckte mühsam die Tränen hinunter. Sie wünschte, sie hätte es vergessen, doch sie sah die entsetzlichen Bilder immer wieder vor sich.

Marcia gab sich selbstbewusst und tat, als habe ihr das Ganze kaum etwas ausgemacht. Scheinbar ungerührt beantwortete sie die Fragen der Polizisten.

Ihre Schilderung des Treffens mit Hans Groesbeek und Sabrina Netten wich kaum von dem ab, was Floor ausgesagt hatte. Sie schätzte den Mann auf über fünfzig und die Frau auf Mitte dreißig. Ihr war aufgefallen, dass Sabrina einen glatten goldenen Ehering trug. Das Auto, mit dem sie abgeholt worden waren, sei schwarz gewesen, sagte sie, und habe Sitzbezüge mit einem schwarz-blauen Karomuster gehabt. Während der Fahrt habe sie kaum aus dem Fenster geschaut und könne deshalb wenig zur Fahrstrecke sagen. Lediglich ein großes Reklameposter mit einem silbergrauen Auto habe sie wahrgenommen und später, als sie nicht mehr weit vom Studio entfernt waren, eine Tankstelle.

Auch Marcia gab an, dass das Studio sich hinter einem Bürogebäude befunden habe, und ihre Skizze stimmte mit der von Floor überein. Unter dem Studio, im Erdgeschoss, hätten sich eine Matratzenfabrik und ein Möbellager befunden.

Als Bouwen fragte, was im Studio genau gelaufen sei, verzog sie keine Miene, doch ihr Blick verriet, dass sie sich höchst unbehaglich fühlte. Bemüht sachlich erzählte sie, dass Groesbeek verschiedene Nacktaufnahmen von ihr gemacht habe. Der Mann habe die ganze Zeit fotografiert und sich nicht an den Sexspielchen beteiligt, die Sabrina inszenierte. An die Ereignisse nach der dritten Trinkpause konnte Marcia sich auch nur noch verschwommen erinnern.

25

Heleen Resmann wunderte sich, als sie um Viertel nach acht ins Büro kam und van Burens Jacke an der Garderobe sah. Ihre morgendliche Besprechung war für neun Uhr anberaumt und Rob kam sonst immer als Letzter in den Raum gestürmt.

»Schönen guten Morgen. Tee gefällig?« Van Buren stand mit zwei Plastikbechern in der Tür und grinste sie an. »Ich hab dich kommen sehen.« Er nickte zum Fenster hin und reichte ihr den Tee.

»Du bist früh dran! Gab's heute mal keine Pannen mit dem Handy?«

Er lachte und setzte sich an seinen Schreibtisch. »Nein, unser Fall hat mich die ganze Nacht nicht zur Ruhe kommen lassen. Die Ermittlung wird ein Wettlauf gegen die Zeit. Vermutlich dauert es nicht mehr lange, bis die Fotos der Mädchen im Internet kursieren. Gar nicht auszudenken …« Van Buren suchte zwischen den Papieren nach seinen Notizen. »Ich hab gestern noch mit dem Staatsanwalt telefoniert. Wir müssen die Täter so schnell wie möglich finden, da werden sich Überstunden nicht vermeiden lassen.«

»Wie ist die Befragung der Mädchen gelaufen?«

Van Buren seufzte. »Offenbar hat man jede Menge Pornofotos von den beiden Kindern gemacht. Mit gespreizten Beinen, vornübergebeugt, Körperküsse … widerlich, das Ganze.«

»Aufhängen müsste man diese Schweine!« Heleen war rot angelaufen. »Und das mit wehrlosen Kindern …!«

»Solche Leute sind krank«, meinte van Buren.

»Das kannst du laut sagen!« Heleen nahm einen Ordner zur Hand und begann hektisch zu blättern. »Hoffentlich finden wir sie schnell, damit man sie wegsperren kann! Und was die Überstunden angeht: Mich kannst du jederzeit einplanen.«

Bilder aus der Vergangenheit zogen an ihrem inneren Auge vorbei. Es hatte sich nichts geändert, nur die Methoden. Sie war dreizehn gewesen, ein mageres, blasses Mädchen, das noch mit Puppen spielte. Damals gab es zwar noch keine Computer, wohl aber Kerle, die sich an Kindern vergriffen. Sie lauerten auf Spielplätzen und lockten kleine Mädchen mit falschen Versprechungen an irgendwelche abgelegenen Orte. Heute suchten sie sich ihre Opfer in Chatrooms …

Dass es derart skrupellose Männer gab, war einer der Gründe, weshalb Heleen bei der Polizei arbeitete. Selbst nach Jahrzehnten kamen die Erinnerungen an das traumatische Erlebnis immer wieder hoch, vor allem, wenn sie mit Sittlichkeitsdelikten zu tun hatte.

Van Buren wunderte sich, dass seine Kollegin so vom Leder zog, hielt es aber für besser, nicht weiter nachzufragen, weil er ihr nicht zu nahe treten wollte. Er räumte ein paar Becher kalten Kaffee weg, um Platz für die Unterlagen zu schaffen, die er vor der Besprechung noch durchsehen wollte. Dann notierte er ein paar Punkte auf seinem Schreibblock.

Dunkles Auto, vier Türen
Blitzgeräte
Tankstellen
Modelagenturen
Chatrooms

»Kennst du dich mit Chatrooms aus, Heleen?«

Sie sah auf. »Ein wenig. Ich habe eine Bekannte, die ich in einem Chatroom kennengelernt habe. Wir mailen uns regelmäßig. Sie heißt Julie Slabbaert, wohnt in Zwijndrecht und ist achtzehn.«

»Woher weißt du das?«

»Was?«

»Dass sie achtzehn ist und in Zwijndrecht wohnt.«

»Aus ihren Mails. Ich weiß auch, dass sie noch bei ihren Eltern lebt, dass ihr Vater William heißt, ihre Mutter Myriam und ihre Schwester Helene. Und dass sie vor Kurzem ein Studium begonnen hat. Über solche Sachen redet man nun mal ...« Sie warf van Buren einen Blick zu. »Ich weiß schon, was du denkst: Natürlich weiß ich nicht, ob sie die Wahrheit sagt, aber manchmal muss man eben einfach Vertrauen haben. Das Chatten hat ja durchaus auch positive Seiten. Man findet neue Bekannte und dabei kommt es weder auf das Alter noch auf das Aussehen oder die Herkunft an. Ich weiß nicht, wie Julie aussieht, aber sie ist nett und sympathisch. Es macht mir einfach Spaß, mit ihr zu chatten.«

Van Buren runzelte die Stirn. Er selbst suchte lieber auf andere Weise Kontakt, in der Kneipe beispielsweise. Ihm war schleierhaft, warum manche Menschen stundenlang am Computer hockten, um sich mit Leuten zu unterhalten, die sie überhaupt nicht kannten. »Aber wenn nun ein junges Mädchen glaubt, mit einem sechzehnjährigen Adonis zu chatten, und in Wirklichkeit ist es ein sechzigjähriger Perverser?«

»Das kann natürlich passieren«, gab Heleen zu. »Es gibt immer Leute, die einem Lügen auftischen. Und Kinder sind nun mal besonders leichtgläubig.«

Jan Pijderooi betrat den Raum. Er schien bester Laune zu sein.

»Noch zwei Tage«, sagte er, während er seine Jacke auszog.

»Was soll das heißen, noch zwei Tage?«, wollte Heleen wissen.

»Dann hab ich Urlaub. Zwei Wochen Griechenland. Sonne, Strand und Schlemmen!«

Van Buren starrte ihn an. »Urlaub?«, wiederholte er ungläubig.

»Genau. Auf Rhodos. Am Donnerstagabend sitz ich im Flieger!«

»Davon hat Linthorn mir kein Wort gesagt.« Der Inspektor wurde rot vor Ärger.

»Das ist nicht mein Problem. Ich hab den Urlaub schon vor fünf Monaten eingereicht und keiner hält mich davon ab.«

»Recht hast du!« Pons Duisterhoven war ins Zimmer gekommen und klopfte seinem Kollegen auf die Schulter. »Dein Urlaub steht dir zu!«

Auch Willem Bouwen und Martin van der Kamp waren eingetroffen. Van der Kamp erstattete als Erster Bericht:

»Die Mails von der angeblichen Modelagentur … ich habe sie inzwischen auf den Computern der Mädchen gefunden und ausgedruckt. Auf dem Handy der einen, Marcia, ist auch die Telefonnummer der Agentur gespeichert. Offenbar hat sie da von ihrem Handy aus angerufen, denn ich hab die Nummer auch in der Anrufliste entdeckt.«

»Danke, Martin«, unterbrach ihn van Buren. »Willem, kümmerst du dich bitte um eine Abhörschaltung für das Handy des Täters? Du solltest auch beim Provider eine Übersicht aller gewählten Rufnummern anfordern … am besten gleich für die letzten drei Monate.«

Willem notierte sich den Auftrag in seinem Block.

»Und du, Heleen, besorgst bitte eine Karte von Gelderland und markierst darauf alle Niederlassungen von McDonald's, die Bahnhöfe Steenburg und Elst sowie die Bushaltestelle, an der man die Mädchen gefunden hat. Vielleicht kannst du auch noch herausfinden, ob in der Nähe des Akkerwegs geblitzt wird. Vielleicht haben wir ja Glück und es existiert bereits ein Foto des Täters.«

»Alles klar, Chef«, sagte Heleen.

»Und Pons und Jan, ihr könntet versuchen, den Busfahrer ausfindig zu machen, der am Samstagvormittag am Bahnhof Elst im Dienst war. Vielleicht ist ihm das Täterauto auf dem Parkplatz aufgefallen.« Van Buren machte eine Pause und Martin van der Kamp ergriff das Wort: »Ich werde versuchen, anhand der Mails von der angeblichen Modelagentur die IP-Adresse des Absenders zu ermitteln.«

»IP-Adresse?« Van Buren sah ihn fragend an. Da er mit moderner Technik auf dem Kriegsfuß stand, hatte er keine blasse Ahnung, worum es sich handelte.

Geduldig erklärte ihm van der Kamp, dass die IP-Adresse ein Zahlencode sei, der es möglich mache, jeden ans Internet angeschlossenen Computer zu lokalisieren und einer bestimmten Wohnadresse zuzuordnen. »Alles, was du im Internet machst, ist mit deiner IP-Adresse gekoppelt«, erklärte er. »Du kannst das in etwa mit der Nummerkennung beim Telefon vergleichen.«

Van Buren schöpfte wieder Hoffnung, den Fall schnell aufklären zu können. Doch dann teilte ihm van der Kamp mit, dass er die nächsten vier Wochen jeweils donnerstags und freitags nicht da sein werde, da er bei einer Fortbildung in Zwolle sei. Van Buren stöhnte hörbar auf.

»Ich werde trotzdem mein Bestes geben, verlass dich drauf, Rob«, versuchte ihn van der Kamp zu beruhigen.

»Wir müssen uns beeilen«, sagte van Buren ernst. »Freie Wochenenden sind fürs Erste nicht drin. Ich schlage vor, wir setzen uns heute Nachmittag um fünf noch mal zusammen.«

Nachdem alle an ihre Schreibtische zurückgekehrt waren, griff van Buren zum Telefonhörer. Es klingelte endlos, dann nahm Koning ab.

»Henk, hier Rob van Buren. Liegen die Ergebnisse vom Labor schon vor? … Nein? … Wie bitte? Vierzehn Tage! So lange kann ich auf keinen Fall warten! Kannst du da nicht Druck machen? Schließlich geht es um Kinderpornos, die Fotos können jeden Tag im Internet auftauchen und dann ist es zu spät! Dann haben wir kaum noch eine Chance, die Verbreitung zu stoppen. Ich brauche die Ergebnisse umgehend! Notfalls rufe ich selber im Labor an und erklär denen das … Du willst es versuchen? Sehr gut! Ich rufe dich später wieder an.« Mit einem Seufzer legte er den Hörer auf.

Diese Wartezeiten waren ihm ein Gräuel, zumal sie die Ermittlungen unnötig erschwerten. Er nahm sich Hans Groesbeeks Aussage vor und las sie aufmerksam. Um die Mittagszeit kam Heleen mit einer Karte ins Büro. Dankbar für die Ablenkung, legte er seine Unterlagen beiseite.

Heleen brachte auf der Karte verschiedenfarbige Markierungen an. Van Buren stellte sich neben sie und hoffte, ein Muster zu erkennen. Seine lange Erfahrung im Polizeidienst hatte ihn gelehrt, dass Täter bei ihren Verbrechen zwar die unmittelbare Umgebung ihrer Wohnung mieden, sich aber auch nicht allzu weit davon entfernten, denn je besser sie sich in der betreffenden Gegend auskannten, desto geringer war das Risiko, bei der Tat gefasst zu werden.

Das Auto, so überlegte er, könnte von Elst aus auf die A 325 in Richtung Arnheim oder Nimwegen gefahren sein, vielleicht auch auf der A 15 in Richtung Tiel. Die Bushaltestelle am Akkerweg lag rund fünfzehn Kilometer von Elst entfernt, zwischen der A 15 und der A 50, also musste sich das Studio, das die Mädchen erwähnt hatten, im näheren Umkreis befinden. Den Rhein hatten sie wohl nicht überquert, denn das wäre den Mädchen sicherlich aufgefallen.

»Verdammt viele McDonald's in der Gegend«, stellte er fest. »Hast du die Bilder der Blitzer schon, Heleen?«

»Die bekomme ich morgen.«

»Gut, dann fahren wir jetzt nach Elst und dann einmal die Autobahn hoch und runter, um nach Reklameschildern von McDonald's zu suchen. Vielleicht sehen wir ja auch eines mit einem silbergrauen Auto.«

Heleen nahm sogleich ihre Jacke von der Garderobe. Sie ermittelte viel lieber vor Ort, als stundenlang am PC zu sitzen und Daten zu beschaffen.

Zusammen gingen sie die Treppe hinunter. Auf dem Parkplatz gab van Buren ihr den Autoschlüssel, legte seine Jacke auf die Rückbank und ließ sich auf dem Beifahrersitz nieder.

Nach dreißig Minuten Fahrt hatten sie Elst erreicht. Heleen fuhr am Bahnhof vorbei und bog auf die A 325 ab.

Doch außer einem Big Mac und einem Bananenmilchshake brachte die Suche ihnen nichts. Um zehn vor fünf waren sie wieder auf dem Revier.

Van Burens Handy klingelte. Er kramte in der Jackentasche nach dem Apparat und meldete sich leicht mürrisch, was ihm sofort leidtat, da es Vivian war. Er warf einen schnellen Blick auf Heleen, die gerade ein Fax las. Er wollte nicht, dass sie das Gespräch mitbekam, womöglich würde sie hinterher neugierige Fragen stellen … also verließ er den Raum.

Vivian kam gleich zur Sache, eine Eigenschaft, die er sehr an ihr schätzte. Sie fragte, ob er Lust habe, zu ihr zum Abendessen zu kommen. Es gebe Brathühnchen mit Reis. Ihre Einladung war verlockend, aber er konnte sie nicht annehmen: Es war einfach zu viel zu tun. Vivian würde das sicherlich verstehen …

»Acht Uhr, passt dir das?«, fragte sie. Er dachte an ihr charmantes Lachen und ihre warmen braunen Augen.

»Leider nicht. Ich bin mitten in einer wichtigen Ermittlung.« Es hatte ein wenig barsch geklungen und er fürchtete schon, sie verärgert zu haben.

Verdammt, er musste sich doch auch ein wenig Freizeit leisten können! Die Arbeit im Revier bestimmte fast sein ganzes Leben. Am Sonntag hatte er sich kaum auf seine Tochter konzentrieren können, da er in Gedanken die ganze Zeit bei dem Fall war. Nein, er durfte es nicht riskieren, Vivian zu verlieren.

»Wenn es auch um neun Uhr ginge, dann gern«, sagte er deshalb schnell.

»Kein Problem. Dann sehen wir uns also um neun.«

Er legte auf und ging wieder ins Büro, wo sich inzwischen auch die anderen zur Besprechung eingefunden hatten.

»Können wir anfangen?« Er sah auf seine Armbanduhr. »Um acht würde ich gern nach Hause gehen. Ihr bestimmt auch.«

Zustimmendes Gemurmel.

Willem Bouwen berichtete, er habe beim Staatsanwalt die Genehmigung eingeholt, das Täterhandy abhören zu lassen; die Schaltung sei ab morgen aktiv. Und vom Provider bekomme er demnächst eine Liste der Gespräche der letzten drei Monate gefaxt. Außerdem habe er sich die Aufnahmen der Überwachungskamera vom Bahnhof Steenburg angesehen und festgestellt, dass die beiden Mädchen um 9:05 Uhr in den Zug nach Elst gestiegen seien.

Pons Duisterhoven und Jan Pijderooi hatten sich beim Verkehrsunternehmen der Gelderländer Überlandbusse den Dienstplan vom Samstag zeigen lassen. Vier Personen seien auf der Strecke zum Bahnhof Elst im Einsatz gewesen und sie hätten alle vier befragt.

Van Buren nickte anerkennend.

Pons nahm seine Aufzeichnungen zur Hand und berichtete, dass einer der Fahrer ein dunkles Auto auf dem Parkplatz gesehen habe. Es sei ihm aufgefallen, weil es ganz am Rand stand, obwohl der Platz so gut wie leer war. Er habe einen Mann und eine Frau im Auto gesehen und die beiden für ein Liebespaar gehalten, das mit sich selbst beschäftigt sei. Der Wagen habe bereits dagestanden, als er um 10:15 Uhr die Haltestelle anfuhr, wo er bis 10:30 Uhr Aufenthalt hatte. Dem Busfahrer zufolge handelte es sich um einen dunkelblauen viertürigen Wagen mit nahezu rechteckigen Scheinwerfern. Und er habe auch gesehen, dass die Frau im Auto langes dunkles Haar hatte.

»Bingo!«, rief van Buren. »Sie haben also erst einmal gelauert, um sicherzugehen, dass die Mädchen allein gekommen sind. Ich werde Henk Koning bitten, dass er sich den Parkplatz morgen mal gründlich ansieht.«

»Eine Zigarettenkippe mit DNA und schon ist der Fall gelöst!«, witzelte Jan Pijderooi.

Die anderen lachten.

»Hast du auch Erfolg gehabt?« Van Buren sah Martin hoffnungsvoll an.

»Ich habe die IP-Adressen der Agenturmails recherchiert, aber leider …«, er legte die Stirn in Falten, »… es sind Adressen von Internetcafés und das hilft uns nicht weiter. Der Täter war in Internetcafés in Wageningen und Rhenen und deren Betreiber notieren sich die Namen der Kunden nicht. Pech für uns … Auf Marcias PC habe ich übrigens das Bild eines halbnackten jungen Mannes gefunden, der sich Erik nennt. Sie hat anscheinend über Chatrooms häufig Kontakt mit Jungen und aus den Protokollen geht hervor, dass sie sich auch selbst nackt vor die Webcam stellt. Unter ihren Kontakten fällt ein gewisser Ruud auf, der ihr auch mehrfach Mails mit sexuellem Inhalt geschickt hat. Ich erstelle bis morgen Mittag eine Liste ihrer gesamten Internetkontakte. Allerdings komme ich nicht dazu, auch noch sämtliche Mails zu lesen.«

»Das kann Willem übernehmen«, meinte van Buren.

»Gibst du mir die Adressen der Internetcafés?«, fragte Heleen. »Dann markiere ich die Orte auf der Karte.«

26

Er hatte sich ins Studio verzogen und versuchte, sich auf die Arbeit zu konzentrieren. Seine Frau mit ihrem hysterischen Gehabe ging ihm furchtbar auf die Nerven. Er hatte eine Ewigkeit auf sie eingeredet, sie jedoch kaum beruhigen können. Sie braucht Zeit, sagte er sich, sie wird sich schon wieder einkriegen.

Das Bildmaterial hatte er auf die Festplatte seines Computers gezogen und nun betrachtete er nacheinander die vierhundertdreißig Fotos. Daraus ließ sich eine komplette CD-ROM zusammenstellen, die er auf seiner Website anbieten konnte. Wenn er es schlau anpackte, brachte das viel Geld.

Er suchte zwei Fotos aus, auf denen Floor und Marcia in Jeans und T-Shirts zu sehen waren und die sich seiner Meinung nach gut als Auftakt für das Angebot auf seiner Site eigneten. Jetzt noch ein passender Text dazu … seine Finger glitten über die Tastatur.

Er fügte zwei weitere Fotos ein: Marcia mit hochgestecktem Shirt und Floor, wie sie sich im Sand wälzte.

Der erste Eindruck war entscheidend; er bestimmte, ob die Kunden weiterklickten oder nicht. Die Bilder mussten also möglichst vielversprechend sein, und wenn jemand dann mehr sehen wollte, lief der Gebührenzähler und berechnete 1,50 Euro pro Minute. Es kam also darauf an, die Aufmerksamkeit der Besucher zu fesseln, damit sie bei der Stange blieben.

Als Nächstes fügte er mehrere Pornofotos ein, die er von anderen Sites heruntergeladen hatte. Das brachte wieder ein paar Minuten …

Die gewagtesten Fotos von Floor und Marcia wählte er für die CD-ROM aus. Er war froh, dass er sich entschieden hatte, GHB einzusetzen. Ohne das Zeug wäre er niemals zu solchen Bildern gekommen. Bei Floor war die Dosis allerdings etwas zu hoch gewesen; sie war relativ schnell bewusstlos geworden. Das hatte zwar Vorteile gehabt, aber leider sah man auf vielen Fotos deutlich, dass sie benommen war; manche wirkten geradezu makaber. Er konnte nur hoffen, dass man nach der Bearbeitung nicht mehr sah, dass sie unter Drogen stand.

Bei Marcia hatte das Mittel nicht so stark gewirkt und sie hatte sich zu allerlei Experimenten überreden lassen. Als sie sich schließlich doch weigerte, hatte er ihr noch ein Glas Saft mit dem Mittel gegeben. Danach war sie ziemlich schnell k.o. gewesen, sodass er freie Hand gehabt hatte.

Dass seine Frau Schwierigkeiten machen würde, hatte er einkalkuliert. Mit viel Mühe hatte er sie überreden können weiterzumachen. Er hatte ihr vorgerechnet, was die Fotos einbringen würden und dass sie ihre Schulden auf einen Schlag los wären. Um endlich frei von finanziellen Sorgen zu sein, warf auch sie ihre moralischen Bedenken über Bord.

Dumm nur, dass sie hinterher solchen Ärger machte, damit hatte er nicht gerechnet. Vielleicht hätte er sie doch nicht einbeziehen sollen … aber nun war es zu spät. Sie musste damit leben, basta! Schließlich kam das Geld auch ihr zugute.

Grinsend betrachtete er ein Foto, auf dem sie einen hautengen Latexsuit trug. Das kam ebenfalls auf die CD-ROM, die er zusammenstellen wollte. Beim nächsten Foto zweifelte er. Marcia lag nackt auf dem Rücken, Floor neben ihr auf der Seite, ebenfalls nackt. CD-ROM oder Site? Das Licht war gut, die Komposition gelungen. Site also, beschloss er. Das Foto gab einen guten Eindruck von der Qualität, die er lieferte. Solche Fotos würden ihn im Pornobusiness schlagartig ganz nach vorn katapultieren. Er nahm noch ein paar Textänderungen vor, lehnte sich zurück und betrachtete das Ergebnis:

> *Neu! Zwei sexy Teenies ziehen sich aus – nach der Schule am Strand. Live und ohne Tabus. Neugierig? Dann klicken Sie weiter …*
> *Jetzt auch auf CD-ROM. Mit heißen Fotos, die auf dieser Website nicht zu sehen sind.*
> *Lassen Sie sich überraschen!*
> *Am besten sofort bestellen: € 41,50 pro CD.*

Er war zufrieden. Noch hier und da ein Foto dazu, dann konnte er das Angebot ins Netz stellen.

Sie hatte ihm nichts davon gesagt, denn er hätte sie ja doch nur davon abgehalten. Vielleicht war es auch dumm, was sie vorhatte. Aber sie konnte die Ungewissheit nicht länger ertragen.

Sie hatte mehrere Zeitungen gekauft und gehofft, darin weitere Informationen über den Zustand der Mädchen zu finden – vergeblich. Daraufhin hatte sie so lange herumtelefoniert, bis sie herausgefunden hatte, in welchem Krankenhaus die Mädchen lagen. Sie wusste, dass sie kurz davor war, eine Dummheit zu begehen, und zwang sich, noch einen Tag zu warten. Doch dann hatte sie es nicht mehr ausgehalten und war zum Krankenhaus gefahren.

Eine gute Stunde saß sie nun schon auf einer Bank vor der Klinik und überlegte, was genau sie sagen sollte.

Schließlich erhob sie sich, setzte einen Hut und eine Sonnenbrille auf, betrat das Krankenhaus und ging zum Empfang. »Können Sie mir sagen, in welchem Zimmer Floor Kloostermans liegt?«

Die Frau tippte den Namen in den Computer ein.

»Floor Kloostermans ist gestern Abend entlassen worden.«

»Gott sei Dank«, murmelte sie.

Es klopfte und die Tür ging einen Spalt auf.

»Marcia?« Frau Janssens trat mit einer Tasse Tee ins Zimmer.

Marcia sah ihre Mutter an, sagte aber nichts.

»Floor hat angerufen, du sollst sie zurückrufen.«

Keine Antwort.

Frau Janssens stellte den Tee auf den Schreibtisch und setzte sich neben Marcia aufs Bett. »Wie geht's dir denn?« Etwas unbeholfen legte sie ihrer Tochter den Arm um die Schultern.

Marcia spürte, wie sie rot vor Ärger wurde. So oft hatte sie sich nach Zuneigung, einem Lächeln und einem freundlichen Wort gesehnt. Und jetzt plötzlich war es möglich … Oder war es nur Berechnung und ihrer Mutter ging es lediglich darum, dass sie überall herumerzählen konnte, wie schwer sie es mit ihrer missratenen Tochter hatte?

»Willst du darüber reden?«, fragte Frau Janssens leise.

Marcia lachte verächtlich. »Reden? Das ist ja was ganz Neues!« Sie schüttelte den Arm ihrer Mutter ab. »Dir kann es doch scheißegal sein, was passiert ist! Es geht ja nur um eins deiner Monsterkinder!«

»Marcia!« Sie sah deutlich, dass ihre Mutter tief getroffen war. »Ich hab … ich wollte doch nie …«, stammelte Frau Janssens verzweifelt.

Ein Triumphgefühl stieg in Marcia auf. Endlich hatte sie es geschafft, sich zu rächen!

Frau Janssens suchte vergeblich nach Worten. Tränen traten ihr in die Augen, was Marcia nur noch mehr aufbrachte. »Lass mich in Ruhe!«, rief sie. »Warum sollte ich dir irgendwas erzählen? Es kümmert dich ja doch nicht! Du hast dich doch nie für mich interessiert, warum also jetzt?«

Zu Marcias Erstaunen blieb die übliche Tirade ihrer Mutter aus. Frau Janssens stand auf und ging zur Tür. Die Hand an der Klinke, blieb sie stehen und sagte: »Falls du es dir anders überlegen solltest, ich bin unten.« Sie zögerte kurz und sagte dann: »Ich hab dich lieb, Marcia.« Leise schloss sie die Tür hinter sich.

Marcia schleuderte ein Kissen gegen die Tür. Warum hatte sie diesen letzten Satz gesagt?! Er machte ihren Triumph zunichte …

Seufzend nahm sie ihr Handy. Ein Polizist hatte es am Morgen vorbeigebracht und sie hatte es bisher noch nicht angerührt. Marcia starrte die Tasten an und klappte das Handy wieder zu. Sie brachte es nicht über sich, Floor anzurufen. Diese üble Geschichte war allein ihre Schuld. *Sie* hatte Floor dazu überredet, *sie* hatte um jeden Preis Model werden wollen.

Marcia fragte sich, woran Floor sich wohl noch erinnerte. Allzu viel konnte es nicht sein, denn sie war den Nachmittag über ziemlich apathisch gewesen und hatte irgendwann überhaupt nicht mehr reagiert. Falls Floor nun gar keine Erinnerung an den Nachmittag hatte, war es dann ihre Pflicht, sie darüber aufzuklären? Ihr zu sagen, was diese Sabrina mit ihnen beiden gemacht hatte? Und vor allem, was sie selbst mit ihr gemacht hatte? Das würde Floor ihr niemals verzeihen …

Unentschlossen klappte Marcia das Handy wieder auf. Neunzehn SMS hatte sie bekommen, neun davon von Mitschülern. Nett gemeint, aber Marcia wäre es lieber gewesen, sie hätten nie von dieser Sache erfahren. Inzwischen wusste vermutlich die ganze Schule Bescheid. Ihre und Floors Eltern hatten mit dem Rektor vereinbart, dass sie eine Woche zu Hause bleiben durften, um sich von dem schlimmen Erlebnis zu erholen. Als wäre es damit vorbei und vergessen!

Marcia las die drei Nachrichten von Floor. Die restlichen sieben waren von Erik. Sie warf einen Blick auf sein Bild an ihrem Schrank. Plötzlich verspürte sie das dringende Bedürfnis, mit jemandem über alles zu reden. Floor kam nicht infrage; vielleicht Erik? Aber konnte sie ihm vertrauen? Vielleicht hatte er sie ja belogen und war gar nicht der, für den er sich ausgab. Im Grunde genommen wusste sie kaum etwas über ihn. Er hatte sie auch nackt sehen wollen, sie aufgefordert, sich für ihn auszuziehen. Zwar hatte er immer wieder versichert, er liebe sie, aber ob das ehrlich gemeint war? Vielleicht war es bloß seine Masche gewesen, reine Taktik, damit sie sich auszog.

Marcia kam zu dem Schluss, dass es besser sei, den Kontakt abzubrechen. Selbst wenn Erik es ehrlich mit ihr meinte … er wohnte in Antwerpen und damit viel zu weit weg, als dass ihre Beziehung eine Chance hätte.

Sie stand auf. Mit dem Zeigefinger zog sie die Linien seines Mundes nach, dann gab sie sich einen Ruck, löste das Bild vom Schrank und zerriss es.

Frau Kloostermans hatte ihre Mutter gebeten, sie ein paar Tage im Laden zu unterstützen, damit sie genug Zeit hatte, sich um Floor zu kümmern. Alle zehn Minuten tauchte sie nun in Floors Zimmer auf und fragte, wie sie sich fühle. Die Ärztin hatte gesagt, es gebe zwei Möglichkeiten: Entweder hatte Floor durch das GHB schnell das Bewusstsein verloren und dadurch nichts von den sexuellen Handlungen mitbekommen, oder sie verdrängte das Ganze, was auf Dauer nicht funktionieren würde. Reden Sie mit Ihrer Tochter, hatte die Ärztin gesagt, versuchen Sie es immer wieder.

Frau Kloostermans hatte sich den Rat zu Herzen genommen, löcherte Floor bei jeder Gelegenheit mit Fragen und merkte gar nicht, wie sehr sie ihre Tochter damit nervte.

Floor selbst hätte am liebsten mit Marcia geredet. Sie hatte Gedächtnislücken und hoffte, von ihrer Freundin Aufschluss zu bekommen.

Seit sie aus dem Krankenhaus entlassen worden waren, hatten sie nicht mehr miteinander gesprochen. Floor hatte

Marcia mehrere SMS geschickt und sie telefonisch zu erreichen versucht, aber bisher hatte sie sich nicht zurückgemeldet.

»Wahrscheinlich braucht Marcia noch Zeit«, hatte Oma Therese gemeint. »Jeder Mensch verarbeitet schlimme Erlebnisse anders; du kannst nicht in ihren Kopf schauen. Bestimmt meldet sie sich, wenn sie so weit ist.«

Floor seufzte. Vermutlich hatte ihre Oma recht. Aber Marcia fehlte ihr so …

27

Van Buren kam erst spät in der Nacht nach Hause und ging gleich zu Bett. Er fühlte sich so wohl wie schon lange nicht mehr. In der Nacht träumte er von einem neuen Leben mit Vivian in Frankreich. Vier Stunden später wurde er vom Radiowecker aus dem Schlaf gerissen. Er hatte ihn extra auf sieben Uhr gestellt, um zeitig bei der Arbeit zu sein. Mühsam hievte er sich aus dem Bett und nahm eine kalte Dusche, um richtig wach zu werden. Die kurze Nacht hatte seiner guten Laune nichts anhaben können. Er ließ das Frühstück aus und macht sich um Punkt acht Uhr auf den Weg zum Revier.

Im Büro brannte schon Licht und die Computer liefen. Van Buren stellte fest, dass er nicht als Einziger die Idee gehabt hatte, zeitig anzufangen. Am Kaffeeautomaten begegnete er Martin van der Kamp.

»Du bist früh dran«, sagte er.

»Ich bin schon seit sieben hier«, entgegnete van der Kamp. »Ich will noch die Internetkontakte der Mädchen zusammenstellen, sonst kann ich nicht guten Gewissens zu meiner Fortbildung. Hat Pons schon mit dir gesprochen?«

Van Buren, der gerade auf »Cappuccino« drücken wollte, hielt inne. »Warum, ist was?« Ein unbehagliches Gefühl beschlich ihn.

»Das soll er dir selber sagen, er ist auch schon da.« Nach diesen Worten ging van der Kamp eilig davon.

Van Buren sah ihm kopfschüttelnd nach. Was immer es auch war, er wollte sich die Laune nicht verderben lassen. Er drückte die Taste für Cappuccino mit Zucker und ging pfeifend mit dem Becher in der Hand ins Büro.

Als Pons Duisterhoven den Raum betrat, war er sichtlich verwundert, den Inspektor schon anzutreffen.

»So früh heute?« Es klang fast schon vorwurfsvoll.

»Viel Arbeit, wenig Zeit!«, sagte van Buren. Er lehnte sich zurück und sah verwundert zu, wie Pons seinen Schreibtisch abzuräumen begann.

»Linthorn hat mich gestern Abend angerufen.« Pons schloss mit einem Knall die Schublade. »Er hat mich einer anderen Kommission zugeordnet. Man hat die Tochter eines Politikers entführt.«

Van Buren fiel das Gesicht herunter.

»Mir wäre es anders auch lieber, das kannst du mir glauben. Aber mich fragt ja keiner.«

Van Buren bemühte sich um ein Lächeln, aber seine Augen schossen Blitze.

Pons kannte diesen Blick und wusste, dass ein Wutausbruch bevorstand.

»Hör mal, Rob. Es hat keinen Sinn, wenn du jetzt Linthorn die Hölle heißmachst«, versuchte er, seinen Kollegen zu beschwichtigen. »Damit erreichst du gar nichts. Die Anordnung kommt von ganz oben; Linthorn muss genügend Leute zur Verfügung stellen.«

»Und ich muss hier eine Ermittlung leiten, aber das wird mir verdammt schwer gemacht!«, polterte van Buren los. »Wie soll ich das schaffen, wenn mir ständig Leute abgezogen werden? Der eine geht in Urlaub, der nächste hat eine

Fortbildung und jetzt auch noch das!« Wütend schlug er mit der Faust auf den Tisch.

Pons machte eine hilflose Geste und zog seine Jacke an. »Es war nie anders, Rob. Damit müssen wir leben. Ich würde allerdings gern auf dem Laufenden bleiben, was die Ermittlung angeht.«

Seufzend machte van Buren sich klar, dass er den Falschen angeraunzt hatte. »Ich mail dir«, versprach er.

Mit einem Stapel Papiere unterm Arm verließ Pons den Raum.

Van Buren trat ans Fenster und hob grüßend die Hand, als er seinen Kollegen über den Parkplatz gehen sah. Sein Traum von einem neuen Leben in Frankreich fiel ihm wieder ein. »Ich quittiere den Dienst. Schluss, aus. Basta!«, murmelte er.

»Und dann?«

Er fuhr herum und sah Heleen in der Tür stehen.

»Stell dir vor, Pons ist abgezogen worden!« Wieder flammte die Wut in ihm auf.

»Ich hab davon gehört.« Sie stellte ihre Tasche neben den Schreibtisch und hängte ihre Jacke an die Garderobe.

»Allmählich hab ich die Nase gestrichen voll. Hast du nie daran gedacht, etwas ganz anderes zu machen? Keine Polizeiarbeit mehr?«

Um ihre Augen erschienen Lachfältchen. »Was sollte ich denn machen? Seit meinem siebzehnten Lebensjahr arbeite ich bei der Polizei. Verbrecher jagen ist das Einzige, was ich kann.«

»Quatsch! Du schreibst doch gute Artikel für unsere Hauszeitung. Du wärst eine gute Journalistin oder Autorin.

Wie wär's, wenn du mal ein Buch schreibst? Mit mir als gewieftem Kommissar!«

»Komische Bücher liegen mir nicht.« Lachend wich sie dem Kugelschreiber aus, den er nach ihr warf.

Die Teambesprechung fand eine Stunde später statt als geplant. Van Buren hatte Pons' Rat in den Wind geschlagen und war wutschnaubend ins Büro seines Vorgesetzten gestürmt.

Janny Linthorn hatte ihn ruhig angehört, immer wieder verständnisvoll genickt und ihm schließlich eröffnet, er könne ihm zu seinem Bedauern keine weiteren Leute zur Verfügung stellen. Sie müssten wohl oder übel zu dritt zurechtkommen. Er, Linthorn, zweifle aber nicht daran, dass van Buren mit seiner Erfahrung den Fall in Kürze gelöst haben werde. Er klopfte ihm ermunternd auf die Schulter und das Gespräch war beendet.

Über den Rand seiner Lesebrille hinweg fixierte van Buren das verbliebene Häuflein seiner Leute. Martin van der Kamp hatte am Vormittag einen Stapel Listen in van Burens Fach gelegt und war dann zu der Fortbildung aufgebrochen. Die Listen mussten durchgesehen und eventuell mit den Daten im Polizeicomputer abgeglichen werden. Dann war da noch das Täterhandy. Van Buren beschloss, Willem Bouwen mit der Kontrolle zu beauftragen und Heleen loszuschicken, damit sie die Videobänder der Überwachungskameras an den Tankstellen entlang der A 15, A 50 und A 325 besorgte.

Er schob die Ausdrucke des Providers Willem hin. »Aus

der Übersicht geht hervor, dass die Nummer zweimal angerufen wurde, und zwar von Marcia. Für andere Anrufe nutzt der Täter das Handy offenbar nicht. Er ist gerissen und weiß, dass wir ihn aufspüren können, wenn er es benutzt. Jedenfalls wird sein Anschluss jetzt überwacht. Sei so gut, Willem, und kontrolliere ab und zu, ob Gespräche geführt werden, auch wenn ich das eher nicht glaube.«

Bouwen nickte und machte sich eine Notiz.

»Handys geben doch Signale ab«, sagte Heleen, »also müsste man für den telefonischen Kontakt zwischen Marcia und dem Täter einen Sendemast lokalisieren können.«

Van Buren nickte. »Richtig, das sollte ebenfalls auf der Karte markiert werden. Klärst du das bitte, Heleen? Und du, Willem, kümmerst dich bitte um eine neue Übersicht vom Provider, diesmal per IMEI-Code. Falls der Täter inzwischen eine andere SIM-Karte benutzt, finden wir es auf diese Weise heraus.«

Das Telefon klingelte. Van Buren meldete sich, leicht verärgert über die Störung. Dann jedoch war er ganz Ohr und kramte hektisch nach seinem Schreibblock. Heleen schob ihm rasch einen Kugelschreiber hin und van Buren machte sich eifrig Notizen.

»Henk, du bist ein Tausendsassa! Kommst du heute noch dazu, dir den Parkplatz am Elster Bahnhof anzusehen? … Bestens! Vielen Dank.« Er legte auf und lehnte sich grinsend in seinem Stuhl zurück.

»Das Auto, in dem die Mädchen zur Bushaltestelle am Akkerweg gebracht wurden, ist bekannt. Es handelt sich um einen dunkelblauen Daihatsu Applause, Baujahr 1999, 2000 oder 2001. Eine Stufenheckversion und laut Henk nicht allzu verbreitet. Wir müssen also umdisponieren. Heleen, stellst du bitte eine Liste aller Daihatsu Applause von 1999, 2000 und 2001 zusammen, die in Gelderland zugelassen sind? Und kontrolliere bitte auch gleich, ob an dem fraglichen Tag ein solcher Daihatsu geblitzt wurde. Willem, du gehst bitte mit dem Foto-FIT-Koffer bei den Mädchen vorbei und lässt ein Phantombild des Täters erstellen. Ich besorge dann selbst die Videobänder der Überwachungskameras. Vielleicht hat der Daihatsu ja unterwegs getankt.«

Van Buren hatte bereits drei Tankstellen abgeklappert und sich dann bei McDonald's einen Milchshake geholt. Er war soeben am Kreuz Valburg von der A 50 auf die A 15 gefahren und gerade dabei, das Autoradio einzustellen, als ihm etwas auffiel.

Er bremste abrupt und lenkte den Wagen auf die Standspur. Der Milchshakebecher zwischen seinen Beinen fiel um und der Inhalt schwappte über seine Hose. Egal, das war jetzt nebensächlich.

Van Buren riss die Autotür auf und rannte auf das Schild zu. Tatsächlich, ein silbergrauer Seat!

Per Handy rief er im Revier an. »Rate mal, was ich gefunden habe?«, rief er, als Heleen sich meldete.

»Einen neuen Job vielleicht?«

»Schön wär's. Aber jetzt mal im Ernst: Ich hab das Reklameschild mit dem silbergrauen Auto gefunden. Es steht an der A 15.«

»Das ist ja fantastisch! Aber jetzt rate mal, was ich gefunden habe: 23.692 Daihatsu Applause, davon 932 vom Baujahr 1999 bis 2001, die in Gelderland zugelassen sind!«

»So viele? Da ist wohl Nachtarbeit angesagt.«

»Ich fürchte auch.«

»Ich bin gegen fünf zurück. Ich muss noch zu vier Tankstellen. Wenn ich bei einem Chinesen vorbeikomme, bringe ich was zu essen mit.«

»Gut. Bis später dann.«

Beim Essen besprachen sie die bisherigen Ergebnisse der Ermittlung. Willem Bouwen hatte sich die Mails, die Chatprotokolle und die gespeicherten Fotos genauer angesehen, die van der Kamp auf den Computern der Mädchen gefunden hatte. Unter zahlreichen harmlosen Nachrichten hatte er auch die von Ruud aus Haarlem gefunden, von denen ihnen van der Kamp schon erzählt hatte.

»Dieser Ruud hatte mit beiden Mädchen Kontakt«, berichtete Bouwen. »Erst mit Marcia und später auch mit Floor. Er sucht auf ziemlich aggressive Art sexuelle Kontakte. Vor allem bei Marcia, die sich wohl ein paarmal für ihn vor der Webcam ausgezogen hat. Aus den Chatprotokollen geht hervor, dass er vor der Kamera masturbiert. Er behauptet, achtundzwanzig zu sein und hat eine IP-Adresse in Den Haag. Ich habe herausgefunden, dass er Ruud Zwartjes heißt. Er hat sich Marcias Handynummer geben lassen und sie nach dem letzten Mailkontakt insgesamt zwölfmal angerufen. Ich lese euch nur ein paar Zeilen aus dem Chat vor, den er mit Floor hatte:

Aber jetzt mal ehrlich: Fandest du es neulich nicht doch ein wenig aufregend?
Was?
Oder hat dich die Größe erschreckt?

Keine Ahnung. Hör auf damit!
Nun hab dich nicht so. Schließlich bist du keine zwölf mehr! Hast du etwa noch nie einen nackten Mann gesehen?
Nein, und das will ich auch nicht.
Nein? Mädchen in deinem Alter haben normalerweise schon Sex.
Ich jedenfalls nicht. Meine Mutter ruft. Ich muss aufhören.

Und jetzt kommt's: An dem Tag, als die Mädchen an der Bushaltestelle gefunden wurden, hat er Floors Nummer gewählt, und zwar gegen zehn Uhr abends.«

»Seine Handynummer ist also bekannt?«

Bouwen nickte.

»Den hören wir auch ab«, beschloss van Buren. »Gut möglich, dass er derjenige ist, den wir suchen. Wir knöpfen uns den Herrn morgen vor. Bin gespannt, was er erzählt. Ist dir sonst noch was aufgefallen, Willem?«

»Floor hat weitaus weniger Internetkontakte als ihre Freundin. Marcia chattet regelmäßig mit verschiedenen Jungen, am häufigsten mit einem gewissen Erik aus Antwerpen. Sie wollten sich in Herzogenbusch treffen, aber Marcia musste ihm absagen.«

»Der könnte uns vielleicht weiterhelfen«, bemerkte van Buren. »Haben wir seine Telefonnummer?«

Bouwen nickte.

»Auch anzapfen!«

»Ich habe seine IP-Adresse mit denen der Internetcafés in Wageningen und Rhenen verglichen, aber sie stimmen nicht überein. Und Floor hatte in letzter Zeit häufig Kontakt mit einem Jungen, der sich Dude17 nennt. Es handelt sich um eine IP-Adresse in Ede und dort ist eine Familie mit drei Kindern gemeldet, darunter ein sechzehnjähriger Sohn namens Peter. Er könnte Dude17 sein.«

»Ede ist doch nicht weit von Wageningen und Rhenen entfernt, oder?«, sagte Heleen.

»Nein.« Van Buren stand auf und ging zur Karte. »Die drei Orte liegen jenseits des Rheins. Wie auch immer, über diese Familie in Ede müssen wir mehr in Erfahrung bringen. Damit hätten wir schon drei Verdächtige.«

»Wer von euch hat verfolgt, was sich auf der Leitung des Täterhandys tut?«

»Ich«, sagte Heleen. »Aber es sind keine Gespräche geführt worden. Ansonsten habe ich mich mit dem Daihatsu beschäftigt.« Sie wies mit ihrer Gabel auf die Karte. »Und ich bin zu dem Schluss gekommen, dass wir die Provinz Utrecht miteinbeziehen sollten.«

»Utrecht? Wieso das?«, fragte Willem.

»Rhenen gehört zur Provinz Utrecht«, erläuterte Heleen. »Wageningen und Ede liegen auf der Grenze.«

»Und wenn man bei Rhenen auf der N 233 über den Fluss fährt, kommt man automatisch …«, Van Buren stand auf und folgte mit dem Zeigefinger der Strecke auf der Karte, »… zur Bushaltestelle am Akkerweg.« Er drehte sich um. »Seht ihr! Die N 233 mündet in die A 15 und die wiederum verläuft ganz in der Nähe der Haltestelle.«

Willem und Heleen standen ebenfalls auf. »So was aber auch!« Willem versetzte seiner Kollegin einen Rippenstoß. »Ede wird immer interessanter.«

Heleen Resmann nickte. »Das wird aber verdammt viel Arbeit. Selbst wenn wir das Suchgebiet in Gelderland einschränken; den Norden und den Osten können wir eigentlich außer Acht lassen. Wie wär's, wenn wir uns nur die dunkelblauen Daihatsus vornehmen würden?«

»Zu unsicher. Das Auto könnte ja ursprünglich weiß gewesen und beispielsweise vor drei Jahren blau gespritzt worden sein.« Van Buren schüttelte den Kopf. »Nein, das halte ich nicht für sinnvoll.«

»Also Überstunden noch und nöcher!« Heleen seufzte.

Willem grinste nur. Überstunden regten ihn mittlerweile nicht mehr auf. In fünf Monaten wurde er pensioniert und die Aussicht, bald Freizeit in Hülle und Fülle zu haben und sich ganz seinen Hobbys widmen zu können, ließ ihn die Dinge gelassener sehen.

Nach dem Essen machten sie sich wieder an die Arbeit. Rob van Buren sah sich die Videobänder der Tankstellen an. Willem Bouwen bemühte sich um Zusatzinformationen über Ruud Zwartjes, Dude17 und Erik. Heleen setzte sich ebenfalls an den PC.

Gegen elf waren sie todmüde. Van Buren beschloss, es für heute gut sein zu lassen, und schlug vor, sich am nächsten Morgen um neun wieder zusammenzusetzen.

28

Kurz nach zehn Uhr morgens lenkte Bouwen das Polizeiauto auf die Autobahn. Neben ihm saß van Buren und sah seine Notizen noch einmal durch. Sie waren unterwegs nach Den Haag, um Ruud Zwartjes zu verhören, der von den dortigen Kollegen bereits aufs Revier gebracht worden war. Obwohl er über hundert Kilometer vom Tatort entfernt wohnte, hielt der Inspektor es für möglich, dass er der Täter war. Eventuell hatte er ein Wochenendhäuschen in Gelderland, in dem er sich regelmäßig aufhielt. Wie Bouwen am Abend zuvor noch in Erfahrung gebracht hatte, war Zwartjes im Jahr 1998 wegen eines Sittlichkeitsdelikts zu zwei Jahren Gefängnis verurteilt worden – ein weiteres Verdachtsmoment.

Um halb zwölf erreichten sie Den Haag und fuhren zur Hauptwache. Nachdem sie ihre Dienstausweise vorgezeigt hatten, wurden sie in einen Verhörraum geführt.

Ruud Zwartjes saß mit hängenden Schultern vor ihnen. Er war eher dünn, hatte schütteres Haar und einen ungepflegten Dreitagebart. Seine schmuddelig wirkenden Kleider verströmten einen penetranten Schweißgeruch. Wie sich zeigte, war er nicht achtundzwanzig, wie er den Mädchen gegenüber behauptet hatte, sondern achtunddreißig. Van Burens Optimismus erhielt einen Dämpfer, denn der Mann entsprach in keiner Weise der Beschreibung des Täters, die die Mädchen abgegeben hatten.

»Herr Zwartjes ...«

Er sah die beiden mit flackerndem Blick an.

»Wir haben festgestellt, dass Sie eine ganze Menge Internetkontakte pflegen, häufig mit Mädchen. Mit sehr jungen Mädchen ...« Van Buren hatte sich für ein direktes Vorgehen entschieden.

Zwartjes' Adamsapfel wippte auf und ab. »Mit sehr jungen Mädchen ...«, wiederholte er dümmlich.

»Genau. Mit Vierzehn- und Fünfzehnjährigen.«

»Das stimmt so nicht. Ich unterhalte mich zwar in Chatrooms mit Frauen, das ist richtig, aber die sind wesentlich älter. Über zwanzig ...«

»Sagt Ihnen der Name Marcia Janssens etwas?«

Zwartjes zögerte.

»Und Floor Kloostermans?«

»Hmmm ... nun ja ...« Er geriet ins Stocken. »Ich bin jeden Abend im Netz, da weiß ich nicht so genau ...«

»Janssens und Kloostermans!«, wiederholte van Buren und fixierte ihn.

»Ja, ich glaube, mit den beiden Frauen hab ich schon gechattet. Jetzt, wo Sie's sagen, weiß ich es wieder.«

»Bei den zwei Frauen, wie Sie sagen, handelt es sich um fünfzehnjährige Mädchen.«

»Fünfzehn sind die?! Das hab ich nicht gewusst. Ich bin davon ausgegangen, dass sie älter sind.«

»Sie haben die beiden doch per Webcam gesehen.«

»Schon, aber diese Webcam-Bilder sind ja ziemlich undeutlich, haben Streifen und was weiß ich noch.«

»Ihnen ist also nicht aufgefallen, dass die beiden jünger waren, als Sie dachten?«

Er schüttelte entschieden den Kopf. »Nicht die Spur!«

»Haben Sie nach ihrem Alter gefragt?«

»Nein, warum sollte ich? Ich bin davon ausgegangen, dass sie erwachsen sind. Fünfzehnjährige interessieren mich nicht.«

»Was Sie nicht sagen!«

»Ich kann Ihnen versichern, dass die beiden sehr erwachsen rüberkamen. Ich wär nie draufgekommen, dass sie erst fünfzehn sind.«

»Worüber haben sie sich mit den Mädchen unterhalten?«

Zwartjes zuckte mit den Schultern. »Da ging's um Sex, das sage ich ganz offen.«

Van Buren lehnte sich im Stuhl zurück. »Sie haben die Handynummern der beiden Mädchen. Woher?«

»Die haben sie mir selber gegeben.«

»Wirklich?« Van Buren griff nach seinem Notizbuch. »Laut Chatprotokoll haben Sie aber Floor Kloostermans gegenüber behauptet, Sie hätten ihre Nummer von einem Bekannten bekommen.«

»Die Nummer hat mir ihre Freundin gegeben.«

»Marcia Janssens?«

Er nickte. »Mit ihr habe ich öfter gechattet. Eines Abends meinte sie, Floor würde auch gern Kontakt mit mir haben.«

»Im Chatprotokoll klang das aber ganz anders. Da sagt sie, dass sie nichts mit Ihnen zu tun haben will.«

»Den Eindruck hatte ich nie …«

»Sie haben die Mädchen aufgefordert, sich vor der Webcam auszuziehen, richtig?«

»Marcia ja, aber Floor noch nicht.«

»Noch nicht?«

Er schwieg betreten.

»Haben Sie die Webcam-Bilder gespeichert?«

»Ein paar.«

»Zu welchem Zweck?«

»Einfach so. Ich wollte sie aufbewahren.«

»Haben Sie sie an andere Leute geschickt?«

»Was für Leute?«

»Das frage ich Sie. Haben Sie per Internet Nacktbilder von Marcia verbreitet?«

»Nein! Die Bilder sind privat.«

»Sind Sie verheiratet?«

»Geschieden.«

»Womit verdienen Sie Ihren Lebensunterhalt?«

»Ich bin seit 2002 arbeitslos.«

»Was haben Sie davor gemacht?«

»Ich war Bademeister.«

»Haben Sie einen Führerschein?«

»Ja.«

»Was für ein Auto fahren Sie?«

»Einen Ford Ka.«

»Kennen Sie sich in Gelderland gut aus?«

»Eher nicht.«

»Wann waren Sie das letzte Mal dort?«

»Puh …« Er überlegte. »Vor drei, vier Jahren, schätze ich mal.«

»Wo waren Sie am Samstag, den 23. Juni?«

»Am 23. Juni? Da war ich bei der Geburtstagsfeier meiner Schwester.«

»Den ganzen Tag?«

»Ja, ich hab dort auch übernachtet. Meine Schwester wohnt in Deutschland.«

»An dem bewussten Tag haben Sie gegen 22 Uhr versucht, Floor per Handy zu erreichen. Warum?«

»Weil ich mich einsam gefühlt habe.«

»Einsam? Sie waren doch bei einer Geburtstagsfeier.«

»Alle anderen waren mit ihrem Partner da, nur ich nicht. Ich hab den Hund meiner Schwester rausgelassen und bei Floor angerufen. Einfach so, um ein wenig zu reden. Sie ist aber nicht ans Telefon gegangen.«

»Wissen Sie, warum nicht?«

»Woher sollte ich das wissen?«

»Floor und Marcia waren im Krankenhaus.«

Zwartjes zuckte zusammen und machte große Augen. »Ich hab eine Meldung in der Zeitung gelesen«, sagte er. »Das waren also Marcia und Floor. Ich hatte keine Ahnung …« Er brach ab. Vermutlich begriff er erst jetzt, weshalb er verhört wurde. »Damit hab ich nichts zu tun! Ich hab keines der Mädchen, mit denen ich chatte, jemals persönlich getroffen. Keine der Frauen, meine ich natürlich …« Er rutschte nervös auf dem Stuhl herum. »Ich hab den beiden kein Haar gekrümmt, das schwör ich Ihnen.«

»Unter welcher Telefonnummer können wir Ihre Schwester in Deutschland erreichen?«

»Wozu?«

»Um Ihr Alibi zu überprüfen.«

Er nahm sein Handy aus der Jackentasche. »Ich war ab elf in Köln.« Er las die Nummer aus dem Verzeichnis ab und van Buren schrieb sie in sein Notizbuch.

»Kurz nach meiner Ankunft hab ich mit der Nachbarin meiner Schwester gesprochen. Die können Sie auch gern fragen.«

»Das machen wir mit Sicherheit.« Van Buren gab seinem Kollegen ein Zeichen. Dieser stand auf und verließ den Raum.

»Möchten Sie einen Kaffee trinken?«, wandte er sich dann an Zwartjes.

»Gern. Das Ganze hat mir ziemlich zugesetzt.«

»Warum? Sie haben doch ein Alibi, oder?«

»Zum Glück ja. Aber erschrocken bin ich trotzdem. Ich hab nichts damit zu tun, wirklich nicht! Das müssen Sie mir glauben!«

Nach zwanzig Minuten kam Bouwen wieder. »Ich habe mit Ihrer Schwester telefoniert und sie hat Ihre Aussage bestätigt. Sie waren tatsächlich ab elf Uhr in Köln.«

»Hab ich Ihnen doch gesagt!« Zwartjes wirkte erleichtert. »Mit Mädchen chatte und telefoniere ich nur, mehr nicht.«

Am Nachmittag fuhren van Buren und Bouwen wieder nach Gelderland.

»Mal sehen, ob er jetzt in Panik gerät und herumtelefoniert.« Van Buren seufzte tief und rieb sich den schmerzenden Magen.

»Ist dir nicht gut?«

»Wahrscheinlich hab ich zu viel Kaffee getrunken. Oder es ist der Stress. Bist du sicher, dass Zwartjes' Leitung angezapft ist?«

»Hundertprozentig. Jedes ein- und ausgehende Gespräch wird registriert. Wenn er nun einen Komplizen anruft ...«

Van Buren nickte, doch seine Miene verriet Zweifel.

»Und?«

Van Buren nahm neben Bouwen Platz, der den Kopfhörer absetzte.

»Noch nichts Relevantes. Zwartjes hat seine Schwester in Köln angerufen und ihr weisgemacht, er sei wegen einer spurlos verschwundenen Frau vernommen worden. Er habe als Letzter Mailkontakt mit ihr gehabt, deshalb hätte die Polizei ihn befragt. Anscheinend hat sie ihm geglaubt. Später hat er beim Pizzaservice angerufen und sich was zu essen bestellt. Dann hat er noch mit seiner Mutter telefoniert und vorhin mit einem Onkel Joris. Mit dem hat er über allerlei Krankheiten geredet, Gicht und so.«

Die Tür ging auf. Heleen stand auf der Schwelle. »Es ist halb acht. Ich mach Schluss für heute.«

»Gute Idee. Morgen ist auch noch ein Tag.« Van Buren streckte sich. »Ich habe übrigens die Kollegen in Antwerpen angerufen. Morgen Vormittag kann ich dort diesen Erik befragen. Willem, übernimmst du morgen bitte das Abhören, dann kann sich Heleen weiter mit den Daihatsus beschäftigen.«

29

Monoton glitten die Scheibenwischer über die Windschutzscheibe und hinterließen schmierige Streifen. Van Buren hatte gerade Breda hinter sich gelassen und fuhr nun auf der A 1 in Richtung Antwerpen. Er hatte das Radio leise gestellt und versuchte, in Gedanken zusammenzufassen, was sie bislang wussten.

Am frühen Morgen war ein Fax vom Provider gekommen; man hatte anhand des IMEI-Codes festgestellt, dass die SIM-Karte des Täterhandys nicht gewechselt worden war. Und es waren auch keine Gespräche mehr mit dem Handy geführt worden.

Was Zwartjes' Telefonate anging, gab es ebenfalls nichts Neues und Koning hatte auf dem Parkplatz am Elster Bahnhof keine brauchbaren Spuren gefunden. Fest stand lediglich, dass es sich um zwei Täter handelte – einen Mann und eine Frau –, dass sie einen Daihatsu fuhren und Schuhabdrücke hinterlassen hatten. Van Buren kam zu dem Schluss, dass sie die Internetkontakte der Mädchen erneut unter die Lupe nehmen mussten. Bei Marcia waren es weit über hundert Kontakte, bei Floor nur um die zwanzig. Drei davon waren auffällig: Dude17 aus Ede, Zwartjes aus Den Haag und dieser Kerl aus Antwerpen.

In Antwerpen verfuhr van Buren sich mehrmals und ärgerte sich, dass er das Navigationssystem zu Hause hatte liegen lassen. Schließlich fand er das Polizeirevier Nord, parkte und stieg aus. Es hatte aufgehört zu regnen und die Sonne brach vorsichtig durch die Wolkendecke. Er nahm sein Handy aus der Jackentasche, wählte Bouwens Nummer und erkundigte sich, ob das Abhören etwas Neues ergeben hatte.

Bouwen musste ihn enttäuschen. Mit einem Seufzer beendete er das Gespräch und betrat das Revier.

Er zeigte seinen Dienstausweis vor und sagte, er habe am Vortag telefonisch einen Verhörtermin vereinbart. Der Kollege am Eingang führte ein kurzes Telefonat und bat ihn dann, einen Augenblick zu warten.

Van Buren schob die Hände in die Jackentaschen, trat ans Fenster und beobachtete die Leute, die über das Gelände gingen. Mit einem Mal fühlte er sich ungeheuer müde. Die langen Arbeitstage forderten allmählich ihren Tribut. Vielleicht konnte er demnächst mit Vivian ein paar Tage Urlaub machen. Er hatte sie am Abend zuvor angerufen und sie hatten sich eine gute Stunde unterhalten. Ein Lächeln glitt über sein Gesicht …

»Inspektor van Buren?«

Er fuhr herum. Vor ihm stand ein hoch gewachsener, nicht ganz schlanker uniformierter Mann. Er gab ihm die Hand und stellte sich als Maarten Crappe vor. »Wie ich gehört habe, brauchen Sie unsere Unterstützung bei einer Ermittlung. Kommen Sie bitte mit.«

Maarten Crappe führte van Buren durch mehrere Flure, öffnete dann eine Tür und ließ ihm den Vortritt.

»Kann ich Ihnen etwas zu trinken anbieten? Kaffee, Tee oder lieber Mineralwasser?«

»Kaffee bitte, mit Milch und Zucker.«

Crappe verließ den Raum und kam kurz darauf mit einem Tablett wieder. »Ich habe gerade erfahren, dass Herr Gerrard sich vor einer halben Stunde gemeldet hat. Was liegt gegen den jungen Mann vor?«

»Noch nichts Konkretes. Ich möchte ihn lediglich befragen. Wir sind mit einem Sittlichkeitsdelikt befasst und Herr Gerrard stand mit einem der Opfer in Verbindung.«

Crappe nickte. »Mögen Sie vielleicht Kekse?« Er schob van Buren eine offene Schachtel hin.

»Gern, vielen Dank. Ist Erik Gerrard bei der hiesigen Polizei aktenkundig?«

»Nein«, sagte Crappe, nachdem er in seinem Notizbuch nachgesehen hatte. »Er hatte noch nie mit der Polizei zu tun. Unseren Recherchen zufolge arbeitet er als Zimmermannslehrling hier im Hafen und wohnt bei seinem Vater. Der wiederum ist Autoschlosser und hat ebenfalls keine Vorstrafen. Können Sie mir Näheres zu der Sache sagen?«

»Selbstverständlich.« Van Buren schilderte in aller Kürze den Fall.

Crappe hörte aufmerksam zu, machte hin und wieder eine Bemerkung und fragte dann, ob van Buren etwas dagegen hätte, wenn er bei Erik Gerrards Befragung anwesend sei.

Van Buren, der seinen Antwerpener Kollegen sympathisch fand, hatte keine Einwände.

Langsam strich Erik Gerrard sich die dunkelblonden Locken aus dem Gesicht und sah die zwei Polizisten abwartend an. Er hatte nicht die geringste Ahnung, weshalb er sich auf dem Revier hatte melden müssen. Als der stämmige Mann mit der Glatze ihm seinen Dienstausweis zeigte und sich als niederländischer Polizeibeamter vorstellte, der eigens wegen ihm nach Antwerpen gekommen sei, stutzte er.

»Kennen Sie Marcia Janssens?«, fragte der Inspektor.

»Ja, aber wieso –«

»Woher kennen Sie das Mädchen?«, unterbrach ihn van Buren.

»Ich habe sie im Internet kennengelernt. Ist was passiert?«, fragte er besorgt.

»Sie hat Ihnen also noch nichts erzählt?« Der Inspektor sah verwundert aus.

Erik schüttelte den Lockenkopf. »Ich versuche schon seit Tagen, Marcia zu erreichen, aber sie reagiert nicht.«

»Vielleicht gibt es dafür einen Grund.« Van Buren musterte ihn eingehend.

»Ich wüsste nicht, welchen. Was ist eigentlich los? Ich hab schließlich ein Recht zu erfahren, warum ich hier bin.«

»Kennen Sie Floor Kloostermans?«

»Das ist Marcias Freundin«, sagte er.

»Die beiden Mädchen wurden vor wenigen Tagen von einem angeblichen Modelagenten in ein Studio gelockt, wo man sie für Pornofotos missbraucht hat.«

Erik starrte ihn entgeistert an. »Um Himmels willen!«, murmelte er.

»Wir haben sämtliche Internetkontakte der Mädchen überprüft und sind dabei auch auf Sie gestoßen. Ich bin hier, um herauszufinden, ob Sie etwas mit der Sache zu tun haben.«

»Wie bitte? Steh ich etwa unter Verdacht?«

Van Buren nickte.

»Das kann doch wohl nicht wahr sein! Nur weil ich mit meiner Freundin chatte, werde ich verdächtigt?! Das ist völlig absurd!« Er sah Crappe Hilfe suchend an.

»Zunächst einmal gehört jeder, der mit den beiden Mädchen Kontakt hatte, zum Kreis der Verdächtigen«, erklärte van Burens flämischer Kollege. »Das ist reine Routine. Und auch wenn Sie nichts mit der Sache zu tun haben, wissen Sie ja vielleicht etwas, das bei der Ermittlung weiterhelfen kann.«

Das schien den Jungen ein wenig zu beruhigen. »Wann ist das passiert?«, fragte er.

»Am Samstag, den 23. Juni.«

»Da hatte Marcia doch einen Fototermin.«

»Woher wissen Sie das?« Van Buren nahm seinen Kugelschreiber zur Hand.

»Das hat sie mir erzählt. Wir haben jeden Abend auf MSN gechattet, bis auf die letzten Tage …«

»Zu einer bestimmten Uhrzeit?«

»Meist nach dem Abendessen, und wenn das nicht klappte, haben wir uns gemailt.«

»Haben Sie eine Webcam?«

»Ja.«

»Haben Sie und Marcia sich vor der Kamera ausgezogen?«

»Manchmal …« Er sah die zwei Polizisten herausfordernd an. »Ich wüsste nicht, was daran verboten sein sollte.«

»Wollten Sie Marcia nicht mal persönlich kennenlernen?«

»Doch. Wir wollten uns in Herzogenbusch treffen, aber das hat nicht geklappt. Sie musste zu Hause bleiben, weil sie Ärger in der Schule hatte.«

»Und das hat Sie frustriert?«

»Klar war ich sauer. Wir haben dann abgemacht, dass wir uns ein andermal dort treffen. Aber bisher hat es nicht geklappt.«

»Warum nicht?«

»Ich hab dann eine Zeit lang nichts mehr von ihr gehört.«

»Haben Sie einen Führerschein?«

Erik schüttelte den Kopf. »Noch nicht. Ich spare für Fahrstunden.«

»Ich möchte noch mal auf die Sexspielchen vor der Webcam zurückkommen. Haben Sie die Bilder gespeichert?«

»Das waren keine ›Sexspielchen‹! Und gespeichert habe ich die Bilder auch nicht! Warum sollte ich?«

»Um sie anderen zu zeigen. Ihre Freundin sieht schließlich gut aus und vielleicht wollten sie irgendwelchen Freunden mit den Bildern imponieren … Sie wissen schon, Männer unter sich …«

Erik runzelte verärgert die Stirn. »So einer bin ich nicht! Was Marcia und ich machen, geht niemanden was an. Sie ist meine Freundin und ich liebe sie.«

Van Buren musterte den Jungen eingehend. Er wirkte aufrichtig und der Inspektor kam zu dem Schluss, dass Erik Gerrard nichts mit dem Missbrauch zu tun hatte. Er packte sein Notizbuch ein.

»Ich habe keine weiteren Fragen mehr.« Er warf Maarten Crappe einen Seitenblick zu. »Sie eventuell?«

Crappe schüttelte den Kopf.

»Und Sie, Herr Gerrard? Möchten Sie uns noch etwas fragen?«

»Ja. Ich wüsste gern, wie es Marcia geht«, sagte er mit zittriger Stimme.

30

Es war Samstagnachmittag. Das Polizeirevier wirkte verlassen. Die Flure waren düster und nur im hintersten Büro der zweiten Etage brannte Licht. Das Radio auf dem Fensterbrett spielte leise Musik.

Resolut strich van Buren den Namen Erik Gerrard auf der Liste der Verdächtigen durch. Zwei Möglichkeiten blieben noch: Die Familie in Ede und Ruud Zwartjes. Die bisher abgehörten Telefonate von Zwartjes gaben jedoch nichts her. Außerdem passte der Mann nicht ins Bild. Er wohnte über hundert Kilometer vom Tatort entfernt, fuhr einen Ford Ka und hatte ein wasserdichtes Alibi. Van Buren beschloss, ihn fürs Erste außen vor zu lassen und sich auf die Familie in Ede zu konzentrieren.

Müde fuhr er sich über die Stirn. Er setzte die Brille ab und richtete den Blick auf Heleen, die am Computer saß.

»Was wissen wir bisher über diese Familie in Ede?«

Sie sah auf. »Du meinst Dude17?«

»Genau.«

Sie stand auf, nahm einen Ordner aus dem Regal und blätterte. »Van der Kamp hat die IP-Adresse recherchiert. Sie gehört dem Ehepaar Joke und Piet Cornei. Die beiden haben drei Kinder: zwei Töchter namens Emma und Kim und einen Sohn, der Peter heißt. Frau Cornei fährt einen Nissan und ihr Mann einen Mazda 626. Keiner aus der Familie hat irgendwelche Vorstrafen, nicht mal Strafmandate sind registriert.«

»Sie könnten den Daihatsu geliehen haben …«, murmelte van Buren, selbst nicht so recht überzeugt von seiner Vermutung.

»Ich habe gestern Nachmittag Kopien von ihren Pässen angefordert, damit wir die Fotos mit den Phantombildern vergleichen können.«

Seufzend ordnete van Buren seine Unterlagen. Gab es denn überhaupt keinen konkreten Hinweis unter den vielen Informationen der letzten Tage? Was habe ich übersehen?, fragte er sich. Er nahm sich erneut sein Notizbuch vor, doch auch das brachte ihn nicht weiter.

Ihm wurde klar, dass die Ermittlung ins Leere laufen würde, wenn sich nicht bald etwas ergab. Der Albtraum schlechthin!

Plötzlich packte ihn die kalte Wut und er warf sein Notizbuch an die Wand.

Erschrocken fuhr Heleen hoch.

Van Buren sprang auf, stieß dabei seinen Stuhl um und rannte aus dem Zimmer.

Regungslos stand er am Fenster und blickte auf den Parkplatz hinter dem Polizeirevier. Er fragte sich, weshalb er an einem Samstag bei schönstem Wetter im Büro war, statt das Wochenende zu genießen. Er hatte Kinder und er hatte eine Freundin. Tat er nicht besser daran, sich ihnen zu widmen? Die Ermittlung steckte in einer Sackgasse, daran war nicht zu rütteln.

Er spielte kurz mit dem Gedanken, Linthorn anzurufen und ihm klarzumachen, dass sie den Fall ad acta legen müssten. Dann hätte er endlich wieder Zeit für seine Kinder und für Vivian. Für die beiden Mädchen und ihre Eltern tat es ihm leid, aber schließlich konnte er keine Wunder vollbringen. Man hatte sein Team auf drei Personen reduziert und in Gelderland waren 932 Daihatsus unterwegs, von denen einer dem Täter gehörte. Sollten sie etwa zu dritt 932 Adressen abklappern? Ein Ding der Unmöglichkeit!

Er ließ den Blick schweifen und spürte, wie seine Wut langsam verrauchte. Nein, er durfte nicht aufgeben. Die Opfer waren junge Mädchen, und wenn sie nichts weiter unternahmen, würde der Täter demnächst erneut zuschlagen. Willem und Heleen ließen sich auch nicht beirren und blieben am Ball. Also musste er ebenfalls weitermachen. Seufzend ging er zum Kaffeeautomaten.

Mit drei Bechern Kakao betrat er den Raum, schob die Papiere auf seinem Schreibtisch beiseite und setzte sich.

»Pause!«, rief er seinen Kollegen zu. »Kommt, wir setzen uns kurz zusammen. Mag jemand Gebäck? Ich hab welches aus Antwerpen mitgebracht.« Er griff in eine Plastiktüte und riss die Packung auf.

Heleen und William setzten sich zu ihm.

»Krisenstimmung?«, fragte Heleen.

»Ja. Meinem Empfinden nach kommen wir überhaupt nicht voran. Ich wüsste nicht, was wir noch tun könnten.«

»Das scheint mir auch so«, gab Bouwen zu.

»Es gibt vielleicht noch eine Möglichkeit …«, meinte Heleen plötzlich. Sie nippte an ihrem Kakao. »Ich weiß allerdings nicht, ob es machbar ist, wahrscheinlich kostet es zu viel Zeit und …«

»Sag schon! Was hast du dir ausgedacht?« Van Buren nahm die Brille ab und wartete gespannt. Schon bei früheren Ermittlungen hatte Heleen mitunter die rettende Idee gehabt.

»Martin hat doch gesagt, dass alles, was man im Internet mache, an die IP-Adresse gekoppelt sei. So ähnlich wie Telefonanrufe an die Nummerkennung …«

Die beiden Männer nickten.

»Einer der Täter hat sich als Geschäftsführer der Modelagentur *Make It* ausgegeben. Er hat Hans Groesbeeks Namen benutzt und den Mädchen dessen Website als Referenz genannt. Diese Website muss er sich ja vorher selber mal angesehen haben. Wenn wir nun die IP-Adressen sämtlicher Besucher der Website von *Make It* hätten, sagen wir, für etwa zwei Monate rückwirkend ab dem Datum, zu dem er mit den Mädchen Kontakt aufgenommen hat, dann könnten wir –«

»Ich wüsste nicht, was das bringen sollte«, unterbrach sie van Buren. »Dann haben wir eine Unmenge Adressen, aber noch lange keinen Hinweis. Oder willst du etwa alle Adressen aus Gelderland rausfiltern?«

»Nein. Ich will sie mit den Adressen der Daihatsu-Besitzer vergleichen. Den Datenabgleich könnte man hier auf dem Revier vornehmen; keiner von uns müsste lange durch die Gegend fahren. Und wenn die Adresse eines der Autobesitzer mit der eines Besuchers der Website übereinstimmt …«

Sprachlos sahen die beiden sie an.

»Hab ich's nicht immer gesagt: Heleen ist ein Genie!«, rief van Buren.

Er griff nach dem Telefonhörer. »Wie lautet Martins Privatnummer? Er gehört nach wie vor zu unserem Team und am Wochenende dürfte er ja keinen Kurs haben …«

Van Buren hatte Hans Groesbeek angerufen und dieser hatte ihm nicht nur seine Unterstützung zugesichert, sondern sogleich seinen Systemadministrator in die Agentur beordert. Martin van der Kamp war deshalb noch am Samstagabend zu ihnen gefahren, um die IP-Adressen zu sichern.

Als Nächstes hatte der Inspektor den Chefermittler angerufen und ihm das neue Vorgehen auseinandergesetzt. Nicht weil er dessen Genehmigung dafür brauchte, sondern weil er Linthorn bitten wollte, ihm Hilfskräfte zur Verfügung zu stellen. Für die Eingabe und den Abgleich der Daten bedurfte es schließlich keiner voll ausgebildeten Kripoleute.

Van Buren hatte bei einer früheren Ermittlung gute Erfahrungen mit einer Praktikantin namens Desiree Appels gemacht, die inzwischen fest angestellt war. Er war sicher, dass sie gern wieder für ein paar Tage in seinem Team arbeiten würde.

Linthorn war zunächst skeptisch gewesen; ihm erschien das Vorgehen reichlich umständlich. Doch van Buren hatte ihn überzeugen können, dass es die einzige Möglichkeit war, den Fall zu lösen.

Schließlich erklärte Linthorn sich einverstanden und teilte van Buren Desiree Appels und einen weiteren Kollegen namens Hans Nachtegraaf als Unterstützung zu.

Am Sonntagmorgen herrschte emsiger Betrieb im Großraumbüro in der zweiten Etage. Van Buren hatte seine Leute in zwei Gruppen eingeteilt. Martin van der Kamp und Hans Nachtegraaf erstellten Listen aus den bei *Make It* gesicherten IP-Adressen, die andere Gruppe nahm den Abgleich mit den Daihatsu-Besitzern vor.

Insgesamt 1759 Personen hatten die Website von *Make It* im Laufe der letzten acht, neun Wochen besucht, sodass van Burens Team den ganzen Sonntag über voll beschäftigt war.

Um zehn Uhr abends schickte er seine Leute nach Hause und ordnete an, dass sie sich am nächsten Morgen um halb neun wieder einfinden sollten.

Am Montag um Viertel vor zwölf stieß Desiree Appels einen Jubelschrei aus. Das System hatte einen Treffer gemeldet: Die IP-Adresse 621 stimmte mit der Wohnadresse des Besitzers eines Daihatsu Applause, Baujahr 2000, überein!

Schnell hatten sie die wichtigsten Daten zusammen: Teunis Johannes Moersel, geboren am 17. März 1957 in Culemborg, wohnhaft Achterstapweg 6 in Leesden, verheiratet mit Maria de Haas, geboren am 9. April 1963 in Gouda, drei gemeinsame Kinder.

Leesden war ein kleiner Ort an der A 15, fünfundzwanzig Kilometer von Elst entfernt und fünfzehn von der Bushaltestelle am Akkerweg.

Van Buren spendierte Apfelkuchen, um den Erfolg zu feiern. »Neues Spiel, neues Glück«, murmelte er und zwinkerte Heleen zu, die sich mit zufriedener Miene über ihr Kuchenstück hermachte.

Sie hatten einen möglichen Täter samt Adresse! Am liebsten hätte van Buren ihn schnurstracks verhaften lassen, doch solange die genaue Lage des Fotostudios nicht bekannt war, konnte er nicht zur Tat schreiten. Zeitgleich mit der Verhaftung musste sowohl in Moersels Wohnung als auch in seinem Studio eine Hausdurchsuchung vorgenommen werden, denn falls er einen Komplizen hatte, würde dieser mit Sicherheit sämtliche Beweise im Studio vernichten. Solange sie also dessen Lage nicht kannten, mussten sie sich bedeckt halten.

Das Einzige, was sie im Moment tun konnten, war, den Verdächtigen zu beschatten und zu hoffen, dass er demnächst sein Studio aufsuchen würde. Doch seine Leute konnte van Buren nicht zur Beschattung einsetzen. Leesden war ein relativ kleiner Ort und ein fremdes Auto, das in der Straße parkte, würde rasch auffallen und Moersel womöglich misstrauisch machen.

Er beschloss daher, das Beobachtungsteam einzuschalten, eine Sondereinheit der Polizei, deren Mitarbeiter darin geübt waren, sämtliche Bewegungen verdächtiger Personen unauffällig zu überwachen und beispielsweise auch Abhörvorrichtungen in Privatwohnungen zu installieren.

Van Buren durchsuchte die Papierstapel auf seinem Schreibtisch, fand schließlich die Nummer und rief den Teamleiter Paul Hogeboom an.

Nachdem er sein Anliegen vorgebracht hatte, hielt auch Hogeboom es nicht für ratsam, dass der Inspektor seine Leute zur Beschattung einsetzte. Er schlug vor, am Auto des Verdächtigen einen Peilsender anzubringen, mit dessen Hilfe sich am Bildschirm jegliche Bewegung des Fahrzeugs verfolgen ließ. Seine Leute bräuchten einen Arbeitstag, um die nötigen Vorbereitungen zu treffen, meinte Hogeboom.

Heleen Resmann war inzwischen mit Desiree Appels nach Leesden unterwegs, um im dortigen Rathaus Kopien der Pässe der Familie Moersel zu besorgen, damit die Fotos mit den Phantombildern verglichen werden konnten.

Zeitgleich waren aus Ede Kopien der Pässe der Familie Cornei gekommen. Piet Cornei hatte kurze graue Haare und war fast 1,90 m groß. Seine Frau Joke war klein, weizenblond und Brillenträgerin. Die Corneis waren daraufhin von der Liste der möglichen Verdächtigen gestrichen worden; alle Hoffnungen ruhten nun auf Moersel.

Während der Fahrt redete Desiree Appels in einer Tour – über Fußball, Mode und Filmstars. Ihr Gequassel strapazierte Heleens Nerven, doch da die junge blonde Kollegin ansonsten sehr nett und sympathisch war, ließ sie den Wortschwall über sich ergehen und machte hin und wieder eine scheinbar interessierte Bemerkung.

Im Rathaus gingen die beiden Polizistinnen an der langen Warteschleife vorbei zu einem Schalter, an dem ein junger Mann saß, vor dem ein Schild mit der Aufschrift »Geschlossen« stand. Er versuchte zunächst, sie abzuwimmeln, und bat sie, wie alle anderen zu warten, bis sie aufgerufen würden. Doch Heleen Resmann zückte ihren Dienstausweis und forderte ihn auf, seinen Vorgesetzten zu holen.

Nachdem sie mit dem Amtsleiter gesprochen hatte, wurde der junge Mann beauftragt, die benötigten Kopien der Pässe zu machen. Widerwillig erhob er sich und schlenderte betont langsam davon.

Es dauerte eine gute Dreiviertelstunde, bis er grinsend

wieder auftauchte. Heleen verkniff sich eine gehässige Bemerkung, nahm den Umschlag entgegen und murmelte einen Dank. Im Auto riss sie ihn auf und zog die Kopien heraus.

»Und?« Desiree Appels beugte sich zu ihr. Der Mann auf dem Passfoto entsprach weitgehend dem Phantombild: dünnes Flusenhaar und buschige Augenbrauen. Bei der Frau hatten sie ihre Zweifel. Sie sah ganz und gar nicht wie ein ehemaliges Model aus. Ihre hellblonden Haare waren streichholzkurz und die Haut wirkte fleckig.

»Von wann sind die Fotos?«, fragte Desiree.

Heleen zuckte mit den Schultern. »Lässt sich schwer sagen. Die Pässe sind jedenfalls im April 2006 ausgestellt worden.«

31

Er legte einen Umschlag auf den Couchtisch und setzte sich neben seine Frau aufs Sofa. Sie nahm keine Notiz von ihm und hielt den Blick unverwandt auf den Fernseher gerichtet.

»Was ist das?«, fragte sein Sohn.

»Eine Überraschung für deine Mutter.«

Sie tat, als hätte sie es nicht gehört, und trank einen Schluck Kaffee.

Ihre älteste Tochter betrat das Wohnzimmer. »Ich geh zu Kris. Vielleicht übernachte ich bei ihm. Ich ruf aber noch an und sag Bescheid.« An der Tür drehte sie sich nochmals um. »Was ist das für ein Umschlag?«

»Der ist für Mama«, sagte ihr Bruder. »Eine Überraschung angeblich.«

Sie grinste ihren Vater an. »Du hast wohl was gutzumachen, was?«

Er lächelte säuerlich. »Geh du mal zu deinem Kris, der wartet bestimmt schon.« Dann wandte er sich an seinen Sohn: »Hast du auch noch was vor?«

»Soll ich verschwinden, oder was?«

»Genau. Ich würde gern allein mit deiner Mutter sprechen.«

»Na gut, ich wollte ohnehin zu Lars. Vor elf Uhr abends bin ich nicht zu Hause.« Er zog eine Grimasse, nahm sich eine Handvoll Erdnüsse aus der Schale auf dem Couchtisch und verließ das Wohnzimmer.

»Warum bist du so abweisend?«, fragte er. »Hab ich das verdient?«

»Die Sache mit den Mädchen lässt mir keine Ruhe. Du hättest mich da nicht reinziehen dürfen. Ich bin mit den Nerven am Ende, guck doch mal …« Sie hielt ihm ihre zitternden Hände hin.

Lachend legte er ihr den Arm um die Schultern. »Du regst dich ganz umsonst auf. Ich habe alle Spuren gut verwischt, sonst wäre doch schon längst die Polizei da gewesen. Und die Mädchen können sich ohnehin an nichts mehr erinnern. Das GHB hat seine Wirkung getan. Uns kommt keiner auf die Schliche. Und falls doch …«

Sie stieß ihn von sich.

»Falls doch«, fuhr er unbeirrt fort, »dann sagen wir genau das, was wir besprochen haben.«

Er nahm den Umschlag vom Tisch und überreichte ihn ihr mit großer Geste. »Ich hab mit einem Freund in Spanien telefoniert. Er war von der neuen CD-ROM schwer beeindruckt und hat gleich vierhundert Stück geordert.«

Sie sah ihn groß an. »Vierhundert?!«, wiederholte sie ungläubig.

»Und dazu kommen noch die Bestellungen aus Deutschland und England. Na, was sagst du nun?«

Sie lächelte verhalten. »Was ist in dem Umschlag?«

»Sieh nach.«

Sie riss den Umschlag auf und nahm ein Flugticket heraus. »Portugal …«, murmelte sie.

»Du fliegst zu deiner Schwester nach Portugal, um dich zu erholen. Das hast du dir redlich verdient. Sie weiß bereits, dass du kommst.«

»Wirklich?« Sie fiel ihm um den Hals. »Aber was ist mit den Kindern?«

»Die bleiben hier. Du fliegst allein.«

»Das ist ja richtig luxuriös. Für wie lange?«

»Eine ganze Woche. Am ersten Tag triffst du dich mit Raol, ansonsten kannst du machen, was du willst, und die freien Tage nach Herzenslust genießen.«

»Hab ich mir's doch gedacht!« Sie sprang auf. »Die Sache hat einen Haken!«

»Du sollst Raol lediglich ein paar CD-ROMs übergeben, mehr nicht.«

»Wie viele?«

»Das weiß ich noch nicht. Seine Bestellung steht noch aus. Jedenfalls lange nicht so viele, wie nach Spanien gehen. Wir packen sie zwischen Musik-CDs, da fallen zehn, fünfzehn Stück überhaupt nicht auf.«

Sie war nach wie vor wütend. »Und wenn ich nun kontrolliert werde? Weißt du was, ich hab immer mehr den Eindruck, dass *ich* bei der ganzen Sache das größte Risiko eingehe.«

»Ach was, ich würde dich doch nie bewusst in Gefahr bringen. Ich liebe dich, das weißt du genau.« Er nahm sie in den Arm und küsste sie auf den Mund. »Bis Ende des Jahres dürften wir so viel Geld verdient haben, dass wir uns selbst ein Haus in Portugal leisten können.«

»Meinst du?« Sie schmiegte sich an ihn. »Mit Swimmingpool?«

»Vielleicht sogar mit zwei Pools …«

32

Nach längerem Suchen hatten Hogebooms Leute bei einer Autovermietung in Brabant einen Daihatsu Applause, Baujahr 2000, ausfindig gemacht. Sie mieteten das Auto für einen Tag und brachten es in ihre Werkstatt, wo es von erfahrenen Monteuren gründlich unter die Lupe genommen wurde. Schließlich entschied man sich dafür, den Peilsender im Radkasten hinten links anzubringen.

Mit einer Stoppuhr wurde die Aktion geprobt. Das Ganze durfte nicht länger als fünf Sekunden dauern und sie übten so lange, bis es klappte.

Mittwoch, gegen vier Uhr morgens, wurden zwei dunkel gekleidete Männer in der Nähe des Achterstapwegs in Leesden abgesetzt. Sie liefen den Bürgersteig entlang, wobei sie sorgfältig darauf achteten, das Licht der Straßenlaternen zu meiden. Schräg gegenüber dem Haus Nummer 6 stand der dunkelblaue Daihatsu.

Der größere der beiden Männer blieb ein Stück hinter dem Wagen stehen und schaute sich nach allen Seiten um, während sein Kollege ein paar Schritte weiterging, sich dann blitzschnell auf den Boden fallen ließ und unter das Auto wälzte.

Der Blick des Mannes, der Wache hielt, fiel auf eine Stelle mit grauer Grundierung am hinteren rechten Kotflügel. Er beugte sich vor und sah, dass der Scheinwerfer zerbrochen war. Sein Kollege hatte mittlerweile den Peilsender angebracht und kam unter dem Wagen hervor. Sekunden später verließen sie den Achterstapweg und verschwanden in der Dunkelheit.

Martin van der Kamp richtete morgens um sieben Uhr im Büro eine Überwachungsstation ein. Auf einem Monitor konnte man die Bewegungen des Autos verfolgen, die zugleich akribisch protokolliert wurden.

07:15 Uhr: Objekt befindet sich im Achterstapweg.
08:15 Uhr: Objekt hat sich noch nicht fortbewegt.
09:15 Uhr: Objekt befindet sich im Achterstapweg.
10:15 Uhr: Objekt hat sich noch nicht fortbewegt.
10:34 Uhr: Objekt verlässt den Achterstapweg und biegt nach links in die Groentuilsingel ein.

Van der Kamp rief seinen Kollegen zu, es gehe los. Sofort eilten sie herbei und beobachteten mit ihm, wie das Blinksignal sich langsam bewegte.

10:35 Uhr: Objekt fährt die Julianalaan in Richtung Lageweard entlang, überquert den Veerweg und fährt auf die Hofstede.
10:40 Uhr: Objekt stoppt im Noorderveld am Rand des Industriegebiets Memder.

Van Buren rieb sich die Hände. »Leute, wir müssen Vorbereitungen treffen! Heleen und Desiree, besorgt ihr bitte Ausrüstungskoffer für die Hausdurchsuchung und stellt eine Liste zusammen, wonach gesucht werden muss. Willem und ich planen das Verhör, damit wir uns Moersel sofort vorknöpfen können, wenn er aufs Revier gebracht wird. Martin und Hans behalten weiterhin das Auto im Auge.« Er wandte sich an van der Kamp: »Hast du übermorgen wieder deinen Kurs?«

Van der Kamp runzelte die Stirn. »Immer donnerstags und freitags, das weißt du doch.«

»Ich brauche dich morgen und sehr wahrscheinlich auch übermorgen. Wir müssen im Wohnhaus und im Studio die Computer sicherstellen. Hans Nachtegraaf übernimmt das Haus und dich möchte ich gern ins Studio schicken. Kannst du für diesen Donnerstag absagen?«

»Na gut, ausnahmsweise.« Van der Kamp seufzte tief.

15:25 Uhr: Objekt verlässt das Noorderveld und biegt in die Hofstede ein.

15:27 Uhr: Objekt biegt nach rechts in die Petersingel ein und fährt über den Kreisel.

15:29 Uhr: Objekt stoppt in der Gasthuisstraat.

15:30 Uhr: Objekt fährt die Gasthuisstraat zurück in Richtung Kreisel.

15:35 Uhr: Objekt biegt nach links in den Papaverweg ein, fährt bis zum Ende und biegt erneut links ab.

15:42 Uhr: Objekt fährt die Julianalaan bis zum Ende entlang, biegt nach rechts in die Groentuilsingel ein.

15:45 Uhr: Objekt stoppt im Achterstapweg in Höhe von Nummer 12.

16:48 Uhr: Objekt verlässt den Achterstapweg und biegt nach links in die Groentuilsingel ein. Objekt fährt die Dorpsstraat entlang bis zur Einmündung Cellendonkweg.

16:52 Uhr: Objekt biegt nach links in den Cellendonkweg ein und hält vor Nummer 9.

17:33 Uhr: Objekt verlässt den Cellendonkweg und fährt in Richtung Dorpsstraat, dann die Groentuilsingel entlang bis zum Achterstapweg.

17:36 Uhr: Objekt stoppt im Achterstapweg.

Van Buren hatte beim Türken Döner für alle bestellt. Mit dem Fladenbrot in der Hand verfolgten die Kollegen gespannt, was sich auf dem PC tat, doch nach 17:36 Uhr wurde das Auto nicht mehr bewegt.

Heleen Resmann und Willem Bouwen fuhren in einem unauffälligen Volkswagen die registrierte Strecke ab. Martin van der Kamp und Hans Nachtegraaf übernahmen die weitere Überwachung: Sollte der Daihatsu sich in Bewegung setzen, konnten sie ihren Kollegen umgehend per Handy Bescheid geben.

Bouwen saß am Steuer und Heleen gab ihm Anweisungen: »Hier geradeaus über die Kreuzung. Wir müssen Richtung Industriegebiet Memder. Schau, dort steht ein Schild!«

Als sie das Industriegebiet erreicht hatten, verlangsamte Bouwen.

»Halt!«, rief Heleen. »Guck mal, da!«

Willem bremste vor der Einfahrt neben einem großen Bürohaus.

»Das muss das Gebäude sein, das die Mädchen erwähnt haben: ein Bürohaus mit vielen Fenstern. Van der Poort, Import von Rollstühlen …«, las sie laut vor.

»Du könntest recht haben. Soll ich reinfahren?«

»Ich denke, das können wir riskieren. Um diese Zeit ist keiner mehr da, die Leute haben Feierabend.«

Willem fuhr ein Stück rückwärts, bog dann in einen schmalen Weg ein und fuhr ihn bis zum Ende. Er hielt vor einem weißen Haus, das von der Straße aus nicht zu sehen gewesen war.

»Wir haben's gefunden!« Triumphierend deutete Heleen auf die Feuertreppe am Gebäude. Sie holte die Kamera unter dem Beifahrersitz hervor und schoss mehrere Fotos von Haus und Parkplatz.

Auf dem Rückweg zum Revier rief sie van Buren an und gab die Erfolgsmeldung durch.

Trotz seiner anhaltenden Magenschmerzen war van Buren höchst zufrieden. Um Viertel vor neun wählte er die Nummer des Staatsanwalts Roelof Blaekert, um ihm mitzuteilen, dass sie fündig geworden waren. Blaekert unterstützte ihn in dem Vorhaben, den Verdächtigen möglichst schnell verhaften zu lassen und eine Hausdurchsuchung in beiden Gebäuden vorzunehmen. Da nichts darauf hinwies, dass Moersel im Besitz von Schusswaffen war, beschlossen sie, kein Sonderkommando einzusetzen, sondern ihn von uniformierten Kollegen festnehmen und aufs Revier bringen zu lassen. Sie vereinbarten, dass van Burens Team am nächsten Morgen zusammen mit dem Untersuchungsrichter in Aktion treten sollte.

33

Am Mittwoch in aller Frühe ging Heleen Resmann durch die ausgestorbenen Flure des Reviers. Sie hatte soeben kontrolliert, ob der Daihatsu noch immer vor dem Haus stand, und sicherheitshalber auch die aufgezeichneten Telefongespräche abgehört. Der Täter hatte, wie erwartet, in der Zwischenzeit nicht telefoniert, Zwartjes dagegen hatte offenbar ein neues Opfer gefunden … ein achtzehnjähriges Mädchen.

Heleen ging zur Kantine, um die Lunchpakete, die sie am Vortag bestellt hatte, abzuholen. Sie standen in einer Plastikkiste neben der Tür bereit. Im Treppenhaus stieß sie mit van Buren zusammen.

»Was machst du da? Das ist doch viel zu schwer für dich. Gib her!« Er nahm ihr die Kiste ab.

»Der Daihatsu steht noch vor dem Haus«, berichtete sie und fragte nach einem Blick auf sein müdes Gesicht: »Hast du schlecht geschlafen?«

»Mir hat der Fall keine Ruhe gelassen. Wir dürfen auf keinen Fall etwas versäumen. Nicht auszudenken, wenn wir den Kerl wegen eines Verfahrensfehlers wieder laufen lassen müssten.«

Schon von Weitem hörten sie Desiree Appels' Stimme.

»Das ist vielleicht 'ne Quasselstrippe!« Van Buren lachte. »Typisch Frau, ständig am Reden … nicht wahr, Heleen?« Sie grinste und versetzte ihm einen Rippenstoß.

Desiree knallte den Hörer auf die Gabel, als die beiden

den Raum betraten. »Ach, ihr seid's!«, rief sie. »Ich dachte schon, ich wäre die Erste.« Sie eilte auf van Buren zu, nahm ihm die Kiste ab und stellte sie auf einen Tisch. »Irrsinnig spannend das Ganze, nicht? Ich hab übrigens einen Apfelkuchen gebacken. Zur Feier des Tages sozusagen. Jetzt hole ich euch erst mal Kaffee.«

Van Buren breitete seine Unterlagen auf dem Schreibtisch aus und nahm dann die Schmerztabletten zur Hand, die er von zu Hause mitgebracht hatte. Seine Magenschmerzen wollten und wollten nicht nachlassen.

Er drückte zwei Pillen aus der Verpackung und spülte sie mit einem kräftigen Schluck Kaffee hinunter. Dann nahm er sich die Papiere vor. Um sechs betrat der Untersuchungsrichter den Raum. Er war für seine hohe Position ungewöhnlich jung, mit Sicherheit noch keine dreißig. Desiree stieß Heleen an und zwinkerte ihr zu, als er auf die beiden zuging.

»Schönen guten Morgen. Arjan August mein Name.«

Heleen gab ihm die Hand und murmelte ihren Namen. Es war ihr peinlich, dass sie sich nicht geschminkt hatte und in einer abgetragenen Jeans und Schlabberpulli vor dem attraktiven und höchst korrekt gekleideten jungen Mann stand.

Van Buren nahm hastig die Brille ab, stand auf und ging mit ausgestreckter Hand auf den Untersuchungsrichter zu. »Arjan, guten Morgen!« Er konnte ihn gerade noch aus den Fängen von Desiree Appels retten, die begonnen hatte, ihm das Rezept für ihren Apfelkuchen zu erläutern.

Inzwischen hatten sich auch die anderen Kollegen eingefunden.

»Wir haben Hausdurchsuchungen vor uns, und zwar in zwei Gebäuden: einem Wohnhaus und einem Studio«, begann van Buren. »Wie ihr wisst, geht es um Kinderpornos und die Opfer sind zwei fünfzehnjährige Mädchen. Unser Plan sieht so aus, dass wir mit den Durchsuchungen zeitgleich starten und als Erstes die Computer sicherstellen. Die Täter dürfen keine Chance haben, irgendwelche Daten zu löschen. Wir haben bei der Aktion Verstärkung von fünf uniformierten Kollegen: Dick van Rasmolen, Peter Bakker, John de Wild, Henriette Tip und Frans Valkenaars.« Die Genannten standen nacheinander auf. »Einsatzgruppe eins besteht aus Dick van Rasmolen, Peter Bakker und Hans Nachtegraaf. Desiree Appels leitet die Gruppe«, fuhr van Buren fort. »Ihr nehmt euch das Wohnhaus im Achterstapweg sechs vor. Dort ist der Verdächtige Teunis Johannes Moersel gemeldet, außerdem seine Frau und ihre drei Kinder. Festgenommen wird nur er, die Frau vorerst nicht. John de Wild und Henriette Tip bringen ihn aufs Revier, wo er von mir und Willem Bouwen verhört wird.«

Van Buren holte tief Luft, dann sprach er weiter: »Heleen Resmann leitet Einsatzgruppe zwei, die aus Frans Valkenaars und Martin van der Kamp besteht. Sobald John de Wild und Henriette Tip den Verdächtigen auf dem Revier abgeliefert haben, fahren sie zum Studio, um Gruppe zwei bei der Hausdurchsuchung zu unterstützen. Was wir suchen …« Er warf einen Blick auf das Blatt vor sich. »Zunächst einmal Datenträger aller Art, also Kameras, USB-Sticks, CD-ROMs usw. Aber auch Handys und außerdem Unterwäsche. Von einem der beiden Mädchen ist nämlich ein Wäschestück im Studio geblieben: ein hellgrüner Slip wie der hier.« Er hielt das Höschen hoch, das Frau Kloostermans ihm gegeben hatte. »Die Mädchen haben im Studio Formulare ausgefüllt und unterschrieben – die brauchen wir ebenfalls. Gesucht werden soll außerdem nach Kontoauszügen, Terminkalendern, Aufzeichnungen aller Art, Fotos, Drogen sowie Herren- und Damenschuhen, Letzteres vor allem im Privathaus. Heleen und Desiree haben Checklisten bei sich und können bei Bedarf Auskunft geben. Der Daihatsu wird natürlich auch beschlagnahmt. Und für den Fall, dass sich die ganze Sache länger hinziehen sollte, sind Lunchpakete vorbereitet. Die Ausrüstungskoffer haben Heleen und Desiree. Hat noch jemand Fragen?«

Dick van Rasmolen hob die Hand. »Fahren wir mit Polizeiautos vor?«

»Nur John de Wild und Henriette Tip fahren in einem Polizeiauto, weil sie den Verdächtigen aufs Revier bringen sollen. Für alle anderen stehen zwei unauffällige Volkswagen bereit. Herr August nimmt seinen eigenen Wagen, weil er vom Achterstapweg aus direkt zum Studio fährt. Er eröffnet lediglich die Durchsuchungen und muss danach andere Termine wahrnehmen. Wenn wir fertig sind, informieren wir ihn, dann schließt er die Durchsuchungen telefonisch. Sonst noch Fragen? Nein? Dann viel Erfolg!«

Um halb sieben erreichten sie Leesden. Eine Frau mit Hund blieb stehen und sah den Autos verwundert nach, als sie in den Achterstapweg einbogen. Das Einfamilienhaus Nummer sechs hatte zwei Stockwerke und stand zwischen zwei baugleichen Häusern. Wie diese hatte es einen kleinen Vorgarten; ein Plattenweg führte zur Haustür. Durch das Küchenfenster an der Vorderfront konnte man bis ins Wohnzimmer blicken. Damit der Verdächtige nicht durch den Garten flüchten konnte, gingen Dick van Rasmolen und Hans Nachtegraaf ums Haus herum und bezogen an der Terrassentür Posten.

Der Untersuchungsrichter ging, begleitet von John de Wild und Henriette Tip – beide in Uniform –, zur Haustür und klingelte. Es dauerte eine Weile, bis sie Schritte in der Diele hörten und der Schlüssel sich im Schloss drehte.

Ein halbwüchsiger Junge in Boxershorts erschien in der Tür und sah die frühen Besucher mit müden Augen an. Der Untersuchungsrichter zeigte ihm seinen Dienstausweis und fragte, ob Teunis Johannes Moersel zu Hause sei.

»Mein Vater schläft noch …«

Arjan August trat einen Schritt zur Seite, um John de Wild und Henriette Tip ins Haus zu lassen. Sie gingen an dem völlig perplexen Jungen vorbei und sofort die Treppe hoch.

Oben klopften sie an die erste Tür. »Polizei! Stehen Sie bitte auf!«

Eine Frau begann zu schreien, verstummte aber rasch wieder, als ein Mann zu fluchen begann. Dann wurde die Tür geöffnet und Moersel stand im Schlafanzug auf der Schwelle.

Eine Tür an der anderen Flurseite ging auf und zwei Mädchen von etwa siebzehn, achtzehn Jahren spähten heraus.

Mit schreckgeweiteten Augen sahen sie, wie ihr Vater sich dem Griff eines Polizisten zu entwinden versuchte.

»Paps, was ist los?«

»Keine Sorge«, sagte Moersel. »Geht wieder in euer Zimmer. Die Sache ist im Nu erledigt.«

Seine Frau erschien schluchzend in der Schlafzimmertür und die Mädchen eilten auf sie zu. »Mama! Was ist passiert? Was will die Polizei von Paps?«

Sie gab keine Antwort, starrte nur voller Entsetzen ihren Mann an, der jedoch ihrem Blick auswich.

Sie gingen mit Moersel in der Mitte die Treppe hinab.

Unten erwartete ihn der Untersuchungsrichter; er wies sich aus und fragte dann: »Sind Sie Teunis Johannes Moersel, geboren am 17. März 1957?«

Er nickte.

»Dann muss ich Sie festnehmen lassen. Sie stehen im Verdacht, Kinderpornos hergestellt und verbreitet zu haben. Ziehen Sie sich bitte an, danach werden Sie aufs Revier gebracht und zur Sache verhört. Ihr Haus und das Studio im Noorderveld 14-15 werden nach Beweismaterial durchsucht. Haben Sie etwas dazu zu sagen?«

»Ich weiß von nichts«, antwortete Moersel mit betont fester Stimme. »Was soll der Unsinn?« Er spürte die Hand seines Sohns auf dem Arm und musste kurz schlucken.

»Das wird man Ihnen beim Verhör erklären«, meinte der Untersuchungsrichter gelassen. Er nahm ein Schriftstück aus seiner Aktentasche und gab es Moersel: »Das hier ist der Durchsuchungsbeschluss. Händigen Sie mir nun bitte den Schlüssel für das Studio im Noorderveld aus.«

»Ich hab dort kein Studio.«

»Auch gut. Abführen!«

Desiree Appels hatte Frau Moersel und ihre drei Kinder gebeten, sich ins Wohnzimmer zu setzen, während die Räume im Obergeschoss durchsucht wurden. Sie registrierte, wie die Frau ihre völlig verstörten Kinder liebevoll zu trösten versuchte, obwohl ihr selbst die Verzweiflung ins Gesicht geschrieben stand. Desiree konnte sich beim besten Willen nicht vorstellen, dass sie am Missbrauch der zwei jungen Mädchen beteiligt gewesen war. Vermutlich hatte sie keine Ahnung von den Machenschaften ihres Mannes. Überdies hatten Floor und Marcia Moersels Komplizin als attraktive Frau mit langem dunklem Haar beschrieben. Diese Frau hatte streichholzkurzes blondes Haar und eine auffallend fleckige Gesichtshaut. Nein, Frau Moersel hatte garantiert nichts mit dieser üblen Geschichte zu tun.

Hans Nachtegraaf hatte begonnen, die Computer in den Zimmern der Kinder und im Wohnzimmer abzubauen. Dick van Rasmolen und Peter Bakker durchsuchten sämtliche Schränke und Kommoden, drehten die Matratzen um und durchforsteten den Kühlschrank. Nichts wurde ausgelassen – selbst der Spülkasten der Toilette wurde geöffnet und der Staubsaugerbeutel entleert.

Desiree Appels ging von einem Zimmer zum anderen und trug alle Gegenstände, die beschlagnahmt wurden, in eine Liste ein. Nun stand sie im Elternschlafzimmer und betrachtete die Familienfotos auf dem Frisiertisch. Sie standen zwischen einer Unzahl von Schminkutensilien – Desiree zählte allein fünf Tuben mit Flüssiggrundierung.

Als sie Schritte hörte, ging sie in den Flur. Hans Nachtegraaf trat gerade mit einem Rechner aus dem Zimmer des Sohns. »Hier, den kannst du auch notieren.«

Sie trug die Marke und die Seriennummer in ihre Liste ein.

»Ansonsten sind wir hier oben fertig.« Nachtegraaf ging mit dem Computer zur Treppe.

Desiree warf nochmals einen Blick ins Schlafzimmer des Ehepaars Moersel. Erst jetzt fiel ihr auf, dass die rechte Wand über und über mit Fotos bedeckt war – mit Schnappschüssen, die im Laufe vieler Jahre entstanden sein mussten. Neben unzähligen Fotos von den Kindern, als sie noch sehr klein waren, hingen Urlaubsbilder: Frau Moersel auf Skiern, ein älteres Paar in Liegestühlen in der Sonne … vermutlich die Großeltern.

Jüngere Fotos zeigten die Töchter beim Grillen im Garten und den Sohn, die Hand am Lenker eines Mofas. Lauter lachende Gesichter, die von einem harmonischen Familienleben zeugten …

Sie beugte sich zu den Fotos, die die Kinder in Karnevalskostümen zeigten. Den Sohn erkannte sie an seinen braunen Augen. Die Perücke saß schief, wahrscheinlich hatte jemand sie ihm vom Kopf ziehen wollen. Auf dem Foto daneben trug jemand anderes die Perücke. Desiree musste zweimal hinsehen, dann erst erkannte sie Frau Moersel. »Eine Perücke, das ist es!«, murmelte sie. Rasch machte sie eine Notiz und löste dann das Foto von der Wand.

Die Einsatzgruppe zwei stand seit gut zwanzig Minuten vor dem Haus mit dem Studio und wartete auf Anweisungen. Martin van der Kamp wollte sich gerade die zweite Zigarette anzünden, als Heleens Handy klingelte. Rasch holte sie es aus der Jackentasche und meldete sich. Gespannt beobachteten sie die Kollegen, doch Heleen verzog keine Miene. Dann legte sie auf und seufzte. »Es hat sich kein Schlüssel gefunden. Wir haben die Genehmigung, die Tür aufzubrechen. Der Untersuchungsrichter kommt demnächst.« Sie nahm ein Brecheisen aus dem Ausrüstungskoffer und reichte es Martin. »Brauchst du auch Arbeitshandschuhe?«

Er verneinte und bedeutete Valkenaars, ihm zu folgen. Gemeinsam gingen sie die Feuertreppe hinauf. Van der Kamp setzte das Brecheisen an und gab vollen Druck darauf, während im gleichen Moment Valkenaars mit Wucht gegen das Schloss trat.

Die Tür flog auf und knallte an die Wand, sodass der Putz bröckelte. Van der Kamp eilte sofort zum Computer und begann, die Kabel zu inspizieren. Heleen folgte mit der Videokamera. Der Raum sah genauso aus, wie die Mädchen ihn beschrieben hatten, nur die Strandkulisse fehlte. Der zusammengeklappte Liegestuhl an der Wand war der einzige Beweis. Heleen stellte ihn vor dem Sofa auf und filmte ihn – so konnte Moersel hinterher nicht behaupten, die Aufnahmen seien gar nicht in seinem Studio entstanden. Heleen nahm jede Wand und das gesamte Mobiliar auf, sodass man die Details hinterher mit den Pornofotos vergleichen konnte.

Dann warteten sie auf den Untersuchungsrichter. Kurze Zeit später fuhren John de Wild und Henriette Tip vor. Sie hatten Moersel aufs Revier gebracht. Die ganze Fahrt über hatte er eisern geschwiegen und John schätzte, dass es nicht leicht werden würde, etwas aus ihm herauszubekommen.

Arjan August traf eine halbe Stunde nach dem Telefonat

ein, besah sich den Schaden an der Eingangstür und eröffnete dann die Durchsuchung.

Von der Tür aus beobachtete er, wie die Polizisten das Studio durchsuchten. Dann verabschiedete er sich, weil er zum nächsten Termin musste.

In einem der Regale fanden die Beamten zwei Stapel CD-ROMs. Auf den Hüllen stand »Heiße Teens am Strand« und sie zeigten vier Fotos von Mädchen in Dessous, darunter Floor und Marcia. Neben den CD-ROMs standen mehrere Ordner. Heleen nahm einen davon zur Hand. Sie fand Blätter mit handschriftlichen Notizen, außerdem Bestellungen, alles säuberlich nach Datum abgeheftet. Fünfzehn Exemplare der fraglichen CD-ROM waren nach Deutschland und Italien verkauft worden. Sie beschloss, die Ordner mitzunehmen, und legte sie in einen Karton. Dann griff sie nach dem Stapel Fotos, den Valkenaars ihr hingelegt hatte.

Beim Anblick der Bilder kamen unwillkürlich die alten Erinnerungen hoch. Vergeblich versuchte Heleen, sie zu verdrängen. Wieder sah sie den Mann vor sich, der sie damals ins Gebüsch gelockt hatte. Er hatte ein kariertes Hemd und eine Jeans getragen, das wusste sie noch genau. An sein Gesicht dagegen konnte sie sich nicht mehr erinnern …

»Heleen? Hallo!« Sie spürte eine Hand auf der Schulter und fuhr herum. »Was ist?« In ihren Augen blitzte Wut.

Martin van der Kamp zog rasch die Hand weg. »Hast du was?«

»Ich bin nur müde«, sagte sie rasch. »Entschuldige bitte.«

»Hier, das Handy hab ich in einer Küchenschublade gefunden.« Er hielt ihr das Gerät hin. »Ist es womöglich das, das der Täter benutzt hat?«

Sie nahm ihre Checkliste zur Hand. »Wie lautet der IMEI-Code?«

Martin rief ihn auf und las vor.

Sie schüttelte den Kopf. »Nein, das ist es nicht.«

Kurz nach vier wurden die Kartons mit den beschlagnahmten Gegenständen in die Autos geladen. Die Durchsuchung war erfolgreich abgeschlossen – sogar Floors hellgrünen Slip hatten sie gefunden.

34

Obwohl er Handschellen trug und ihm das Herz bis zum Hals schlug, versuchte er, die Ruhe zu bewahren. Er musste sich zusammenreißen, damit er nachher beim Verhör nichts Falsches sagte. Was mochte die Polizei in Erfahrung gebracht haben? Hatten sie womöglich Beweise gegen ihn? Oder gegen Maria? Konnte man sie auf den Fotos trotz Perücke, Kontaktlinsen und Make-up erkennen?

Er atmete mehrmals tief durch, als die Tür zum Zellentrakt aufging und er einen Gang mit Stahltüren zu beiden Seiten vor sich sah.

Der Wärter in seiner Glaskabine musterte ihn.

»Darf ich vorstellen: Teunis Johannes Moersel«, sagte John de Wild. »Er hat hier ein Zimmer reserviert.«

Der Wärter grinste. »Habt ihr ihn schon durchsucht?«

»Ja. Er hat nichts bei sich.«

Er nickte und schrieb etwas in seine Liste. Dann wandte er sich an Moersel. »Tragen Sie Schuhe mit Schnürsenkeln, einen Gürtel oder irgendwelchen Schmuck?«

Moersel schüttelte den Kopf.

»Zelle sechs, die hinterste Tür rechts.« Der Wärter erhob sich und ging voran. Der Schlüsselbund an seinem Gürtel klirrte. Am Ende des Gangs blieb er stehen, schloss eine Tür auf und trat einen Schritt zur Seite, um de Wild und den Verdächtigen vorbeizulassen.

In der Zelle wurden Moersel die Handschellen abgenommen, dann schlug die massive Tür zu.

Nervös ging er auf und ab. Er hatte seinen Plan bestens vorbereitet, da konnte nichts schiefgegangen sein – trotzdem war er nun verhaftet worden. Was hatte er übersehen? Das Handy konnte es nicht sein. Es war nagelneu gewesen und er hatte es einzig und allein für die Gespräche mit den Mädchen benutzt. Außerdem lag es schon seit Tagen im Kanal.

Er beschloss, sich lieber auf das zu konzentrieren, was ihm bevorstand, statt weiterzugrübeln, wo der Fehler liegen könnte. Was für Fragen auch immer die Polizisten stellen würden, er war vorbereitet, und wenn es ihm gelang, einen kühlen Kopf zu bewahren, konnten sie ihm nichts anhaben …

Verdammt, warum zitterte er so? Nimm dich zusammen!, ermahnte er sich selbst, bleib ruhig, du hast nichts zu befürchten!

Nach einer Viertelstunde ging die Stahltür auf und der Wärter bat ihn, ihm zu folgen. »Sie werden jetzt verhört.«

Wieder gingen sie den Gang entlang, begleitet vom Klirren des Schlüsselbunds.

Ein großer Mann mit Glatze, die Brille auf die Stirn geschoben, erwartete ihn vor dem Verhörraum.

»Guten Tag, Herr Moersel.« Er gab ihm die Hand. »Ich bin Inspektor van Buren. Und das hier ist mein Kollege, Willem Bouwen.«

Bouwen nickte ihm freundlich zu.

Van Buren deutete auf einen Stuhl. »Bitte, setzen Sie sich.«

Der Verhörraum maß keine zehn Quadratmeter. Die weißen Wände waren kahl, der Fußboden mit blauem Linoleum belegt. In der Mitte stand ein Schreibtisch mit einem PC und an der Decke hing eine Überwachungskamera. Die Stuhlbeine schrammten misstönend über den Boden, als Moersel Platz nahm. Er saß mit dem Rücken zum einzigen Fenster, dessen Lamellenvorhang geschlossen war.

»Möchten Sie einen Kaffee?«

»Ja, bitte.«

Während van Buren Kaffee holte, schaltete Bouwen den Computer an und lud ein Protokollformular.

Moersel straffte den Rücken, legte die Hände in den Schoß und machte eine unbeteiligte Miene. Wenn ich ruhig bleibe, spricht das für meine Unschuld, sagte er sich. Auf keinen Fall durfte er sich von diesen beiden Amtsärschen ins Bockshorn jagen lassen. An Scharfsinn konnten die beiden es ohnehin nicht mit ihm aufnehmen.

Van Buren kam mit drei Bechern ins Zimmer und reichte Moersel einen davon.

»Herr Moersel …« Er rührte langsam seinen Kaffee um. »Sie werden verdächtigt, Kinderpornos hergestellt zu haben. Ich weise Sie darauf hin, dass Sie die Aussage verweigern können.«

Als wüsste ich das nicht, du Blödmann, dachte Moersel. Er ließ sich seine Geringschätzung jedoch nicht anmerken und sagte: »Das ist mir bekannt. Ich weiß auch, dass Sie mich nicht länger als vierundzwanzig Stunden in Gewahrsam halten dürfen.« Er sah van Buren fest in die Augen. »Mit Kinderpornos hab ich jedenfalls nichts zu tun. Sie können mich fragen, was immer Sie wollen, ich hab nichts zu verbergen.«

»Sehr schön.« Der Inspektor lächelte. »Mein Kollege schreibt unser Gespräch mit und legt Ihnen das Protokoll hinterher zur Unterschrift vor. Ich selber bin leider nicht sehr firm mit Computern, sondern schreibe nach wie vor am liebsten mit der Hand.«

Dass der Inspektor sich mit Computern nicht auskannte, bestätigte Moersel in seiner Überzeugung, dass er einem Vollidioten gegenübersaß. »Der Computer ist eine der besten Erfindungen des letzten Jahrhunderts«, sagte er. »Ich wüsste nicht, wie ich noch ohne ihn auskommen sollte.«

»Wirklich? Ich habe immer Angst, eine falsche Taste zu drücken und so versehentlich alles zu löschen.«

»Tja, das ist typisch für Anfänger.« Moersel lächelte ironisch.

»Vielleicht sollte ich mal einen Kurs belegen.« Van Buren nahm einen Schluck Kaffee. »Haben Sie denn Computerkurse gemacht?«

»Viele«, behauptete er, um dem Dicken seine Überlegenheit zu demonstrieren. Tatsächlich hatte er lediglich einen Einführungskurs gemacht, als er noch in der Möbelfabrik tätig gewesen war, alles andere hatte er sich selbst beigebracht. Aber das konnten die beiden ja nicht ahnen. »Als Freiberufler muss man sich heutzutage mit solchen Dingen auskennen, sonst ist man verraten und verkauft.«

»Sie arbeiten freiberuflich?«

Moersel unterdrückte ein Grinsen. Er war sicher, dass sie längst herausbekommen hatten, womit er sein Geld verdiente, und sich lediglich dumm stellten.

»Ich bin Fotograf und auf Pornografie spezialisiert«, sagte er. »Meine Kunden sind über die ganze Welt verteilt, da komme ich ohne Computer nicht mehr aus. Oft sitze ich bis spätabends am PC.«

»Stört das Ihre Frau nicht? Ich meine, dass Sie bis spätabends am PC sitzen?«

Moersel blinzelte irritiert; er hatte eine andere Frage erwartet. »Aber nein! Sie surft selbst stundenlang im Netz.«

»Tatsächlich? Sind Sie schon lange verheiratet?«

Worauf sollte das hinauslaufen? Warum fragte der Inspektor nicht nach seinen Aktivitäten im Pornogeschäft? Er hatte sich doch wohl deutlich genug ausgedrückt …

»Seit zweiundzwanzig Jahren«, antwortete er.

»Und führen Sie eine glückliche Ehe?«

»Glückliche Ehe?« Moersel starrte den Inspektor verblüfft an. »Klar. Maria ist eine wunderbare Frau und auch eine gute Mutter.« Allmählich war ihm eine gewisse Verunsicherung anzumerken.

»Wie viele Kinder haben Sie denn?«

Während van Buren sich entspannt im Stuhl zurücklehnte und seinen Kaffee trank, wurde Moersel immer nervöser. Warum fragte der Inspektor nach lauter Nebensächlichkeiten? Er hatte doch gerade offen zugegeben, dass er Pornofotograf war! Warum fragte er nicht nach den Mädchen?

Gegen zehn sah van Buren auf seine Armbanduhr. »Wir machen Pause«, meinte er. »Sie können zurück in die Zelle, um halb zwölf sehen wir uns wieder.«

Van Buren und Bouwen standen auf und Moersel sah sie verdutzt an. Sie hatten noch keine einzige Frage zu den Kinderpornos gestellt.

Während er Moersel noch ein bisschen in seiner Zelle schmoren ließ, erkundigte van Buren sich bei den Einsatzgruppen nach dem Stand der Dinge. Sie hatten, wie er hörte, bereits genug gefunden, um den Mann für ein paar Jahre hinter Gitter zu bringen, ob er nun ein Geständnis ablegte oder nicht.

Doch van Buren empfand es als eine Genugtuung, den arroganten Kerl zu überführen. Offenbar fühlte der Mann sich ihm und Bouwen überlegen, aber das würde sich bald ändern. Seine Aussage, er sei als Pornofotograf tätig, hatte einstudiert geklungen, wie der Auftakt zu einer Räuberpistole, die er sich ausgedacht hatte.

Daher hatte van Buren ihm bewusst allerlei Fragen gestellt, die zwar nichts mit dem Fall zu tun hatten, aber Moersel zusehends aus der Ruhe brachten. Natürlich hätte van Buren ihn gleich mit den bisher vorliegenden Beweisen konfrontieren können, wie etwa der Reifenspur oder mit den Aussagen der beiden Mädchen und des Busfahrers. Genau das erwartete der Mann und würde mit Sicherheit alles abstreiten und ihm irgendeine Erklärung auftischen, die er dann wiederum entkräften müsste. Seiner Einschätzung nach brannte Moersel darauf zu erfahren, wie sie ihm auf die Schliche gekommen waren, aber das wollte er ihm noch eine Weile vorenthalten.

Moersel wunderte sich, als er Inspektor van Buren allein im Verhörraum antraf, vor sich auf dem Schreibtisch zwei Becher Kaffee, eine geschlossene Schreibmappe und einen Kugelschreiber. »Wo ist denn Ihr Kollege?«, fragte er, nachdem er sich gesetzt hatte.

»Der hat Wichtigeres zu tun«, beschied ihm van Buren. »Wir kriegen das auch so hin, außerdem sind wir ohnehin bald fertig.«

»Wie bitte?« Moersel sah ihn ungläubig an.

»Im Grunde genommen habe ich keine Fragen mehr«, sagte der Inspektor. »Ich denke, ich weiß Bescheid. Aber vielleicht wollen Sie ja noch etwas sagen oder fragen?« Er sah Moersel unverwandt an.

Dieser war in höchstem Maße irritiert. Keine Fragen mehr?! Was sollte das? Er war in der Sache so gut wie gar nicht befragt worden, hatte keinerlei Gelegenheit gehabt, seine bis ins Detail ausgeklügelte Geschichte anzubringen und die beiden damit zu verblüffen.

»Ja, da ist tatsächlich noch einiges«, sagte er ungewollt scharf. »Ich werde nämlich zu Unrecht beschuldigt, denn Kinderpornos habe ich nie hergestellt. Ich will wissen, worauf sich Ihr Verdacht gründet, denn ich bin sicher, dass ich meine Unschuld beweisen kann.«

Der Inspektor zuckte scheinbar gleichgültig mit den Schultern und griff nach der Schreibmappe. »Das steht Ihnen natürlich frei.«

»Steht mir frei! Ich hab ein *Recht*, mich zu verteidigen!«, brauste Moersel auf. Er straffte den Rücken und sah van Buren herausfordernd an.

»In Ordnung. Dann sage ich Ihnen nun, was wir im Zuge der Ermittlung herausgefunden haben, und Sie können sich dazu äußern oder auch nicht.« Die Schreibmappe blieb zu. »Sie haben zwei minderjährigen Mädchen Drogen verabreicht, sie für Pornofotos missbraucht und anschließend am Straßenrand ausgesetzt.«

»Das stimmt nicht. Um welche Mädchen geht es überhaupt?«

»Um Floor Kloostermans und Marcia Janssens, beide fünfzehn Jahre alt.«

»Ach sooo …« Moersel schlug theatralisch die Augen zur Decke. »Ich hab's geahnt, dass es mit den beiden noch Probleme geben würde. Aber was Sie sagen, stimmt so nicht. Darf ich Ihnen schildern, wie das Ganze wirklich gelaufen ist?«

»Selbstverständlich.« Der Inspektor sah ihn gelangweilt an.

»Vor ein paar Wochen hat Marcia Janssens mich angerufen. Sie und ihre Freundin Floor suchten einen Fotografen, weil sie sich bei einer Modelagentur bewerben wollten und dafür eine Sedcard brauchten. Da ich relativ preisgünstig arbeite, haben sie mich angesprochen. Ich habe ihnen gleich gesagt, dass mein Spezialgebiet Pornografie ist, aber das hat sie nicht gestört. Marcia erwähnte, dass sie auf einer Flirtsite Profile eingestellt hätten. Die hat meine Frau sich angesehen und darin stand, sie seien siebzehn. Wenn ich mich nicht irre, habe ich die Ausdrucke der Profile noch.«

»Ich hatte nichts anderes erwartet.«

Moersel tat, als hätte er den Sarkasmus überhört. »Wir verabredeten uns also für Samstag, den 23. Juni.« Er legte eine Pause ein, scheinbar, um ein paar Schlucke Kaffee zu trinken. Sein Gehirn arbeitete unterdessen auf Hochtouren. Warum stellte der Polyp keine Fragen, sodass er gezielt antworten konnte? Wenn er ständig am Reden war, verplapperte er sich womöglich noch. Daher entschloss er sich, ein paar Details auszulassen, damit der Inspektor nachfragte.

Der jedoch schien sich kaum für seine Schilderung zu interessieren. Er musterte ihn schweigend und spielte mit einer Büroklammer.

Moersel versuchte, sich seine wachsende Nervosität nicht anmerken zu lassen. »Im Industriegebiet Memder hab ich mein Fotostudio.«

Van Buren verzog keine Miene.

»Marcia war die Selbstbewusstere der beiden und ziemlich vorlaut. Nachdem ich die Mädchen fotografiert hatte, fragte sie, ob ich von ihr und ihrer Freundin Nacktfotos machen wolle, damit lasse sich doch sicherlich eine Menge Geld verdienen. Sie wusste, wie schon gesagt, dass ich im Pornogeschäft tätig bin. Ich sagte, meine Modelle bekämen üblicherweise fünfzig Prozent vom Gewinn und das schien die beiden zu reizen. Sie brauchten nämlich Geld für die Aufnahmegebühr bei der Agentur. Ich hab mich schließlich breitschlagen lassen und ihnen Verträge vorgelegt, in denen sie bestätigen mussten, über sechzehn zu sein, und sich einverstanden erklärten, dass ich Pornofotos von ihnen mache. Die Verträge kann ich Ihnen gern zeigen.«

Da der Inspektor lediglich nickte, fuhr Moersel fort: »Wir haben mehrmals Pause gemacht und die Mädchen gingen dann ins Freie, um frische Luft zu schnappen. Mir fiel auf, dass sie sich nach jeder Pause seltsamer verhielten. Sie kicherten in einem fort, machten Unfug und unverschämte Bemerkungen. Als ich sie fragte, ob sie Drogen genommen hätten, wurde Marcia aggressiv und beschimpfte mich. Fünfzig Prozent vom Gewinn reiche ihnen nicht, sagte sie, sie wollten siebzig haben. Als ich das verweigerte, drohten sie, mich anzuzeigen und zu behaupten, ich hätte sie mit falschen Versprechungen ins Studio gelockt und sie gezwungen, sich auszuziehen. Daraufhin hab ich sie rausgeworfen, denn erpressen lass ich mich nicht. Ich hab noch gesehen, wie sie auf dem Parkplatz telefonierten, danach sind sie zu Fuß weggegangen.«

Als er geendet hatte, war es minutenlang vollkommen still im Verhörraum. Dann ergriff van Buren das Wort. »Ich hatte eine schlüssigere Geschichte erwartet«, sagte er verächtlich. »Selbst meinem achtzehnjährigen Sohn wäre etwas Besseres eingefallen.«

»Wollen Sie damit sagen, ich lüge?«, schnaubte Moersel und hieb mit der Faust auf den Tisch. Dass der Inspektor nach wie vor gelassen blieb, provozierte ihn ungemein. »Die Mädchen haben sich freiwillig ausgezogen, das können Sie mir glauben! Sie haben mir vorgemacht, sie seien siebzehn! Ich hab den beiden weder Drogen verabreicht noch hab ich sie an der Bushaltestelle ausgesetzt. Hätten Ihre Kollegen ordentlich gearbeitet, dann säße ich jetzt nicht hier. Diese durchtriebenen Biester haben Ihnen was vorgelogen. Sie sind …«

Er brach ab, denn er sah van Buren an, dass ihm ein entscheidender Fehler unterlaufen sein musste. Was hatte er gesagt? Er versuchte, es sich ins Gedächtnis zu rufen …

Van Buren nickte nur, als wüsste er, was in ihm vorging.

»Ich habe Ihnen nicht gesagt, *wo* die Mädchen ausgesetzt wurden. Dass es eine Bushaltestelle war, ist völlig korrekt, aber diese Tatsache ist allein der Polizei bekannt – und natürlich dem Täter. Ich kann Sie allerdings beruhigen: Ihr Versprecher ist lediglich das Tüpfelchen auf dem i. Wir haben auch so genug Beweise gegen Sie. Ich schlage vor, Sie

erzählen mir jetzt, wie es tatsächlich gelaufen ist. Und da Sie sicherlich gern wissen möchten, was wir gegen Sie in der Hand haben, werde ich Ihnen das anschließend sagen.«
Moersel holte Luft, als wollte er protestieren, ließ es dann aber. Ihm war klar, dass Leugnen keinen Sinn mehr hatte. »Na gut …«, murmelte er.

Zwei Stunden später hatte Moersel alles gesagt und damit ein umfassendes Geständnis abgelegt. Er gab sogar zu, dass er – um Kunden anzulocken – in Chatrooms junge Mädchen kontaktiert habe. »Die haben sich ohne Weiteres für mich ausgezogen«, behauptete er ohne jegliche Scham oder gar Reue. Auch mit Floor und Marcia hatte er lediglich Geld verdienen wollen. Dass Kinderpornos verboten und damit illegal waren, wusste er, doch es kümmerte ihn wenig, er sah darin viel eher einen zusätzlichen Reiz.

Nachdem er fertig war, zählte van Buren ihm auf, was seine Kollegen im Studio gefunden hatten, und erklärte, sie seien ihm auf die Schliche gekommen, indem sie die IP-Adressen der Besucher der Website von *Make It* mit den Daihatsu-Besitzern abgeglichen hätten.

35

Zwei Tage später fand die Abschlussbesprechung der Sonderkommission statt. Martin van der Kamp berichtete ausführlich von einer Spezialsoftware, mit der es möglich war, Pornofotos auf Festplatten zu lokalisieren. Er hatte damit auf Moersels Computer rund 160.000 pornografische Abbildungen gefunden, darunter 3.110 mit Kindern oder Jugendlichen. Viele davon stammten von anderen Sites, ein paar Hundert von Moersel selbst, darunter auch Bilder von jungen Mädchen, die sich vor der Webcam ausgezogen hatten, ohne zu wissen, dass ihr Chatpartner die Bilder speicherte und anschließend in den Handel brachte.

Die Fotos von Floor und Marcia, so berichtete van der Kamp, seien leider bereits ins Internet gestellt worden. Van Buren schüttelte betrübt den Kopf. Er hatte getan, was er konnte. Inzwischen war auch Frau Moersel verhaftet worden und hatte unter Tränen alles gestanden. Nun war es am Richter, dafür zu sorgen, dass dem Ehepaar Moersel, zumindest für ein paar Jahre, das Handwerk gelegt wurde.

Van Buren lehnte sich zurück und schloss für einen Moment die Augen. Am Vortag hatte er eine Woche Urlaub eingereicht. Er hatte Vivian angerufen und gefragt, ob sie mit ihm segeln gehen wolle. Sie war sofort begeistert gewesen.

Nach dem Telefonat hatte er eine ganze Weile den Hörer angestarrt. Konnte es sein, dass Vivian die Richtige war? Die ganze Nacht hatte er hin und her überlegt und am

Morgen einen Entschluss getroffen. Wie aus weiter Ferne hörte er van der Kamps langatmigen computertechnischen Ausführungen, die ihn allmählich nervten. Er warf einen Blick auf seine Armbanduhr. Er wollte nach Hause, für den Segelurlaub waren noch jede Menge Vorbereitungen zu treffen …

Um halb zwölf schloss er seinen Schreibtisch ab und zog die Jacke an. Er trat einen Schritt beiseite, um Heleen vorbeizulassen, die mit einer Akte unterm Arm ins Zimmer kam.

»Steckst du etwa schon in einer neuen Ermittlung?«, fragte er.

»Nein, noch nicht.« Heleen legte die Akte auf ihren Schreibtisch. »Ich will unsere Erkenntnisse über Ruud Zwartjes an die Kollegen in Den Haag schicken. Es kann nicht schaden, wenn sie den Kerl im Auge behalten.«

»Finde ich auch.« Van Buren blickte in die Runde. »Ich mache übrigens eine Woche Urlaub.«

»Hast du was Schönes vor?«, erkundigte sich Heleen.

»Ja. Ich habe vor, einer Frau einen Heiratsantrag zu machen.« Nach diesen Worten verließ er den Raum.

»Wie bitte? Was hat er da gesagt?« Willem Bouwen starrte dem Inspektor entgeistert nach.

Sie standen in der Küche und redeten, aber vom Wohnzimmer aus konnte Marcia nichts verstehen. Bestimmt ging es wieder um sie …

Vor Wochen war sie mit Floor noch einmal auf dem Polizeirevier gewesen, und was dort zur Sprache kam, hatte das Ende ihrer Freundschaft bedeutet. In der Zeit vor den Sommerferien war Floor ihr aus dem Weg gegangen. Sie wirkte noch stiller als sonst und in den Pausen steckte sie die Nase in ihre Bücher. Zur Schule fuhr sie nicht mehr mit dem Bus, sondern nahm das Rad oder wurde von ihrer Mutter im Auto gebracht.

Auch in den Sommerferien hatte Marcia nichts von Floor gehört. Sie hatte ein paarmal bei ihr angerufen, aber vergeblich. Auch ihre Mails blieben unbeantwortet.

Nach den Ferien erfuhr sie, dass Floor die Schule gewechselt hatte. Davon hatte sie kein Wort gesagt, was Marcia tief kränkte. Zudem tat es bitter weh, ihre beste Freundin verloren zu haben.

Ansonsten ging in der Schule alles seinen Gang; die Klassenkameraden waren nett zu ihr, sogar Naomi und ihre Clique.

Ihre Eltern standen immer noch in der Küche und redeten. Ein ungewöhnlicher Anblick, wenn man bedachte, dass sie zwei Monate zuvor kaum mehr ein Wort gewechselt hatten. Seit Marcias Mutter zweimal die Woche zur Psychotherapie ging, hatte sich einiges gebessert, auch wenn es manchmal noch Streit gab. Aber nach so kurzer Zeit konnte man keine Wunder erwarten.

Ihr Vater verbrachte die Abende nun im Wohnzimmer statt in seinem Arbeitszimmer vor dem Computer. Es sah ganz so aus, als sei »die andere Frau« vergessen. Aber ob das von Dauer war?

Zum Glück konnte Marcia in letzter Zeit wieder ein wenig besser schlafen. Nur noch selten schreckte sie nachts schweißgebadet aus einem Albtraum hoch. Sie schloss die Augen, als die Bilder wieder hochkamen.

»Schläfst du am helllichten Tag?« Ben rüttelte an ihrer Schulter.

»Ich schlafe nicht, ich denke nach«, sagte sie.

»Geht das denn mit deiner einen Hirnzelle?«

»Hau ab, du Nervensäge!« Sie stand auf und verließ das Wohnzimmer.

»Marcia, gehst du noch weg?«, fragte ihre Mutter besorgt.

»Ich geh in mein Zimmer!«

Sie schlug die Tür hinter sich zu und setzte sich aufs Bett. Hier hatte sie wenigstens ihre Ruhe. Kein lästiger Bruder, keine Eltern, die sie fortwährend im Auge behielten.

Ihr Blick fiel auf die Schranktür und blieb an der Stelle hängen, wo früher das Bild von Erik gehangen hatte. Ihre Mutter hatte das zerrissene Foto im Papierkorb gefunden und sie mit Fragen bestürmt.

Marcia hatte ihr schließlich alles erzählt und zu ihrem Erstaunen hatte sie keinerlei Vorwürfe zu hören bekommen. Im Gegenteil, ihre Mutter meinte, sie könne sie gut verstehen. Marcia konnte das nicht so recht glauben, zumal sie selbst nicht mehr wusste, was sie fühlte. Erik fehlte ihr, aber trotzdem wollte sie nichts mehr mit ihm zu tun haben. Er hatte ihr mehrmals gemailt. Sie hatte die Mails gelesen und sie dann gelöscht. Er hatte geschrieben, die Polizei habe ihn in Antwerpen vernommen und er fände es schlimm, was ihr passiert sei. Die Sache habe ihm zu denken gegeben. Er habe eingesehen, dass er sie nicht anständig behandelt habe, indem er sie immer wieder aufgefordert habe, sich vor der Kamera auszuziehen. Es tue ihm leid und er würde sich gern mit ihr zu einer Aussprache treffen. Doch allein die

Vorstellung, sich auf einem Bahnhof mit jemandem zu treffen, den sie kaum kannte, jagte ihr kalte Schauer über den Rücken. Was, wenn Erik nun gar nicht der war, für den er sich ausgab und das Ganze nur inszeniert hatte, weil es ihm um Sex ging?

Nachdem er keine Antwort bekam, rief er mehrmals an, erst auf ihrem Handy, dann auf dem Festnetz. Sie nahm nicht ab oder ließ sich von Ben verleugnen. Bestimmt würde er sie nach den Pornofotos fragen und was sollte sie dann sagen? Wahrscheinlich interessierten ihn ohnehin nur die Sexspielchen im Studio …

Irgendwann hatte Erik Frau Janssens an die Strippe bekommen und mit ihr ein langes Gespräch geführt. Seitdem setzte sie Marcia zu, sie solle Erik doch eine Chance geben, denn er meine es ehrlich mit ihr. Aber was, um Himmels willen, sollte sie zu ihm sagen, nach so langer Zeit?

Marcia legte die neue CD von *P!nk* ein, stellte auf volle Lautstärke und sang mit. Sie wollte sich von dieser Sache nicht ständig runterziehen lassen, sondern sie vergessen, zumindest für eine kleine Weile.

Sie hörte nicht, dass es klopfte. Die Tür ging auf und ihre Mutter stand auf der Schwelle. Im Spiegel sah Marcia, dass sie lächelte.

»Was ist?« Sie drehte sich mit einem Ruck um.

Ihre Mutter trat einen Schritt zur Seite und Erik stand im Türrahmen. Völlig perplex starrte Marcia ihn an. Im ersten Moment wusste sie nicht, wie sie reagieren sollte.

Er lächelte sie an.

Und dann endlich lächelte auch Marcia, das erste Mal seit Monaten.